大家學標準日本語

每日一句

談情說愛篇

出口仁——著

出版前言

★大家學標準日本語【每日一句】系列第四冊
★宛如「戀愛偶像日劇」輕鬆易讀，百萬名師出口仁首部《戀愛日語》巨作！

本書並非專門為了『有日籍戀人』、或是『想要結交日籍戀人』的讀者所出版，
而是藉由戀愛過程『目標明確、情感豐沛、直率表達』的特質，
學習「大眾化的普遍情感、情緒、感覺」，
如何轉變成「恰當的日語文型和語彙」，
讓日本人聽了『頓時感同身受』，
讓大家的日語構句表達力，提升至『深層的語意傳達』，
而非依賴『表象的字意翻譯』。

「戀愛」是兩個人之間「具體而密切的情感交流、行為互動」。談情說愛的過程，充滿『第一人稱』的「直率的情意」，以及『攸關雙方』的「情意的傳達」、「承諾的給予」、「無可避免的抱怨與爭執」。

上述過程落實到日語表達，『第一人稱』的直率，就是「我的感覺情緒、內心想望」；而『攸關雙方』的，就是日語獨特的「動作行為涉及他人的授受表現」。

透過「授受表現」文型，呈現「我為對方做的」、「對方為我做的」、「我和對方的情緒交流」、「我和對方的互動模式」。

【一見鍾情】vs.【我很在乎你】：「情感類型」的差異 ＝「文型」的差異

「我對你是一見鍾情」、「其實我很在乎你」，兩句話都是表達「喜歡某人」。但是因為「情感類型不同」，適用的表現文型有差異：

◎『我對你是一見鍾情』：屬於「無法控制、就是愛上你」的情緒
要使用表示「無法抵抗、無法控制」的文型：【動詞そ形＋ちゃった】。
→【我對你是一見鍾情】：あなたに一目惚(ひとめぼ)れ『しちゃった』。

◎『其實我很在乎你』：屬於「目前，我心裡很在乎你」的情緒狀態
要使用表示「目前狀態」的文型：【動詞て形＋います】。
→【其實我很在乎你】：あなたのことがいつも『気(き)になっていた』んだ。

【我會保護妳的】vs.【你為什麼不接我的電話？】：
「施」與「受」的差異 ＝「授受動詞」的差異

中文裡有「你」「我」「他」等「明確的人稱對象」，任何動作或行為只要搭配人稱對象，就能清楚表示「是誰所做的動作」、「是誰和誰的互動關係」。

而日語之中，動作行為一旦涉及他人，通常使用「授受動詞」文型。聽話者透過「授受動詞」，得以掌握各角色「施」與「受」的行為互動關係，即使不說出人稱對象，也不會誤解句意。例如：

◎『我會保護妳的』：屬於「我會為妳做某件事」的承諾，自己的動作涉及他人
要使用表示「為別人[做]～」的文型：【動詞て形＋あげます】。
→【我會保護妳的】：僕が『守ってあげる』。

◎『你為什麼都不接我的電話？』：是一種「抱怨對方沒有為我做某件事」的情緒
要使用表示「別人沒有為我[做]～」的文型：【動詞て形＋くれない】
→【你為什麼都不接我的電話？】：何で電話に『出てくれない』の？

補充多元戀愛相關話題，說明日劇常見「告白橋段」

全書除了解說「情緒反應如何結合文法規則」完成正確表達，並細膩的補充戀愛相關的學習內容。例如，日劇迷經常聽聞的，偶像劇中的告白橋段，為什麼總是要說：『（某人）のこと が 好きだ。』（我喜歡你），而不是說：『（某人）が 好きだ。』？為什麼要加上『のこと』呢？

書中特別說明這是「不給對方壓力的說喜歡」（可參考 P027）。除了教學文型文法，也提示日式文化思維，說明日語的告白話語，也暗藏替對方著想的體貼與婉轉：
◎讓對方「產生壓力」的告白：『某人』＋が＋好きだ　　　（我喜歡你）
◎讓對方「沒有壓力」的告白：『某人のこと』＋が＋好きだ　（我喜歡你）

全書每一個主題句，都搭配一篇「戀愛日語會話」。彷彿日劇場面真實上演，實境學習示愛、承諾、吵架、道歉、分手…等，男女性別差異的恰當日語應答。出口仁老師『趣味＋甜蜜』兼具的文字風格，相信能帶給大家豐富且會心一笑的學習饗宴。祝福大家學習愉快！收穫豐碩！

檸檬樹出版社 敬上

作者序

大家都是「戀愛 ing」嗎？一旦談起戀愛，想必每天都變得非常快樂吧！會覺得每天的生活都充滿活力；人際關係的往來、互動也變得非常開心；身體及外在也感覺變得更年輕。這樣的感覺，從早晨睜開眼睛的那一瞬間開始，就可以真實的感受到。人生只有一次，因此，為了不要留下絲毫的後悔，就該盡情享受人生！

愛情，是沒有國界的。我認為，異國戀情有很多『正面的副作用』（良い副作用）。首先，和外國人交往時，可以互相學習自己國家所沒有的價值觀。也會經常發現，在自己的國家算是常識一般稀鬆平常的事，在對方的國家來說，卻完全不是這麼一回事。如此一來，在了解對方的國家的同時，也能伴隨著更了解自己的國家。除此之外，最讓人感到高興的副作用，應該是可以提升語言能力吧。（笑）

大家試想，如果站在你面前不斷說教的，是一個你討厭的人。那麼，不論他說什麼，你應該都不會有想要了解的欲望吧。不過，如果站在眼前的，是自己喜歡的人，應該是只要他一說了什麼，你都會拼命地用心傾聽，很想要 100% 了解他所說的每一個字、每一句話。而且，同時間你應該也會為了傳達自己的情緒和想法給對方，而拼了命地想辦法表達吧。所以如果心儀的對象是外國人，為了了解對方所使用的語彙，應該很自然地就會增強自己的外語能力。

如果缺乏使用對象，卻又得學習外語，不僅學習效率差，學習過程也只有『痛苦』兩個字可以形容。我們在學校所接受的以英語為首的外語教育，之所以學習成效不彰，我認為最大的原因，也是由於缺乏讓我們想要使用英語的對象。如果男朋友或女朋友是外國人，那就是最好的使用外語的機會。即使很遺憾地，最後兩個人分手了，交往期間所累積的外語能力，也將是你一生的財富。當然，兩個人曾經擁有的美好回憶，也是你豐碩的財產之一。

不論跟哪一個國家的人談戀愛，都是一件好事。但是因為我是日本人，所以我想藉由這本書，鼓勵、並為大家製造更多能夠和日本人交往的機會。

日語之中有一個詞彙叫做「言霊」（ことだま）。意思是『語言之中，存在著靈魂』。如果透過日語，各位可以和日本人產生心靈的交流，我將會覺得非常高興。

最後，希望大家好好地談個戀愛吧！咦？你說想跟我談戀愛？不好意思，我已經結婚了，只能和太太談戀愛了。真是“殘念”！

作者　出口仁　敬上

【學習導讀】：4 大途徑完整教學「每日一句」

3 秒鐘可以記住一句話，但這只是「表面、粗略地背一句日語」，未必有益於日語能力的累積、延續、或正確使用。本書希望你「花 30 分鐘完整學習一句話所隱含的規則性文法」，並掌握「適時、適地、適人」的使用時機，達成「深入、完整」的有效學習。

透過精心安排的 4 單元學習途徑，有助於「複製會話中的文法規則，自我揣摩運用；並從實際應答領會日本人如何運用於臨場溝通」，達成真正的「學以致用」。

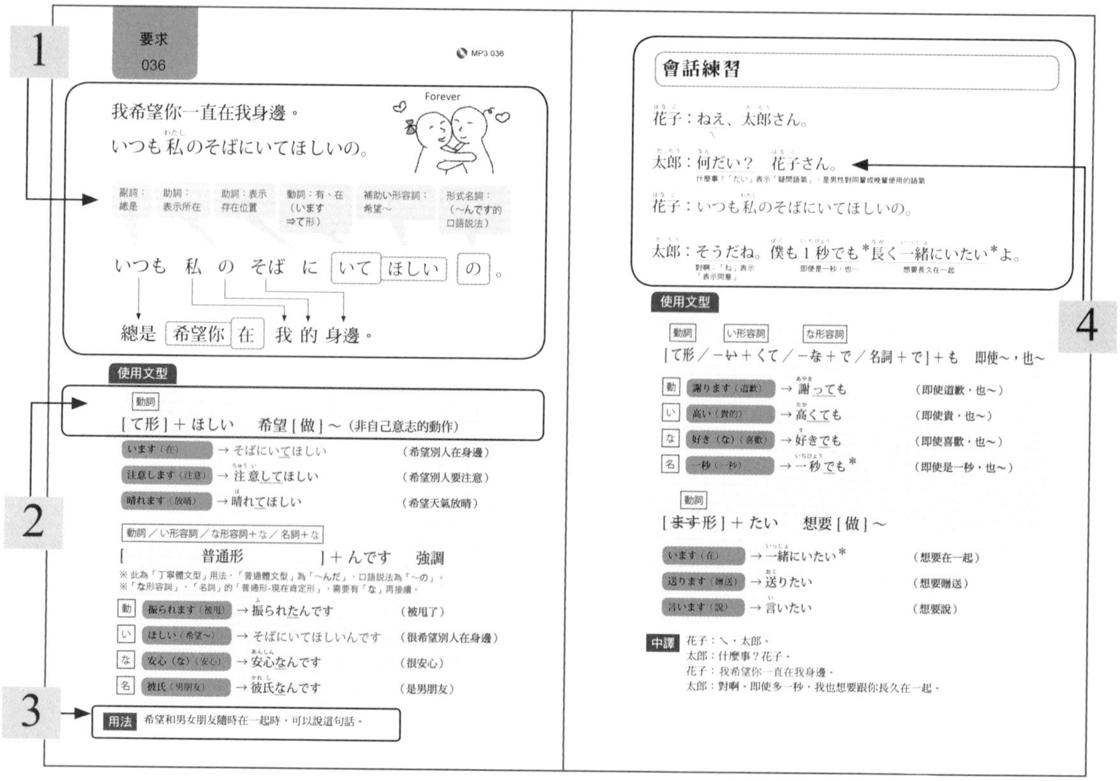

1

要求
036

MP3 036

我希望你一直在我身邊。
いつも私のそばにいてほしいの。

Forever

副詞：總是　助詞：表示所在　助詞：表示存在位置　動詞：有、在（います⇒て形）　補助い形容詞：希望～　形式名詞：（～んです的口語說法）

いつも　私　の　そば　に　いて　ほしい　の。

總是　希望你　在　我　的　身邊。

使用文型

2

動詞
[て形] ＋ ほしい　希望 [做] ～（非自己意志的動作）

います（在）	→ そばにいてほしい	（希望別人在身邊）
注意します（注意）	→ 注意してほしい	（希望別人要注意）
晴れます（放晴）	→ 晴れてほしい	（希望天氣放晴）

動詞／い形容詞／な形容詞＋な／名詞＋な
[　普通形　] ＋ んです　強調

※ 此為「丁寧體文型」用法，「普通體文型」為「～んだ」，口語說法為「～の」。
※「な形容詞」、「名詞」的「普通形-現在肯定形」，需要有「な」再接續。

動	振られます（被甩）	→ 振られたんです	（被甩了）
い	ほしい（希望～）	→ そばにいてほしいんです	（很希望別人在身邊）
な	安心（な）（安心）	→ 安心なんです	（很安心）
名	彼氏（男朋友）	→ 彼氏なんです	（是男朋友）

3

用法　希望和男女朋友隨時在一起時，可以說這句話。

會話練習

花子：ねえ、太郎さん。
太郎：何だい？　花子さん。
什麼事？「だい」表示「疑問語氣」，是男性對同輩或晚輩使用的語氣
花子：いつも私のそばにいてほしいの。
太郎：そうだね。僕も１秒でも*長く一緒にいたい*よ。
對啊：「ね」表示「表示同意」　即使是一秒，也…　想要長久在一起

4

使用文型

動詞　い形容詞　な形容詞
[て形／－い＋くて／－な＋で／名詞＋で] ＋も　即使～，也～

動	謝ります（道歉）	→ 謝っても	（即使道歉，也～）
い	高い（貴的）	→ 高くても	（即使貴，也～）
な	好き（な）（喜歡）	→ 好きでも	（即使喜歡，也～）
名	一秒（一秒）	→ 一秒でも*	（即使是一秒，也～）

動詞
[ます形] ＋ たい　想要 [做] ～

います（在）	→ 一緒にいたい*	（想要在一起）
送ります（贈送）	→ 送りたい	（想要贈送）
言います（說）	→ 言いたい	（想要說）

中譯
花子：ㄟ，太郎。
太郎：什麼事？花子。
花子：我希望你一直在我身邊。
太郎：對啊，即使多一秒，我也想要跟你長久在一起。

途徑1… 圖像化的【文型圖解】

解構「字詞意義、字尾變化」：

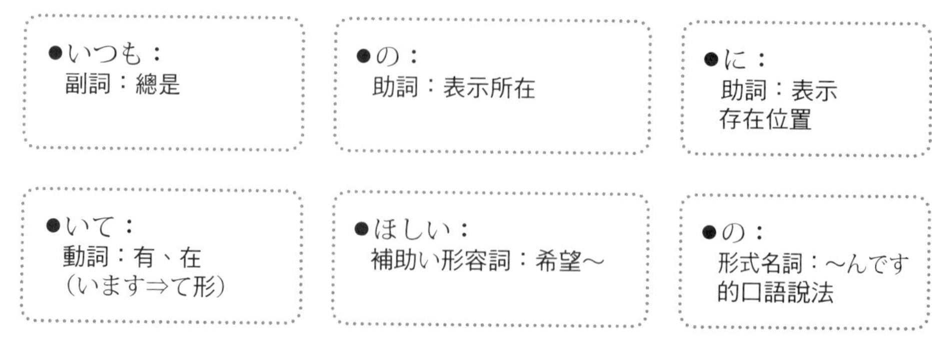

●いつも：
副詞：總是

●の：
助詞：表示所在

●に：
助詞：表示
存在位置

●いて：
動詞：有、在
（います⇒て形）

●ほしい：
補助い形容詞：希望～

●の：
形式名詞：～んです
的口語說法

透過「文型大小框」，掌握「文型接續」：

いて	ほしい
（大框）	（小框）

動詞＋補助い形容詞

途徑2… 提示【日本人慣用的使用文型】

動詞
●［て形］＋ほしい　　希望［做］～（非自己意志的動作）

※「使用文型」的接續概念，和上方的「文型大小框」互相呼應。

途徑3…【情境式用法解說】：釐清「每日一句」的使用時機

解說方向包含：
- 這句話【適合什麼時候說？】
- 這句話【適合對誰說？】
- 中文思維無法掌握的用法線索
- 使用時的提醒建議

途徑4…【會話練習：提供具體的會話場面】

掌握「談情說愛的各種狀況」，模擬「戀愛場面的真實互動」

【會話練習】常見登場人物介紹：

太郎　（男）……花子的男朋友，和花子念同一所大學。
花子　（女）……太郎的女朋友，和太郎念同一所大學，誤會太郎劈腿，後來又和太郎和好。
美耶　（女）……花子的朋友。
隆夫　（男）……美耶的男朋友，後來因為出國留學而和美耶分手。
拓也　（男）……花子的學長，因為花子和太郎鬧分手，而跟花子搞曖昧，後來跟桃子交往又被甩。
桃子　（女）……和拓也分手後跟康博交往。肉食系女子。
康博　（男）……桃子的新男友。草食系男子。
櫻子　（女）……桃子的好朋友。
靜香　（女）……喜歡太郎，曾經和太郎一起出遊。
梅子　（女）……太郎打工的後輩，曾經跟太郎告白。

說明：「Ⅰ類、Ⅱ類、Ⅲ類」動詞

第Ⅰ類動詞

●「第Ⅰ類動詞」的結構如下，也有的書稱為「五段動詞」：

○○ます

↑ **い段 的平假名**　（ます前面，是「い段」的平假名）

● 例如：

会(あ)います（見面）、買(か)います（買）、洗(あら)います（洗）、手伝(てつだ)います（幫忙）

※【あいうえお】：「い」是「い段」

行(い)きます（去）、書(か)きます（寫）、置(お)きます（放置）

※【かきくけこ】：「き」是「い段」

泳(およ)ぎます（游泳）、急(いそ)ぎます（急忙）、脱(ぬ)ぎます（脫）

※【がぎぐげご】：「ぎ」是「い段」

話(はな)します（說）、貸(か)します（借出）、出(だ)します（顯示出、拿出）

※【さしすせそ】：「し」是「い段」

待(ま)ちます（等）、立(た)ちます（站立）、持(も)ちます（拿）

※【たちつてと】：「ち」是「い段」

死(し)にます（死）

※【なにぬねの】：「に」是「い段」

遊(あそ)びます（玩）、呼(よ)びます（呼叫）、飛(と)びます（飛）

※【ばびぶべぼ】：「び」是「い段」

読(よ)みます（閱讀）、飲(の)みます（喝）、噛(か)みます（咬）

※【まみむめも】：「み」是「い段」

帰(かえ)ります（回去）、売(う)ります（賣）、入(はい)ります（進入）、曲(ま)がります（彎）

※【らりるれろ】：「り」是「い段」

第 II 類動詞：有三種型態

(1) ○○ます

↑ **え段 的平假名**　（ます前面，是「え段」的平假名）

● 例如：

食(た)べます（吃）、教(おし)えます（教）

(2) ○○ます

↑ **い段 的平假名**　（ます前面，是「い段」的平假名）

● 這種型態的動詞，結構「和第 I 類相同」，但卻是屬於「第 II 類動詞」。這樣的動詞數量不多，初期階段要先記住下面這 6 個：

起(お)きます（起床）、できます（完成）、借(か)ります（借入）
降(お)ります（下（車））、足(た)ります（足夠）、浴(あ)びます（淋浴）

(3) ○ます

↑ **只有一個音節**　（ます前面，只有一個音節）

● 例如：見(み)ます（看）、寝(ね)ます（睡覺）、います（有（生命物））

● 要注意，「来ます」（來）和「します」（做）除外。不屬於這種型態的動詞。

第 III 類動詞

来(き)ます（來）、します（做）

※ します 還包含：動作性名詞（を）＋します、外來語（を）＋します

● 例如：

来(き)ます（來）、します（做）、勉強(べんきょう)（を）します（學習）、コピー（を）します（影印）

說明：動詞變化速查表

第Ｉ類動詞

●「第Ｉ類動詞」是按照「あ段～お段」來變化（這也是有些書本將這一類稱為「五段動詞」的原因）。下方表格列舉部分「第Ｉ類動詞」來做說明，此類動詞還有很多。

	会 買 洗	行 書 置	泳 急 脱	話 貸 出	待 立 持	死	遊 呼 飛	読 飲 噛	帰 売 入	動詞變化的各種形
あ段	わ	か	が	さ	た	な	ば	ま	ら	＋ない[ない形] ＋なかった[なかった形] ＋れます[受身形、尊敬形] ＋せます[使役形]
い段	い	き	ぎ	し	ち	に	び	み	り	＋ます[ます形]
う段	う	く	ぐ	す	つ	ぬ	ぶ	む	る	[辭書形] ＋な[禁止形]
え段	え	け	げ	せ	て	ね	べ	め	れ	＋ます[可能形] ＋ば[條件形] [命令形]
お段	お	こ	ご	そ	と	の	ぼ	も	ろ	＋う[意向形]
音便	っ	い	い゛	し	っ	ん゛	ん゛	ん゛	っ	＋て（で）[て形] ＋た（だ）[た形]

※ 第Ｉ類動詞：動詞變化的例外字

●行きます（去）

〔て形〕⇒ 行って　（若按照上表原則應為：行いて）　NG！

〔た形〕⇒ 行った　（若按照上表原則應為：行いた）　NG！

●あります（有）

〔ない　形〕⇒ ない　（若按照上表原則應為：あらない）　NG！

〔なかった形〕⇒ なかった　（若按照上表原則應為：あらなかった）　NG！

第II類動詞

●「第II類動詞」的變化方式最單純，只要去掉「ます形」的「ます」，再接續不同的變化形式即可。

●目前，許多日本人已經習慣使用「去掉ら的可能形：れます」，但是「正式的日語可能形」說法，還是「られます」。

動詞變化的各種形

食(た)べ	ない	[ない形]
	なかった	[なかった形]
教(おし)え	られます	[受身形、尊敬形]
	させます	[使役形]
起(お)き	ます	[ます形]
	る	[辭書形]
見(み)	るな	[禁止形]
	られます（れます）	[可能形]（去掉ら的可能形）
寝(ね)	れば	[條件形]
	ろ	[命令形]
・・・	よう	[意向形]
	て	[て形]
等等	た	[た形]

第Ⅲ類動詞

●「第Ⅲ類動詞」只有兩種，但是變化方式非常不規則。尤其是「来ます」，動詞變化之後，漢字部分的發音也改變。努力背下來是唯一的方法！

来（き）ます	します	動詞變化的各種形
来（こ）ない	しない	[ない形]
来（こ）なかった	しなかった	[なかった形]
来（こ）られます	されます	[受身形、尊敬形]
来（こ）させます	させます	[使役形]
来（き）ます	します	[ます形]
来（く）る	する	[辭書形]
来（く）るな	するな	[禁止形]
来（こ）られます（来（こ）れます）	できます	[可能形]（去掉ら的可能形）
来（く）れば	すれば	[條件形]
来（こ）い	しろ	[命令形]
来（こ）よう	しよう	[意向形]
来（き）て	して	[て形]
来（き）た	した	[た形]

說明：各詞類的「丁寧體」與「普通體」

認識「丁寧體」與「普通體」

文體	給對方的印象	適合使用的對象
丁寧體	有禮貌又溫柔	●陌生人 ●初次見面的人 ●還不是那麼熟的人 ●公司相關事務的往來對象 ●晚輩對長輩 （如果是對自己家裡的長輩，則用「普通體」）
普通體	坦白又親近	●家人 ●朋友 ●長輩對晚輩

●用了不恰當的文體，會給人什麼樣的感覺？
該用「普通體」的對象，卻使用「丁寧體」→ 會感覺有一點「見外」
該用「丁寧體」的對象，卻使用「普通體」→ 會感覺有一點「不禮貌」

●「丁寧體」和「普通體」除了用於表達，也會運用在某些文型之中：
運用在文型當中的「丁寧體」→ 稱為「丁寧形」
運用在文型當中的「普通體」→ 稱為「普通形」

「名詞」的「丁寧體」與「普通體」（以「学生」為例）

名詞	肯定形	否定形
現在形	学生（がくせい）です （是學生） 丁寧體	学生（がくせい）じゃありません （不是學生） 丁寧體
	学生（がくせい）[だ] ※ （是學生） 普通體	学生（がくせい）じゃない （不是學生） 普通體
過去形	学生（がくせい）でした （（過去）是學生） 丁寧體	学生（がくせい）じゃありませんでした （（過去）不是學生） 丁寧體
	学生（がくせい）だった （（過去）是學生） 普通體	学生（がくせい）じゃなかった （（過去）不是學生） 普通體

「な形容詞」的「丁寧體」與「普通體」（以「にぎやか」為例）

な形容詞	肯定形		否定形	
現在形	にぎやかです（熱鬧）	丁寧體	にぎやかじゃありません（不熱鬧）	丁寧體
	にぎやか[だ] ※（熱鬧）	普通體	にぎやかじゃない（不熱鬧）	普通體
過去形	にぎやかでした（（過去）熱鬧）	丁寧體	にぎやかじゃありませんでした（（過去）不熱鬧）	丁寧體
	にぎやかだった（（過去）熱鬧）	普通體	にぎやかじゃなかった（（過去）不熱鬧）	普通體

※「名詞」和「な形容詞」的「普通形-現在肯定形」如果加上「だ」，聽起來或看起來會有「感慨或斷定的語感」，所以不講「だ」的情況比較多。

「い形容詞」的「丁寧體」與「普通體」（以「おいしい」為例）

い形容詞	肯定形		否定形	
現在形	おいしいです（好吃的）	丁寧體	おいしくないです（不好吃）	丁寧體
	おいしい（好吃的）	普通體	おいしくない（不好吃）	普通體
過去形	おいしかったです（（過去）是好吃的）	丁寧體	おいしくなかったです（（過去）是不好吃的）	丁寧體
	おいしかった（（過去）是好吃的）	普通體	おいしくなかった（（過去）是不好吃的）	普通體

※「い形容詞」一律去掉「です」就是「普通體」。

「動詞」的「丁寧體」與「普通體」（以「飲みます」為例）

動詞	肯定形		否定形	
現在形	飲（の）みます（喝）	丁寧體	飲（の）みません（不喝）	丁寧體
	飲（の）む（＝辭書形）（喝）	普通體	飲（の）まない（＝ない形）（不喝）	普通體
過去形	飲（の）みました（（過去）喝了）	丁寧體	飲（の）みませんでした（（過去）沒有喝）	丁寧體
	飲（の）んだ（＝た形）（（過去）喝了）	普通體	飲（の）まなかった（＝ない形的た形）※（（過去）沒有喝）※亦叫做「なかった形」	普通體

目錄

028　ㄟ，帶人家去什麼好玩的地方嘛。

029　帶我去兜風嘛。

030　今天晚上有空嗎？

031　突然好想見你喔，現在可以見面嗎？

032　我很想見到你，所以來了…。

033　今天可以跟你見面，真的很高興。

034　和你在一起的時間，總覺得過得特別快。

035　跟你在一起真的感覺很輕鬆。

【每日一句】

【要求】

036　我希望你一直在我身邊。

037　你要一直陪在我旁邊喔。

038　看著我的眼睛對我說。

039　不要對我有所隱瞞喔。

040　你老實說，我不會生氣。

041　你直接叫我的名字就好了。

042　親我一下。

043　你背我好嗎？

044　嘴巴張開「阿～」。

045　你要握緊我的手喔。

046　走路的時候你要牽我啊。

047　你要負責任喔。

048　下次能不能只有我們兩個談一談呢？

049　待會我有件事想要跟你說…。

050　我今天有很重要的事情要說。

051　你還年輕，多談點戀愛嘛。

【每日一句】

【期盼】

052　我想早點見到你…。

053　我好希望明年的聖誕節還能和你一起度過。

054　希望時間永遠停留在這一刻。

055　好想跟你一直這樣下去。

056　多麼希望一輩子都能牽著妳的手。

057　下輩子還想跟你在一起。

058　只要你在我身邊，我什麼都不需要。

059　結婚後我最少想要三個小孩耶。

【每日一句】

【體貼】

060　如果妳會冷的話，要不要穿上我的外套？

061　我送你回家好了。

062　你等我，工作結束後我會去接你。

063　我煮好飯等你喔。

064　（送禮物時）因為我覺得這個很適合妳…。

【每日一句】

【關心】

065　有我在，妳不用擔心。

066　妳不要哭，不然我也會跟著妳難過。

067　怎麼了？有什麼不高興的事嗎？

068　昨天晚上你的手機打不通，怎麼了？

069　到家的話，要打電話給我喔。

070　下班之後，早點回家喔。

071　今天很晚了，要不要留在我這裡過夜？

072　你要先吃飯？還是先洗澡？

【每日一句】

【讚美】

073　你的笑容真的是很棒。

074　看到你的笑容，我就覺得很療癒。

075　你穿什麼都很好看。

【每日一句】

【承諾】

076　我會保護妳的。

077　我一定會讓妳幸福。

078　我一有時間，就馬上去看你。

079　（對花子說）我願意為你做任何事。

080　我願意為你付出一切。

081　我是相信你的。

082　這是我們兩個人的祕密喔。

083　我不可能還有其他喜歡的人吧。

【每日一句】

【認識家人】

084　下次要不要和我父母親一起吃個飯？

085　下次能不能和我的父母見個面呢？

086　我希望你差不多該要跟我爸爸見面了。

【每日一句】

【求婚】

087　從現在起，請妳跟我在一起好嗎？

088　（對女友的父母）請您把女兒嫁給我好嗎？

089　愛你一生一世。

090　我要當你的老婆！

【每日一句】

【疑惑&懷疑】

091　你喜歡哪一種類型的呢？

092　現在有交往的對象嗎？

093　你是不是有其他喜歡的人？

【每日一句】

【拒絕&傷心】

128 對不起，我已經有對象了。

129 我那麼的喜歡你（妳／他／她），卻…。

【每日一句】

【表明立場】

130 因為如果不早點回家，會被爸媽罵。

131 請給我一點時間冷靜想一想。

132 如果你對我沒有感覺的話，就不要對我那麼好。

133 我啊～，現在還不想談戀愛啦。

134 結婚？還早吧～。

135 你不要口是心非了啦。

大家學標準日本語【每日一句】

談情說愛篇

好想談戀愛
告白
表達愛意
約會
要求
期盼
體貼
關心
讚美
承諾
認識家人
求婚
疑惑&懷疑
寂寞&煩惱
吵架&抱怨
道歉
劈腿
分手&挽回
拒絕&傷心
表明立場

MP3 001

我２年沒有交女朋友了。

彼女（かのじょ）いない歴（れき）２年（にねん）です。

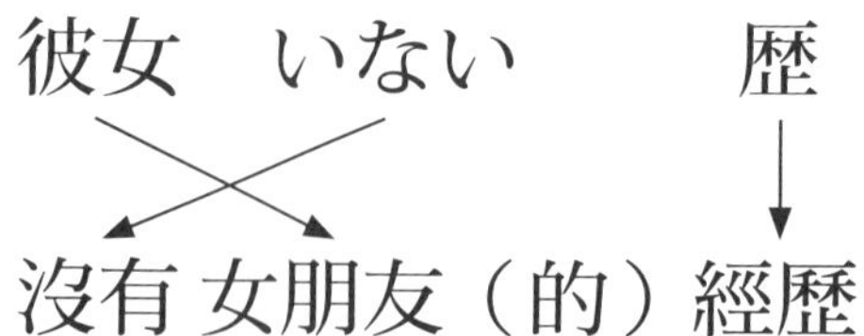

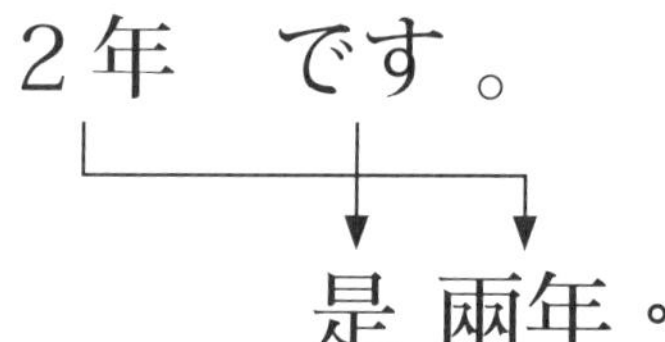

彼女　いない　歴　２年　です。

沒有 女朋友（的）經歷　是 兩年。

使用文型

～歴 ＋ [時間量詞] ＋ です　　～的經歷是～的時間

います（有）	→ 彼女（かのじょ）いない歴（れきにねん）２年です	（沒有女朋友的經歷是２年）
仕事（工作）	→ 仕事歴１５年です（しごとれきじゅうごねん）	（工作經歷是 15 年）
日本滞在（日本居留）	→ 日本滞在歴４年です（にほんたいざいれきよねん）	（日本居留的經歷是４年）

用法 說明自己沒有女朋友的期間有多久時，可以說這句話。

會話練習

（ある合（ごう）コンで）
合コン：聯誼

拓也（たくや）：じゃ、自己紹介（じこしょうかい）します。本村拓也（もとむらたくや）、経済学部二年（けいざいがくぶにねん）、彼女（かのじょ）いない歴（れきにねん）２年です。よろしく～。

じゃ：那麼　自己紹介します：做自我介紹　経済学部二年：經濟學部二年級　よろしく～：請多多指教～

桃子：（小声で）ねえ、桜子、あの本村さんってすてきじゃない？

小聲（的音量）；「で」表示「手段、方法」　ㄟ　表示：主題（＝は）　不是很棒嗎？

桜子：（小声で）そう？　イケメンだけど、

是嗎？　是帥哥，但是…；「けど」表示「逆接」

ちょっと遊び人っぽい*よ。

有點　好像花花公子耶；「よ」表示「提醒」

桃子：そうかしら？　私は誠実な人だと思う*けどなあ。

是那樣嗎？「かしら」是「女性語氣」，表示「不太確定是不是這樣呢…」　覺得是誠實的人；「と」表示「提示內容」　「けど」表示「前言」，是一種緩折的語氣；「なあ」表示「感嘆」

使用文型

動詞　い形容詞　な形容詞

[~~ます~~形／－~~い~~／－~~な~~／名詞] ＋っぽい　有點、好像、容易會～

動	怒ります（生氣）	→ 怒りっぽい	（容易生氣）
い	安い（便宜的）	→ 安っぽい	（看起來便宜）
な	有名（な）（有名）	→ 有名っぽい	（好像很有名）
名	遊び人（花花公子）	→ 遊び人っぽい*	（好像花花公子）

動詞／い形容詞／な形容詞+だ／名詞+だ

[　普通形　] ＋と＋思う　覺得～、認為～、猜想～

※「な形容詞」、「名詞」的「普通形-現在肯定形」，需要有「だ」再接續。

動	結婚します（結婚）	→ 結婚すると思う	（覺得會結婚）
い	優しい（溫柔的）	→ 優しいと思う	（覺得溫柔）
な	便利（な）（方便）	→ 便利だと思う	（覺得方便）
名	人（人）	→ 誠実な人だと思う*	（覺得是誠實的人）

中譯　（在某個聯誼活動上）

拓也：那麼，我來自我介紹。我是本村拓也，經濟學部一年級，我2年沒有交女朋友了。請多多指教～。

桃子：（小聲講話）ㄟ，櫻子，那個本村先生不是很棒嗎？

櫻子：（小聲講話）是嗎？雖然是帥哥，但是感覺有點像是花花公子耶。

桃子：是那樣嗎？我覺得他是個誠實的人啊。

好想談戀愛
002

MP3 002

好想有人陪我一起過聖誕節啊。

誰（だれ）かと一緒（いっしょ）にクリスマスを過（す）ごしたいなあ。

名詞（疑問詞）：誰
助詞：表示不特定
助詞：表示動作夥伴
副詞：一起

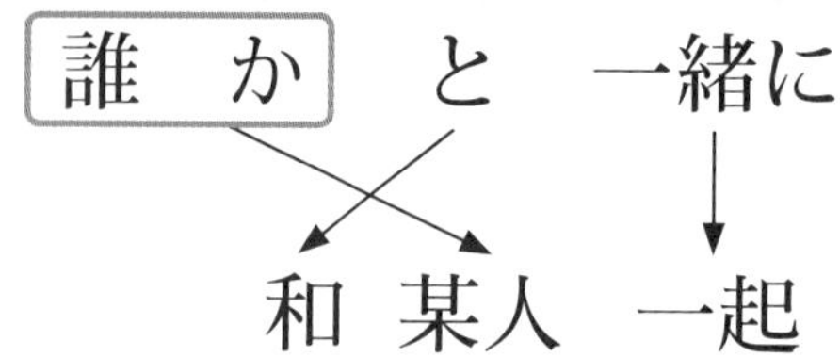

助詞：表示經過點
動詞：度過（過ごします⇒ます形除去[ます]）
助動詞：表示希望
助詞：表示感嘆

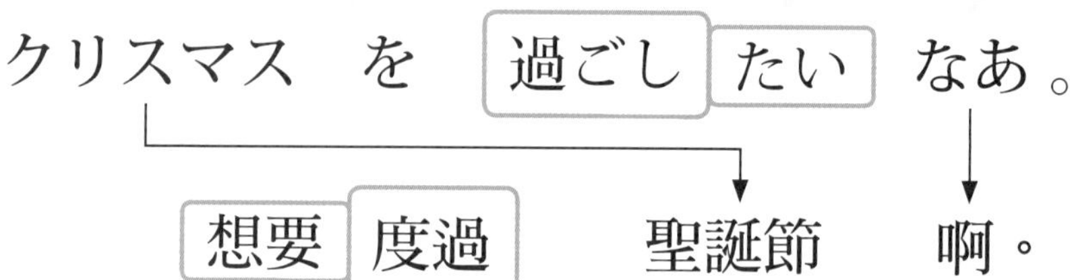

使用文型

動詞
[~~ます~~形]＋たい　想要[做]～

過ごします（度過）	→ 過（す）ごしたい	（想要度過）
食べます（吃）	→ 食（た）べたい	（想要吃）
おしゃべりします（聊天）	→ おしゃべりしたい	（想要聊天）

用法 表明自己沒有可以一起過聖誕節的對象時，可以說這句話。

會話練習

（ある合コンで）
聯誼

桃子：拓也さんって*、クリスマスはどう過ごすんですか*？
表示：主題（＝は）　聖誕節　要怎麼過呢？

拓也：う～ん、特に予定はないけど。あ～あ、誰かと一緒にクリスマスを過ごしたいなあ。
特別　沒有預定計劃；「けど」表示「前言」，是一種緩折的語氣

桃子：ええ～、そうなんですか*？一人はさびしいですよね～。
表示「意外的語氣」　是那樣嗎？　很寂寞對吧；「よ」表示「感嘆」；「ね」表示「期待同意」

桜子：（独り言）怪しい男…。
自言自語　奇怪的

使用文型

[名詞]＋って　表示主題（＝は）

拓也さん（拓也先生）	→ 拓也さんって*	（拓也先生…）
アメリカ（美國）	→ アメリカって	（美國…）
金閣寺（金閣寺）	→ 金閣寺って	（金閣寺…）

動詞／い形容詞／な形容詞＋な／名詞＋な
[　普通形　]＋んですか　關心好奇、期待回答

※ 此為「丁寧體文型」用法，「普通體文型」為「～の？」。
※「な形容詞」、「名詞」的「普通形-現在肯定形」，需要有「な」再接續。
※「副詞」需要有「な」再接續。

動	過ごします（度過）	→ どう過ごすんですか*	（要怎麼度過呢？）
い	難しい（困難的）	→ 難しいんですか	（困難嗎？）
な	派手（な）（花俏）	→ 派手なんですか	（花俏嗎？）
名	有名人（名人）	→ 有名人なんですか	（是名人嗎？）
副	そう（那樣）	→ そうなんですか*	（是那樣嗎？）

中譯　（在某個聯誼活動上）
桃子：拓也先生要怎麼過聖誕節呢？
拓也：嗯～，沒有特別的預定計畫。啊～啊，好想有人陪我一起過聖誕節啊。
桃子：咦～？是那樣嗎？一個人過（聖誕節）很寂寞對吧～。
櫻子：（自言自語）奇怪的男人…。

好想談戀愛 003

MP3 003

有沒有好對象可以介紹給我呢？

誰（だれ）かいい人（ひと）紹介（しょうかい）してくれない？

名詞（疑問詞）：誰	助詞：表示不特定	い形容詞：好、良好	助詞：表示動作作用對象（口語時可省略）	動詞：介紹（紹介します⇒て形）	補助動詞：（くれます⇒ない形）

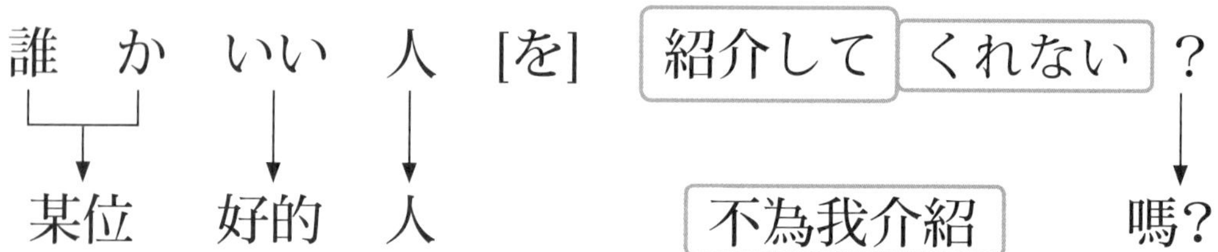

使用文型

動詞

[て形] ＋ くれます　　別人為我 [做] ～

紹介します（介紹）	→ 紹介（しょうかい）してくれます	（別人為我介紹）
取ります（拿）	→ 取（と）ってくれます	（別人為我拿）
準備します（準備）	→ 準備（じゅんび）してくれます	（別人為我準備）

用法　希望別人為自己介紹新戀人時，可以用這句話拜託對方。

會話練習

隆夫：桃子（もも こ）ちゃんと別（わか）れちゃった*の？

分手了嗎？「の？」表示「關心好奇、期待回答」

拓也：うん。っていうか、突然（とつぜん）ふられた…。

與其說（分手）不如說～　被甩了

隆夫：付（つ）き合（あ）って まだ二（に）か月（げつ）もたってない のに*。

交往；「て形」表示「單純接續」　也還沒經過兩個月；「まだ二か月もたっていない」的省略說法；「も」表示「也」　卻…

拓也：なあ、隆夫（たかお）、誰（だれ）かいい人紹介（ひとしょうかい）してくれない？

ㄟ

使用文型

動詞

[て形（～て／～で）]＋ちゃった／じゃった　（無法挽回的）遺憾

※ 此為「動詞て形 ＋ しまった」的「縮約表現」，口語時常使用「縮約表現」。
※ 屬於「普通體文型」，「丁寧體文型」為「動詞て形除去 [て／で] ＋ ちゃいました ／ じゃいました」。

別れます（分手）　→ 別（わか）れちゃった*　（很遺憾分手了）
忘れます（忘記）　→ 忘（わす）れちゃった　（不小心忘記了）
落とします（弄丟）　→ 落（お）としちゃった　（不小心弄丟了）

動詞／い形容詞／な形容詞＋な／名詞＋な

[　普通形　]＋のに　～，卻～

※「な形容詞」、「名詞」的「普通形-現在肯定形」，需要有「な」再接續。

動　たって[い]ます（經過～）　→ 二か月（に げつ）もたって[い]ないのに*　（也沒有經過兩個月，卻～）
い　寒い（冷的）　→ 寒（さむ）かったのに　（很冷，卻～）
な　簡単（な）（簡單）　→ 簡単（かんたん）なのに　（簡單，卻～）
名　日曜日（星期日）　→ 日曜日（にちようび）なのに　（是星期日，卻～）

中譯
隆夫：你和桃子分手了嗎？
拓也：嗯。與其說分手，不如說是突然就被甩了…。
隆夫：交往也還不到兩個月，卻…。
拓也：ㄟ，隆夫，有沒有好對象可以介紹給我呢？

MP3 004

其實我很在乎你。

あなたのことがいつも気(き)になってたんだ。

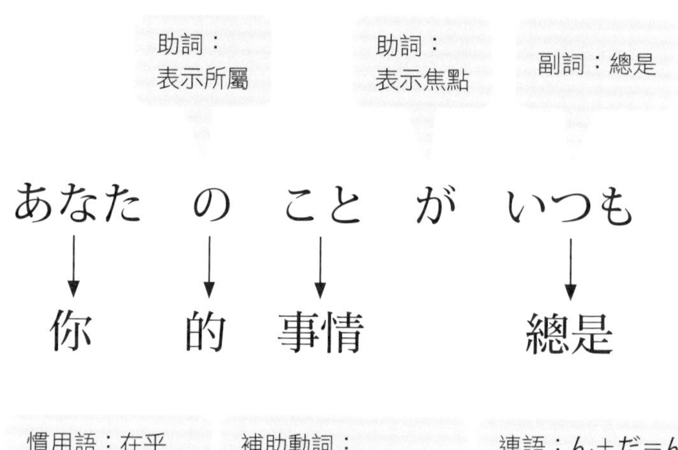

慣用語：在乎
（気になります
⇒て形）

補助動詞：
（います⇒た形）
（口語時可省略い）

連語：ん＋だ＝んです的普通體
ん…形式名詞（の⇒縮約表現）
だ…助動詞：表示斷定
（です⇒普通形-現在肯定形）

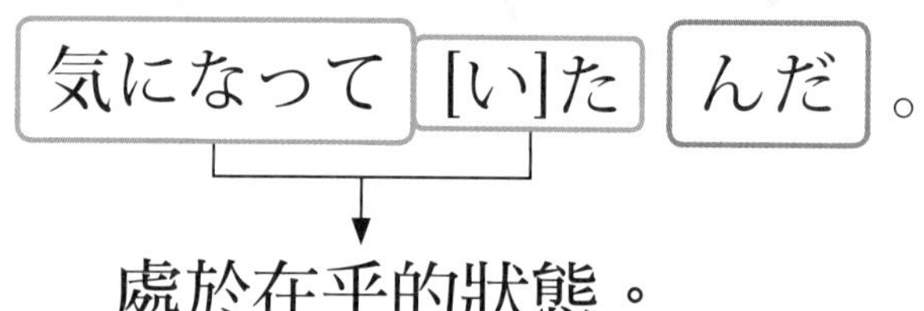

處於在乎的狀態。

使用文型

動詞

[て形] ＋ います　目前狀態

気になります（在乎）	→ 気(き)になっています	（目前是在乎的狀態）
結婚します（結婚）	→ 結婚(けっこん)しています	（目前是已婚的狀態）
覚えます（記住）	→ 覚(おぼ)えています	（目前是記住的狀態）

動詞／い形容詞／な形容詞＋な／名詞＋な

[　　普通形　　]＋んです　強調

※此為「丁寧體文型」用法，「普通體文型」為「～んだ」，口語說法為「～の」。
※「な形容詞」、「名詞」的「普通形-現在肯定形」，需要有「な」再接續。

動	気になって[い]ます（在乎的狀態）	→ 気（き）になって[い]たんです（很在乎的狀態）
い	可愛い（可愛的）	→ 可愛（かわい）いんです（很可愛）
な	好き（な）（喜歡）	→ 好（す）きなんです（很喜歡）
名	恋人（戀人）	→ 恋人（こいびと）なんです（是戀人）

用法 對自己在意的人表達好感時，可以說這句話。（此句為女性用語，只有女性會稱呼情人「あなた」。）

會話練習

花子（はなこ）：ねえ、太郎（たろう）さん。
（ねえ：ㄟ）

太郎（たろう）：うん、何（なに）？
（何？：什麼事？）

花子（はなこ）：あなたのことがいつも気（き）になってたんだ。

太郎（たろう）：え、ほんとに？　実（じつ）は僕（ぼく）も花子（はなこ）さんのことが…。
（ほんとに？：真的嗎？　実は：其實　も：也）

相關表現

某人＋の＋こと＋が＋気になる／好きだ　喜歡某人

※直接說「某人＋が＋気になる／好きだ」會讓對方感覺壓力大；
　說「某人＋の＋こと＋が＋気になる／好きだ」比較不會造成對方壓力。

讓人「有」壓力的說法 → Aが好（す）きだ（喜歡A）

讓人「沒有」壓力的說法 → Aのことが好（す）きだ（喜歡A）

中譯
花子：ㄟ，太郎。
太郎：嗯，什麼事？
花子：其實我很在乎你。
太郎：咦？真的嗎？其實我對花子也…。

告白
005

請你以結婚為前提跟我交往。

結婚(けっこん)を前提(ぜんてい)に付(つ)き合(あ)ってください。

助詞：表示動作作用對象

動詞：表示決定結果

助詞：交往（付き合います⇒て形）

補助動詞：請（くださいます⇒命令形［くださいませ］除去［ませ］）

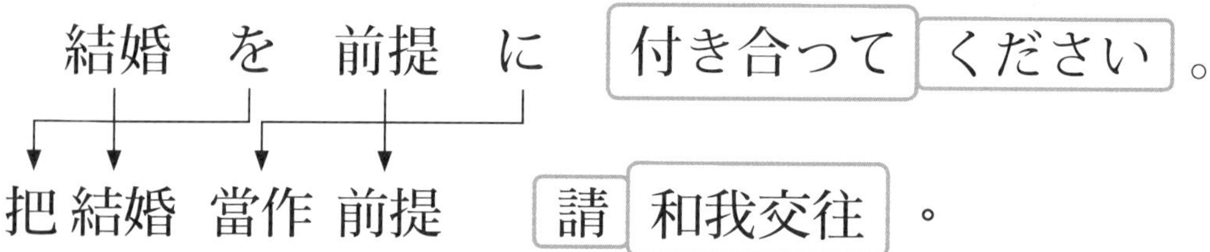

使用文型

動詞

［て形］＋ください　　請［做］～

付き合います（交往）→ 付(つ)き合(あ)ってください（請交往）

考えます（考慮）→ 考(かんが)えてください（請考慮）

受け止めます（接受）→ 受(う)け止(と)めてください（請接受）

用法 將結婚這件事考慮在內，想要跟對方認真交往時，可以說這句話。

會話練習

隆夫（たかお）：美耶（みや）さん、大事（だいじ）な話（はなし）がある んだ*けど…。
（大事な話：重要的事情；ある：有；「んだ」表示「強調」；「けど」表示「前言」，是一種緩折的語氣）

美耶（みや）：何（なに）か用（よう）ですか？　隆夫（たかお）さん。
（何か用ですか？：有什麼事情嗎？）

隆夫（たかお）：結婚（けっこん）を前提（ぜんてい）に付（つ）き合（あ）ってください。

美耶（みや）：え！？　そんな事（こと）、いきなり 言（い）われても*…。
（そんな事：那種事情；いきなり：突然；言われても：即使被你說出來，也…）

使用文型

動詞／い形容詞／な形容詞＋な／名詞＋な

[　普通形　]＋んだ　強調

※ 此為「普通體文型」用法，「丁寧體文型」為「～んです」，口語説法為「～の」。
※「な形容詞」、「名詞」的「普通形-現在肯定形」，需要有「な」再接續。

動	あります（有）	→ 大事（だいじ）な 話（はなし）があるんだ*	（有重要的事情）
い	悔しい（後悔的）	→ 悔（くや）しいんだ	（很後悔）
な	贅沢（な）（奢侈）	→ 贅沢（ぜいたく）なんだ	（很奢侈）
名	迷信（迷信）	→ 迷信（めいしん）なんだ	（是迷信）

動詞　い形容詞　な形容詞

[て形／－い＋くて／－な＋で／名詞＋で]＋も　即使～，也～

動	言われます（被～說）	→ 言（い）われても*	（即使被你說，也～）
い	難しい（困難的）	→ 難（むずか）しくても	（即使困難，也～）
な	ロマンチック（な）（浪漫）	→ ロマンチックでも	（即使浪漫，也～）
名	一目惚れ（一見鍾情）	→ 一目惚（ひとめぼ）れでも	（即使是一見鍾情，也～）

中譯
隆夫：美耶，我有重要的事情要跟你說…。
美耶：有什麼事情嗎？隆夫。
隆夫：請你以結婚為前提跟我交往。
美耶：咦！？你突然說出那種事情，我也…。

告白
006

我對你是一見鍾情。

あなたに一目惚れしちゃった。

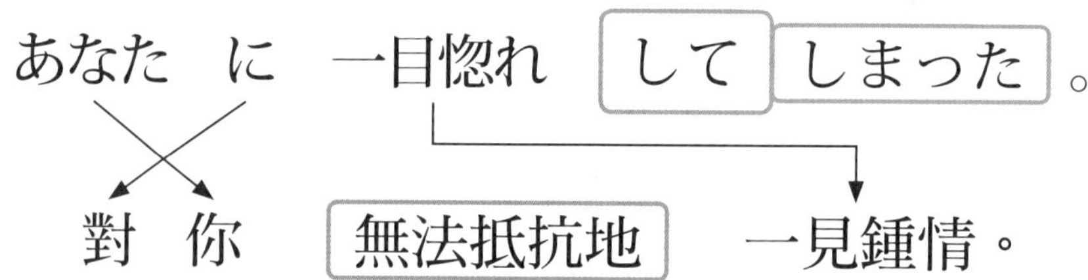

あなた　に　一目惚れ　して　しまった。

對　你　無法抵抗地　一見鍾情。

※「一目惚れしてしまった」的「縮約表現」是「一目惚れしちゃった」，口語時常使用「縮約表現」。

使用文型

動詞

［て形］＋しまいます　無法抵抗、無法控制

します（做）	→ 一目惚れしてしまいます	（不由得一見鍾情）
愛します（愛）	→ 愛してしまいます	（不由得愛上）
慌てます（慌張）	→ 慌ててしまいます	（不由得慌張）

用法 喜歡上第一次見面的人時，可以說這句話。（此句為女性用語，只有女性會稱呼情人「あなた」。）

會話練習

桃子（ももこ）：拓也（たくや）さん。私（わたし）、あなたに一目惚（ひとめぼ）れしちゃった。

拓也（たくや）：え？（咦？）　僕（ぼく）のことを？（を：表示：動作作用對象）

桃子（ももこ）：そうよ。（對啊；「よ」表示「提醒」）拓也（たくや）さんは、今彼女（いまかのじょ）いない（沒有女朋友；「彼女がいない」的省略說法）んです*（表示：強調）よね。（「よ」表示「提醒」；「ね」表示「再確認」）

拓也（たくや）：え（嗯）、ああ、はい（是的）…。

使用文型

動詞／い形容詞／な形容詞＋な／名詞＋な

[　　普通形　　]＋んです　強調

※ 此為「丁寧體文型」用法，「普通體文型」為「～んだ」，口語說法為「～の」。
※「な形容詞」、「名詞」的「普通形-現在肯定形」，需要有「な」再接續。

い	います（有）	→ 彼女（かのじょ）[が]いないんです*	（沒有女朋友）
い	悲しい（悲傷的）	→ 悲（かな）しいんです	（很悲傷）
な	安心（な）（安心）	→ 安心（あんしん）なんです	（很安心）
名	元彼（前男友）	→ 元彼（もとかれ）なんです	（是前男友）

除了「一見鍾情」，還有…

片想（かたおも）い　（單戀）

両想（りょうおも）い　（彼此互相喜歡但彼此不知道／彼此相愛）

相思相愛（そうしそうあい）　（彼此相愛）

曖昧（あいまい）な関係（かんけい）　（曖昧關係）

横恋慕（よこれんぼ）　（喜歡別人的男朋友／喜歡別人的女朋友）

中譯
桃子：拓也。我對你是一見鍾情。
拓也：咦？對我？
桃子：對啊。拓也現在沒有女朋友對吧？
拓也：嗯，啊～，是的…。

告白 007

是我很喜歡的類型。
すごくタイプです。

い形容詞：非常
（すごい⇒副詞用法）
（後面省略了「好きな」）

助動詞：表示斷定
（現在肯定形）

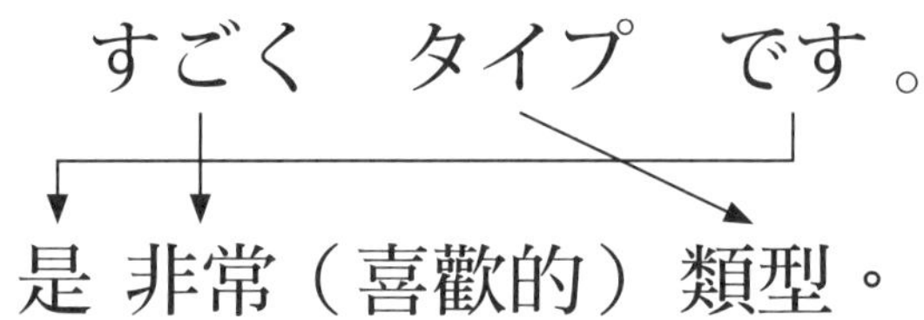

相關表現

個性的類型（男生）

体育会系（たいいくかいけい）（喜歡運動而且重視學長學弟關係的男生）、
草食系（そうしょくけい）（對戀愛不主動、溫柔型的男生）、ビジュアル系（けい）（視覺系型的男生）、
秋葉系（あきばけい）（宅男型的男生）

個性的類型（男・女）

癒し系（いやしけい）（療癒型）、肉食系（にくしょくけい）（對戀愛很積極、活潑型）、お笑い系（おわらいけい）（搞笑型）

體型的類型

ムキムキ（肌肉很壯的）、ガリガリ（瘦得很不健康）、
細（ほそ）マッチョ（精瘦而有肉）、ぽっちゃり（肉肉的）、ほっそり（瘦瘦的）

用法 表明對方是自己非常喜歡的類型時，可以說這句話。

會話練習

桜子(さくらこ)：ねえ、結局(けっきょく)、桃子(ももこ)と付(つ)き合(あ)うことになった*の？*

結果

決定要和…交往了嗎？「と」表示「動作夥伴」；「…ことになった」表示「（非自己一個人）決定…了」

康博(やすひろ)：いえ、そうじゃないと思(おも)いますけど。

覺得不是那樣；「と」表示「提示內容」；「けど」表示「前言」，是一種緩折的語氣

桜子(さくらこ)：桃子(ももこ)みたいな人(ひと)、タイプじゃないの？*

像桃子那樣的人　不是喜歡的類型嗎？

康博(やすひろ)：…いえ、すごくタイプです…。

不

使用文型

動詞

[辭書形] ＋ ことになった　決定 [做] ～了（非自己一個人意志所決定的）

付き合います（交往）	→ 付(つ)き合(あ)うことになった*	（決定要交往了）
行きます（去）	→ 行(い)くことになった	（決定要去了）
働きます（工作）	→ 働(はたら)くことになった	（決定要工作了）

動詞／い形容詞／な形容詞＋な／名詞＋な

[　普通形　] ＋ の？　關心好奇、期待回答

※ 此為「普通體文型」用法，「丁寧體文型」為「～んですか」。
※「な形容詞」、「名詞」的「普通形-現在肯定形」，需要有「な」再接續。

動	なります（變成）	→ 付(つ)き合(あ)うことになったの？*	（決定要交往了嗎？）
い	熱い（燙的）	→ 熱(あつ)いの？	（燙嗎？）
な	簡単（な）（簡單）	→ 簡単(かんたん)なの？	（簡單嗎？）
名	タイプ（類型）	→ タイプじゃないの？*	（不是（喜歡的）類型嗎？）

中譯　櫻子：ㄟ，結果，你決定要和桃子交往了嗎？
康博：不，我覺得還不是那樣。
櫻子：像桃子那樣的女生，不是你喜歡的類型嗎？
康博：…不，（她）是我很喜歡的類型。

告白 008

非妳不可了。

君（きみ）じゃなきゃ、だめなんだ。

連語：表示斷定
（だ⇒現在否定形［じゃない］
的條件形）

な形容詞：不行
（だめ
⇒名詞接續用法）

連語：ん＋だ＝んです的普通體
ん…形式名詞（の⇒縮約表現）
だ…助動詞：表示斷定
（です⇒普通形-現在肯定形）

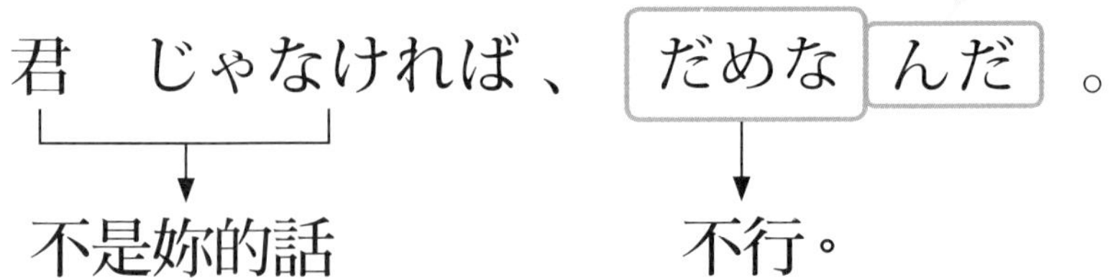

※「君じゃなければ」的「縮約表現」是「君じゃなきゃ」，口語時常使用「縮約表現」。
※ 君（きみ）：在戀愛關係中，通常是男生稱呼女生「君」，女生不會稱呼男生「君」。
在職場上，男性可能稱呼晚輩的男性或女性為「君」，但此種用法較不常見。

使用文型

動詞／い形容詞／な形容詞＋な／名詞＋な

［　　普通形　　］＋んです　　強調

※ 此為「丁寧體文型」用法，「普通體文型」為「～んだ」，口語説法為「～の」。
※「な形容詞」、「名詞」的「普通形-現在肯定形」，需要有「な」再接續。

動	行きます（去）	→ 行（い）くんです	（要去）
い	広い（寬廣的）	→ 広（ひろ）いんです	（很寬廣）
な	だめ（な）（不行）	→ だめなんです	（不行）
名	冗談（玩笑）	→ 冗談（じょうだん）なんです	（是玩笑）

用法 告訴對方「除了你之外，沒有其他人比你重要」，所使用的一句話。

會話練習

拓也（たくや）：花子（はなこ）さん、太郎君（たろうくん）と別（わか）れて、
和太郎分手；「て形」表示「動作順序」

僕（ぼく）と付（つ）き合（あ）ってくれないかな？*
會不會（為我）和我交往呢？「かな」表示「一半疑問、加上一半自言自語的疑問語氣」

花子（はなこ）：…それはちょっと…。ごめんなさい。
有點…　對不起

今（いま）はどうしていいか自分（じぶん）でも*わからないの…。
應該怎麼辦才好呢？　即使是我自己，也不知道；「の」表示「強調」

拓也（たくや）：君（きみ）じゃなきゃ、だめなんだ。考（かんが）えてくれないかな*…。
會不會（為我）考慮呢？「かな」表示「一半疑問、加上一半自言自語的疑問語氣」

使用文型

動詞

[て形]＋くれないかな？　會不會（為我）[做]～呢？

- 付き合います（交往）→ 付（つ）き合（あ）ってくれないかな？*（會不會（為我）和我交往呢？）
- 考えます（考慮）→ 考（かんが）えてくれないかな？*（會不會（為我）考慮呢？）
- 貸します（借出）→ 貸（か）してくれないかな？（會不會（為我）借給我呢？）

動詞　い形容詞　な形容詞

[て形／－い＋くて／－な＋で／名詞＋で]＋も　即使～，也～

- 動　寝坊します（睡過頭）→ 寝坊（ねぼう）しても（即使睡過頭，也～）
- い　おいしい（好吃的）→ おいしくても（即使好吃，也～）
- な　優秀（な）（優秀）→ 優秀（ゆうしゅう）でも（即使優秀，也～）
- 名　自分（自己）→ 自分（じぶん）でも*（即使是我自己，也～）

中譯

拓也：花子，妳和太郎分手後，會不會和我交往呢？
花子：…那個有點…。對不起。即使是我自己，也不知道現在應該怎麼辦才好…。
拓也：非妳不可了。妳會不會為我考慮呢？

告白
009

MP3 009

沒辦法，我就是喜歡上了嘛。

好(す)きになっちゃったんだから、しょうがないでしょ。

な形容詞：喜歡

助詞：表示變化結果

動詞：變成（なります⇒て形）

補助動詞：無法抵抗、無法控制（しまいます⇒た形）

連語：ん+だ=んです的普通體
ん…形式名詞（の⇒縮約表現）
だ…助動詞：表示斷定
（です⇒普通形-現在肯定形）

助詞：表示原因理由

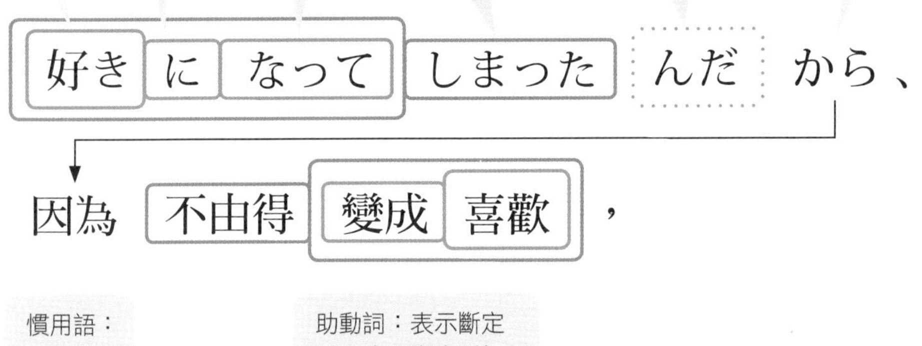

慣用語：沒辦法

助動詞：表示斷定
（です⇒意向形）
（口語時可省略う）

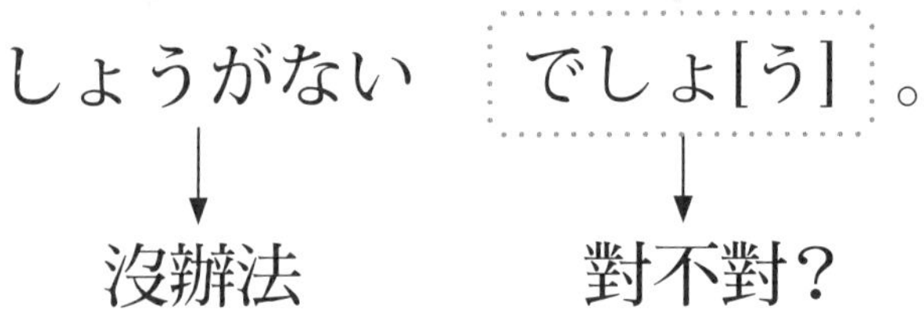

※「好きになってしまった」的「縮約表現」是「好きになっちゃった」，口語時常使用「縮約表現」。

使用文型

動詞　い形容詞　な形容詞

[辭書形＋ように／－~~い~~＋く／－~~な~~＋に／名詞＋に]＋なります　變成

動	運動します（運動）	→ 運動(うんどう)するようになります	（變成有運動的習慣）
い	優しい（溫柔的）	→ 優(やさ)しくなります	（變溫柔）
な	好き（な）（喜歡）	→ 好(す)きになります	（變喜歡）
名	俳優（演員）	→ 俳優(はいゆう)になります	（成為演員）

動詞

[て形] + しまいます　無法抵抗、無法控制

なります（變成） → 好(す)きになってしまいます　（不由得變喜歡）

思い出します（想起） → 思(おも)い出(だ)してしまいます　（不由得想起來）

興奮します（興奮） → 興奮(こうふん)してしまいます　（不由得興奮起來）

動詞／い形容詞／な形容詞＋な／名詞＋な

[普通形] + んです　強調

※ 此為「丁寧體文型」用法，「普通體文型」為「～んだ」，口語說法為「～の」。
※「な形容詞」、「名詞」的「普通形-現在肯定形」，需要有「な」再接續。

動　なってしまいます（不由得變成） → なってしまったんです（不由得變成了）

い　羨ましい（羨慕的） → 羨(うらや)ましいんです　（很羨慕）

な　新鮮（な）（新鮮） → 新鮮(しんせん)なんです　（很新鮮）

名　本音（真心話） → 本音(ほんね)なんです　（是真心話）

動詞／い形容詞／な形容詞／名詞

[普通形] + でしょう　～對不對？

※ 此為「丁寧體文型」用法，「普通體文型」為「～だろう」。
※「～でしょう」表示「應該～吧」的「推斷語氣」時，語調要「下降」。
「～でしょう」表示「～對不對？」的「再確認語氣」時，語調要「提高」。

動　予約します（預約） → 予約(よやく)したでしょう　（預約了對不對？）

い　しょうがない（沒辦法） → しょうがないでしょう（沒辦法對不對？）

な　ロマンチック（な）（浪漫的） → ロマンチックでしょう（很浪漫對不對？）

名　外国人（外國人） → 外国人(がいこくじん)でしょう　（是外國人對不對？）

用法　喜歡一個人的感情比任何事情都優先，無法做出理性的判斷時，可以說這句話。

會話練習

桜子（さくらこ）：この前（まえ）の合（ごう）コンで知（し）り合（あ）った拓也（たくや）さんと付（つ）き合（あ）い始（はじ）めたんだって*？

（合コンで：在聯誼活動；「で」表示「動作進行地點」／知り合った：認識／と付き合い始めた：和…開始交往了；「と」表示「動作夥伴」／んだって：聽說）

桃子（ももこ）：うん。そうよ。

（そうよ：對啊；「よ」表示「提醒」）

桜子（さくらこ）：だいじょうぶなの？　なんか遊（あそ）び人（にん）っぽくない？

（だいじょうぶなの？：沒問題嗎？「の？」表示「關心好奇、期待回答」／なんか：總覺得／遊び人っぽくない？：不會好像花花公子嗎？）

桃子（ももこ）：好（す）きになっちゃったんだから、しょうがないでしょ。

一緒（いっしょ）にいて楽（たの）しければいいじゃない？*

（一緒にいて：在一起；「て形」表示「單純接續」／楽しければいいじゃない？：不是快樂就好了嗎？）

使用文型

動詞／い形容詞／な形容詞＋な／名詞＋な

[　　普通形　　]＋んだって　　聽說

※「な形容詞」、「名詞」的「普通形-現在肯定形」，需要有「な」再接續。

動	付き合い始めます（開始交往）	→ 付（つ）き合（あ）い始（はじ）めたんだって*	（聽說開始交往了）
い	安い（便宜的）	→ 安（やす）いんだって	（聽說很便宜）
な	静か（な）（安靜）	→ 静（しず）かなんだって	（聽說很安靜）
名	俳優（演員）	→ 俳優（はいゆう）なんだって	（聽說是演員）

動詞　　い形容詞　　な形容詞

[條件形／－~~い~~＋ければ／－~~な~~＋なら／名詞＋なら]＋いいじゃない？

～的話就好了，不是嗎？

動	使えます（可以使用）	→ 使（つか）えればいいじゃない？	（可以使用的話就好了，不是嗎？）
い	楽しい（快樂的）	→ 楽（たの）しければいいじゃない？*	（快樂的話就好了，不是嗎？）
な	便利（な）（方便）	→ 便利（べんり）ならいいじゃない？	（方便的話就好了，不是嗎？）
名	人（人）	→ 優（やさ）しい人（ひと）ならいいじゃない？	（是溫柔的人就好了，不是嗎？）

中譯

櫻子：聽說你和之前在聯誼活動上認識的拓也先生開始交往了？
桃子：嗯。對啊。
櫻子：沒問題嗎？不覺得他好像花花公子嗎？
桃子：沒辦法，我就是喜歡上了嘛。在一起不是覺得快樂就好了嗎？

筆記頁

空白一頁，讓你記錄學習心得，也讓下一個單元，能以跨頁呈現，方便於對照閱讀。

（請加油！）

告白

010

 MP3 010

感覺我們是比朋友還要好了…。

友達（ともだち）以上（いじょう）恋人（こいびと）未満（みまん）って感（かん）じかな…。

助詞：表示提示內容（＝という）

名詞：感覺（動詞［感じます］的名詞化）

助詞：表示不確定

助詞：表示感嘆（自言自語）

友達　以上　恋人　未満　って　感じ　か　な…。

↓

朋友　以上　戀人　未滿（這樣的）感覺　是不是這樣呢…

使用文型

「以上、以下、未滿」的用法

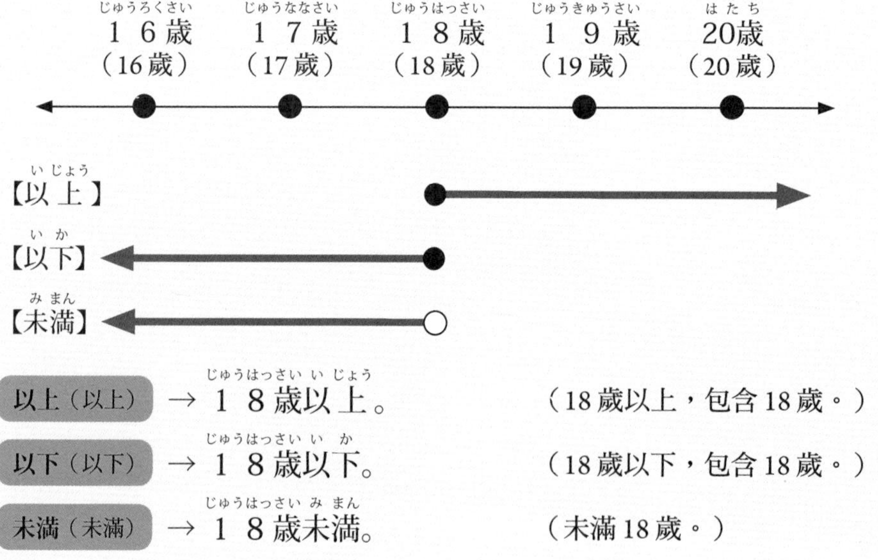

用法　覺得兩人的狀態是處於曖昧關係時，可以說這句話。

會話練習

隆夫（たかお）：ねえ、僕（ぼく）たちって今（いま）どんな関係（かんけい）なのかな？*

我們；「って」表示「主題（＝は）」

是什麼關係呢？「のか」等同「んですか」，表示「關心好奇、期待回答」，前面是「名詞的普通形-現在肯定形」，需要有「な」再接續；「かな」表示「一半疑問、加上一半自言自語的疑問語氣」，兩者一起用後變成「のかな」

美耶（みや）：う～ん。友達以上恋人未満（ともだちいじょうこいびとみまん）って感（かん）じかな…。

隆夫（たかお）：そっか。僕（ぼく）もそんな感（かん）じかな* と思（おも）ってたんだ。

這樣子啊

大概是那種感覺吧…「かな」表示；「不太確定是不是這樣呢…」

之前就一直覺得…；「…と思っていたんだ」的省略說法；「んだ」表示「強調」

使用文型

動詞／い形容詞／な形容詞／名詞

[普通形]＋かな　一半疑問、加上一半自言自語的疑問語氣（希望藉此減輕對方要回答的壓力）

動	晴れます（放晴）	→ 明日（あした）晴（は）れるかな	（明天會放晴嗎？）
い	いい（好的）	→ 海外旅行（かいがいりょこう）のほうがいいかな	（國外旅行比較好嗎？）
な	きれい（な）（乾淨）	→ このホテル、きれいかな	（這家飯店會不會乾淨呢？）
名	の（形式名詞）	→ どんな関係（かんけい）なのかな？*	（是什麼關係呢？）

動詞／い形容詞／な形容詞／名詞

[普通形]＋かな　不太確定是不是這樣呢…（猶豫不決的語氣）

動	寝ます（睡覺）	→ そろそろ寝（ね）るかな	（是不是該睡了呢…）
い	寒い（寒冷的）	→ 毛布一枚（もうふいちまい）じゃ寒（さむ）いかな	（一條毛毯的話會不會冷呢…）
な	ハンサム（な）（帥氣）	→ 生（う）まれてくる子（こ）はハンサムかな	（生出來的小孩是不是帥氣呢…）
名	感じ（感覺）	→ そんな感（かん）じかな*	（大概是那種感覺吧…）

中譯
隆夫：ㄟ，我們現在算是什麼關係呢？
美耶：嗯～。感覺我們是比朋友還要好了…。
隆夫：這樣子啊。我也一直覺得大概是那種感覺吧…。

表達愛意 011

MP3 011

能夠遇見你真是太好了。

あなたに会(あ)えてよかった。

助詞：表示接觸點

動詞：見面（会います⇒可能形［会えます］的て形）（て形表示原因）

い形容詞：好、良好（よい⇒過去肯定形）

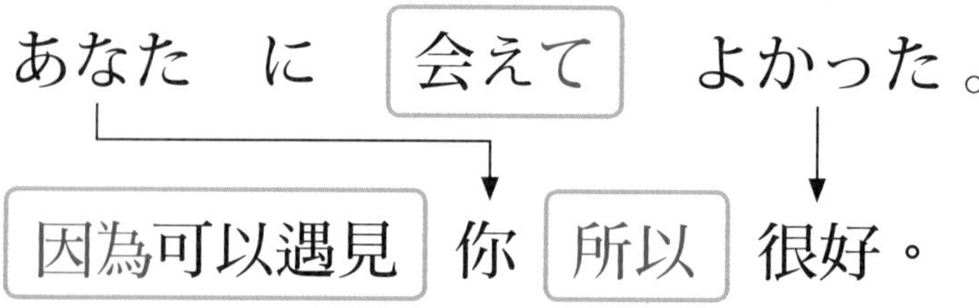

使用文型

動詞　い形容詞　な形容詞

［て形／－い＋くて／－な＋で／名詞＋で］、～　因為～，所以～

動	会えます（可以見面）	→ 会(あ)えて	（因為可以見面，所以～）
い	辛い（痛苦的）	→ 辛(つら)くて	（因為很痛苦，所以～）
な	幸せ（な）（幸福）	→ 幸(しあわ)せで	（因為很幸福，所以～）
名	風邪（感冒）	→ 風邪(かぜ)で	（因為是感冒，所以～）

用法 很高興能夠認識對方時，可以說這句話。（此句為女性用語，只有女性會稱呼情人「あなた」。）

會話練習

太郎（たろう）：もう遲（おそ）いから*家（いえ）まで送（おく）るよ。
已經　因為很晚了　送你到家裡吧；「よ」表示「提醒」

花子（はなこ）：いいの？
可以嗎？「の？」表示「關心好奇、期待回答」

太郎（たろう）：もちろんだって*。
當然；「って」表示「強烈主張」

花子（はなこ）：うれしい。…あなたに会（あ）えてよかった。

使用文型

動詞／い形容詞／な形容詞＋だ／名詞＋だ

[普通形]＋から　因為～

※「な形容詞」、「名詞」的「普通形-現在肯定形」，需要有「だ」再接續。

動	出かけます（出門）	→ 出（で）かけるから	（因為要出門）
い	遅い（（時間）晚的）	→ もう遅（おそ）いから*	（因為已經很晚了）
な	便利（な）（方便）	→ 便利（べんり）だから	（因為方便）
名	恋人（戀人）	→ 恋人（こいびと）だから	（因為是戀人）

動詞／い形容詞／な形容詞＋だ／名詞＋だ

[普通形]＋って　表示強烈主張、輕微不耐煩

※「な形容詞」、「名詞」的「普通形-現在肯定形」，需要有「だ」再接續。
※「副詞」需要有「だ」再接續。

動	しています（做～的狀態）	→ 浮気（うわき）なんかしていないって	（我沒有外遇）
い	いい（好的）	→ ゆっくり休（やす）んだ方（ほう）がいいって	（好好地休息比較好）
な	だいじょうぶ（な）（沒問題）	→ 僕（ぼく）はだいじょうぶだって	（我沒問題的）
名	本当（真的）	→ 本当（ほんとう）だって	（是真的）
副	もちろん（當然）	→ もちろんだって*	（當然）

中譯
太郎：因為已經很晚了，我送你回家吧。
花子：可以嗎？
太郎：當然。
花子：我好高興。…能夠遇見你真的是太好了。

表達愛意

012

MP3 012

能夠遇見你真的很幸福。

あなたと出会(であ)えて幸(しあわ)せ。

助詞：表示動作夥伴

動詞：相逢
（出会います
⇒可能形[出会えます]的て形）
（て形表示原因）

な形容詞：幸福

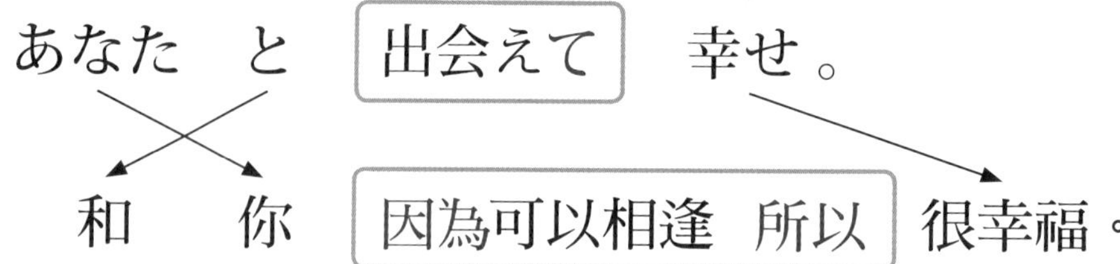

使用文型

動詞　い形容詞　な形容詞

[て形／－~~い~~＋くて／－~~な~~＋で／名詞＋で]、～　因為～，所以～

動	出会えます（可以相逢）	→ 出会(であ)えて	（因為可以相逢，所以～）
い	珍しい（珍貴的）	→ 珍(めずら)しくて	（因為珍貴，所以～）
な	大好き（な）（最喜歡）	→ 大好(だいす)きで	（因為最喜歡，所以～）
名	風邪（感冒）	→ 風邪(かぜ)で	（因為是感冒，所以～）

用法　告訴對方，能夠遇見對方是很幸福的事情，所使用的一句話。（此句為女性用語，只有女性會稱呼情人「あなた」。）

會話練習

太郎：花子は僕と知り合えて良かったと思ってる*？

因為可以和我認識；「と」表示「動作夥伴」；「て形」表示「原因」
覺得很好嗎？「良かったと思っている？」的省略說法

花子：うん、あなたと出会えて幸せ。

太郎：もし、出会ってなかったら*、どうなってたかな？

如果
是沒有相逢的狀態的話；「出会っていなかったら」的省略說法
會變成怎麼樣呢？「どうなっていたかな？」的省略說法；「かな」表示「一半疑問、加上一半自言自語的疑問語氣」

花子：…考えられないわ。

無法想像；「わ」表示「女性語氣」

使用文型

動詞／い形容詞／な形容詞+だ／名詞+だ

[普通形]＋と＋思っている　覺得～、認為～、猜想～

※「な形容詞」、「名詞」的「普通形-現在肯定形」，需要有「だ」再接續。
※「～と思う」是「現在當下覺得～」；「～と思っている」是「持續性的覺得～」。
※ 口語時，可省略「～と思っている」的「い」。

動	似合います（適合）	→ 似合うと思って[い]る	（覺得適合）
い	良い（好的）	→ 良かったと思って[い]る*	（覺得很好）
な	安全（な）（安全）	→ 安全だと思って[い]る	（覺得安全）
名	犯人（犯人）	→ 犯人だと思って[い]る	（覺得是犯人）

動詞／い形容詞／な形容詞／名詞

[た形／なかった形]＋ら　如果～的話

動	出会って[い]ます（相逢的狀態）	→ 出会って[い]なかったら*	（如果是沒有相逢的狀態的話）
い	寒い（寒冷的）	→ 寒かったら	（如果很冷的話）
な	派手（な）（花俏）	→ 派手だったら	（如果花俏的話）
名	観光客（觀光客）	→ 観光客だったら	（如果是觀光客的話）

中譯
太郎：花子，你覺得能夠認識我是好事嗎？
花子：嗯，能夠遇見你真的很幸福。
太郎：如果，我們沒有相逢的話，會變成怎麼樣呢？
花子：…我無法想像耶。

表達愛意
013

MP3 013

能夠和你交往真的很好，謝謝你。

付(つ)き合(あ)えてよかった。感謝(かんしゃ)してる。

動詞：交往
（付き合います
⇒可能形 [付き合えます]
的て形）
（て形表示原因）

助詞：好、良好
（よい
⇒過去肯定形）

動詞：感謝
（感謝します
⇒て形）

補助動詞：
（います⇒辭書形）
（口語時可省略い）

付き合えて　よかった。 感謝して [い]る 。

因為可以交往 所以　很好，　目前是感謝的狀態。

使用文型

動詞　い形容詞　な形容詞

[て形／－い＋くて／－な＋で／名詞＋で]、～　因為～，所以～

動	付き合えます（可以交往）	→ 付(つ)き合(あ)えて	（因為可以交往，所以～）
い	少ない（少的）	→ 少(すく)なくて	（因為很少，所以～）
な	下手（な）（笨拙）	→ 下手(へた)で	（因為笨拙，所以～）
名	金持ち（有錢人）	→ 金持(かねも)ちで	（因為是有錢人，所以～）

動詞

[て形]＋います　目前狀態

感謝します（感謝）	→ 感謝(かんしゃ)しています	（目前是感謝的狀態）
満足します（滿足）	→ 満足(まんぞく)しています	（目前是滿足的狀態）
覚えます（記住）	→ 覚(おぼ)えています	（目前是記住的狀態）

用法　對能夠和對方交往一事表達感謝之意時，可以說這句話。交往中或分手時都適用。

會話練習

太郎：花子さん、僕はやっぱり ちゃんと 責任を取ろうと思う*。
還是 好好地 打算負起責任

花子：え、どういうこと？
咦？ 什麼意思？

太郎：付き合えてよかった。感謝してる。

花子：『よかった…』？ じゃ、やっぱり私と
那麼 還是

別れるっていうこと*？
就是要分手的意思嗎？

使用文型

動詞

[意向形]＋と＋思う　打算[做]～

取ります（負起（責任）） → 責任を取ろうと思う*　（打算負起責任）

買います（買） → 買おうと思う　（打算買）

見ます（看） → 見ようと思う　（打算看）

動詞／い形容詞／な形容詞＋[だ]／名詞＋[だ]

[　普通形　]＋っていうこと　就是～的意思

※「な形容詞」、「名詞」的「普通形-現在肯定形」，有沒有「だ」都可以。

動　別れます（分手） → 別れるっていうこと*　（就是要分手的意思）

い　難しい（困難的） → 難しいっていうこと　（就是困難的意思）

な　有名（な）（有名） → 有名[だ]っていうこと　（就是有名的意思）

名　独身（單身） → 独身[だ]っていうこと　（就是單身的意思）

中譯

太郎：花子，我還是打算好好地負起責任。
花子：咦？什麼意思？
太郎：能夠和你交往真的很好，謝謝你。
花子：『很好…』？那麼，你的意思是還是要跟我分手嗎？

MP3 014

與其說是喜歡，應該說是愛吧。

好（す）きっていうか愛（あい）してる。

な形容詞：
喜歡

連語：
與其說～不如～

動詞：愛
（愛します⇒て形）

補助動詞：
（います⇒辭書形）
（口語時可省略い）

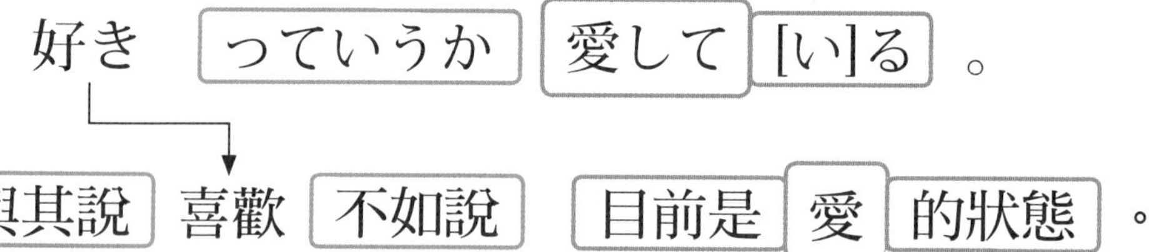

使用文型

動詞

[て形] ＋ います　　目前狀態

愛します（愛）	→ 愛（あい）しています	（目前是愛著的狀態）
外します（離開）	→ 席（せき）を外（はず）しています	（目前是離開座位的狀態）
済みます（完成）	→ 済（す）んでいます	（目前是完成的狀態）

用法 已經超越喜歡，到達愛的程度時，可以用這句話表白自己強烈的情意。

會話練習

花子（はなこ）：どうして？　私（わたし）のことがまだ好（す）きなの？*

為什麼？　還喜歡嗎？「の？」表示「關心好奇、期待回答」

太郎（たろう）：うん。好（す）きっていうか愛（あい）してる*。

花子：え…。太郎…。本気で言ってるの？*

表示意外的語氣

是認真說的嗎？「本気で言っているの？」的省略說法；「で」表示「樣態」；「の？」表示「關心好奇、期待回答」

太郎：もちろんだよ。

當然囉；「よ」表示「提醒」

使用文型

動詞／い形容詞／な形容詞+な／名詞+な

［ 普通形 ］＋の？ 關心好奇、期待回答

※ 此為「普通體文型」，「丁寧體文型」為「～んですか」。
※「な形容詞」、「名詞」的「普通形-現在肯定形」，需要有「な」再接續。

動	言って[い]ます（目前是說的狀態）	→ 本気で言って[い]るの？*	（是認真說的狀態嗎？）
い	寒い（寒冷的）	→ 寒いの？	（很冷嗎？）
な	好き（な）（喜歡）	→ まだ好きなの？*	（還喜歡嗎？）
名	一目惚れ（一見鍾情）	→ 一目惚れなの？	（是一見鍾情嗎？）

動詞／い形容詞／な形容詞／名詞

［ 普通形 ］＋っていうか（＝というより） 與其說～不如～

動　食べます（吃）　→ この店のカレーは食べるっていうか飲む感じです。
（這家店的咖哩，與其說是用吃的，不如說是用喝的感覺。）

い　可愛い（可愛的）　→ 桜子さんは可愛いっていうかきれいな女性だ。
（櫻子小姐與其說可愛，不如說是漂亮的女生。）

な　好き（な）（喜歡）　→ 好きっていうか愛してる。*
（與其說喜歡，不如說是愛）

名　学者（學者）　→ あの教授は学者っていうか芸能人のようだ。
（那個教授與其說是學者，不如說是像藝人一樣。）

中譯

花子：為什麼？你還喜歡我嗎？
太郎：嗯。與其說是喜歡，應該說是愛吧。
花子：咦…。太郎…。你是說真的嗎？
太郎：當然囉。

超愛你的！

大好(だいす)き！

接頭辭：
非常、極度

な形容詞：
喜歡

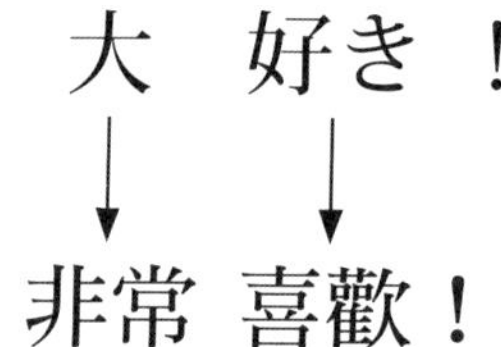

相關表現

各種「喜歡」的說法

好(す)きすぎる！　（太喜歡！）

好(す)きすぎてやばい！　（太喜歡了，真糟糕！）

超(ちょう)好(す)き！　（超級喜歡！）

めちゃめちゃ好(す)き！　（非常喜歡！）

各種「討厭」的說法

※ 這些用法要小心使用，多用於「吵架」的時候。

大嫌(だいきら)い！　（非常討厭！）

もう顔(かお)も見(み)たくない！　（不想再看到你的臉！）

二度(にど)と会(あ)いたくない！　（不想再見到你！）

もう連絡(れんらく)して来(こ)ないで！　（不要再聯絡我！）

用法　直接表達對對方的好感時，可以說這句話。遇到喜歡的人就精神奕奕地說出來吧。

會話練習

康博（やすひろ）：桃子（ももこ）さん。これ、プレゼント。似合（にあ）うかな…。

プレゼント：禮物

似合うかな：是不是適合呢；「かな」表示「不太確定是不是這樣呢…」

桃子（ももこ）：わあ、ありがとう！　康博（やすひろ）さん、大好（だいす）き！　ねえ、やっくんって呼（よ）んでもいい？*

ありがとう：謝謝

やっくんって呼んでもいい？：可以叫你小康嗎？「って」表示「提示內容」

康博（やすひろ）：うん、いいよ。でも、なんだか恥（は）ずかしいな…。

いいよ：可以啊；「よ」表示「提醒」

でも：但是

なんだか：總覺得

恥ずかしいな：難為情耶；「な」表示「感嘆」

使用文型

動詞

[て形] + も + いい？　可以 [做] ～嗎？

呼びます（呼叫）	→ 呼（よ）んでもいい？*	（可以叫嗎？）
買います（買）	→ 買（か）ってもいい？	（可以買嗎？）
食べます（吃）	→ 食（た）べてもいい？	（可以吃嗎？）

舉例日本人的暱稱（適用於親密關係）

名字的一部分 + 長音或促音 + くん（男生）／ちゃん（男生或女生）

[名字] まさし（雅史）　→　[暱稱] まあくん

[名字] やすひろ（康博）　→　[暱稱] やっくん

[名字] てつお（鐵雄）　→　[暱稱] てっちゃん

[名字] よしこ（芳子）　→　[暱稱] よっちゃん

名字的一部分或全部 + っぺ／りん／ぴょん…等等（限女性）

[名字] さゆり（小百合）　→　[暱稱] ゆりっぺ

[名字] ゆうこ（優子）　→　[暱稱] ゆうこりん

[名字] あき（亞希）　→　[暱稱] あきぴょん

中譯　康博：桃子。這是送你的禮物。是不是適合呢…。

桃子：哇～，謝謝你！康博，超愛你的！ㄟ，我可以叫你小康嗎？

康博：嗯，可以啊，但是，總覺得難為情耶…。

MP3 016

我眼裡只有你。

もうあなたしか見(み)えない。

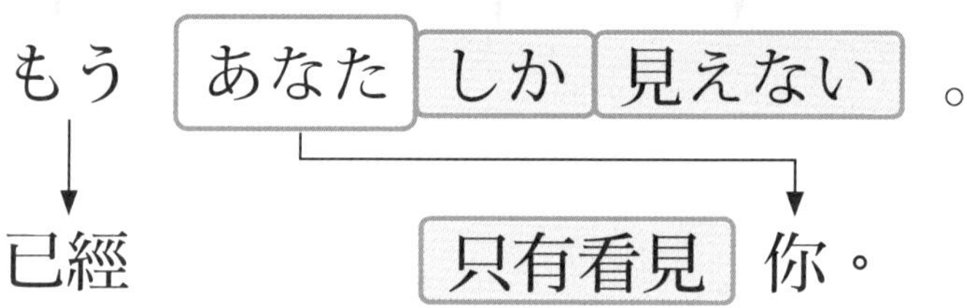

もう あなた しか 見えない 。

已經 只有看見 你。

使用文型

動詞

[辭書形 ／ 名詞] ＋ しか ＋ 否定形　只（有）～而已、只好～

動	言います（說）	→ 言(い)うしかない	（只好說）
動	帰ります（回去）	→ 帰(かえ)るしかない	（只好回去）
名	あなた（你）	→ あなたしか見(み)えない	（只有看見你）

用法 非常喜歡某人，喜歡到對其他人、事、物完全沒有興趣的程度時，可以說這句話。（此句為女性用語，只有女性會稱呼情人「あなた」。）

會話練習

花子（はなこ）：私（わたし）、あなたのことが好（す）きすぎる*。もうあなたしか見（み）えない。
（好きすぎる：太喜歡）

太郎（たろう）：僕（ぼく）も花子（はなこ）さんが超好（ちょうす）き*！ 絶対（ぜったい）に ずっと 一緒（いっしょ）だよ。
（超好き：超級喜歡／絶対に：一定／ずっと：一直、永遠／一緒だよ：在一起喔；「よ」表示「提醒」）

花子（はなこ）：うん！

使用文型

[ます形（動詞）／－い（い形容詞）／－な（な形容詞）／名詞] ＋すぎる　太～、過於～

動	飲みます（喝）	→ 飲（の）みすぎる	（喝太多）
い	辛い（辣的）	→ 辛（から）すぎる	（太辣）
な	好き（な）（喜歡）	→ 好（す）きすぎる*	（太喜歡）
名	いい人（好人）	→ いい人（ひと）すぎる	（太好的人）

年輕人所使用，表達「程度強烈、非常～」的副詞

※ 後面通常接續「い形容詞」、「な形容詞」、「動詞」。

超（超級）	→ 超好（ちょうす）き*	（超級喜歡）
めちゃめちゃ／めっちゃ（非常）	→ めちゃめちゃ／めっちゃ可愛（かわい）い	（非常可愛）
激（非常）	→ 激眠（げきねむ）い	（非常想睡覺）
すんげー（非常）	→ すんげー腹立（はらだ）つ	（非常生氣）

中譯

花子：我太喜歡你了。我眼裡只有你。
太郎：我也超喜歡花子的！我們一定要永遠在一起喔。
花子：嗯！

MP3 017

如果沒有你，我會寂寞死。

あなたがいなかったら、寂(さび)しくて死(し)んじゃう。

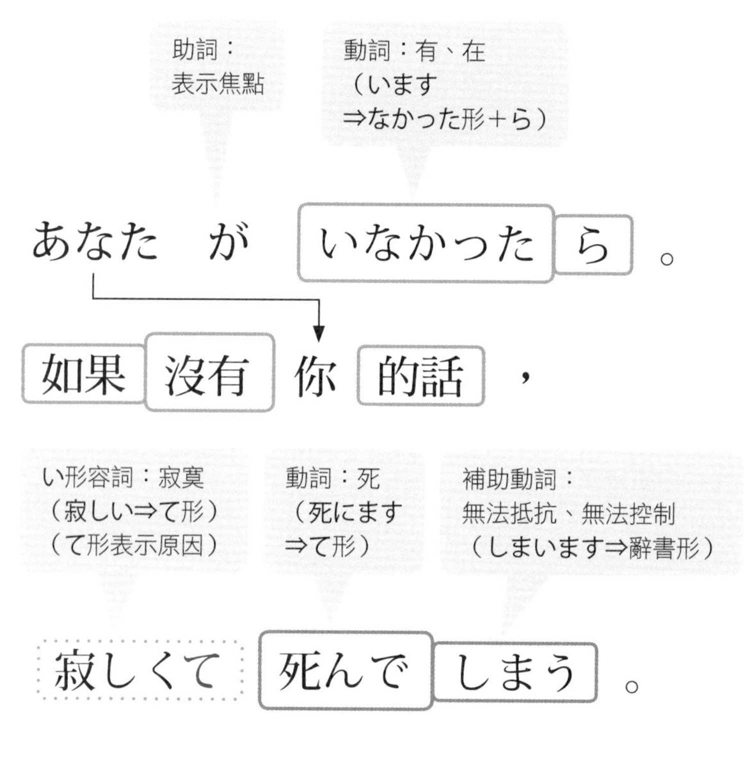

（我）因為寂寞　會不由得死掉　。

※「死んでしまう」的「縮約表現」是「死んじゃう」，口語時常使用「縮約表現」。

使用文型

動詞／い形容詞／な形容詞／名詞

［　た形／なかった形　］＋ら　　如果～的話

動	います（有）	→ いなかったら	（如果沒有的話）
い	嬉しい（高興的）	→ 嬉(うれ)しかったら	（如果高興的話）
な	安全（な）（安全）	→ 安全(あんぜん)だったら	（如果安全的話）
名	一人暮らし（一個人生活）	→ 一人暮(ひとりぐ)らしだったら	（如果是一個人生活的話）

動詞　い形容詞　な形容詞

[て形／－い＋くて／－な＋で／名詞＋で]、～　因為～，所以～

動	負けます（輸）	→ 負(ま)けて	（因為輸，所以～）
い	寂しい（寂寞的）	→ 寂(さび)しくて	（因為寂寞，所以～）
な	有名（な）（有名）	→ 有名(ゆうめい)で	（因為有名，所以～）
名	台風（颱風）	→ 台風(たいふう)で	（因為颱風，所以～）

動詞

[て形]＋しまいます　無法抵抗、無法控制

死にます（死）	→ 死(し)んでしまいます	（不由得死掉）
絶叫します（大叫）	→ 絶叫(ぜっきょう)してしまいます	（不由得大叫出來）
びっくりします（嚇一跳）	→ びっくりしてしまいます	（不由得嚇一跳）

用法 告訴對方，「你對我而言是不可或缺的存在」的表現方式。

會話練習

花子(はなこ)：ずっと私(わたし)のそばにいてよ。

ずっと：一直
そばにいてよ：要在…身邊喔；「そばにいてくださいよ」的省略說法；「に」表示「存在位置」；「よ」表示「提醒」

太郎(たろう)：うん。約束(やくそく)するよ。

約束するよ：答應你；「よ」表示「感嘆」

花子(はなこ)：あなたがいなかったら、寂(さび)しくて死(し)んじゃう。

太郎(たろう)：はっは、大(おお)げさな…。でも、そう言(い)ってくれると嬉(うれ)しいよ。

大げさな：誇張；「な」表示「名詞接續」「大げさなことを言っく」的省略說法
そう言ってくれると：你為我那樣說的話，就…；「～てくれる＋と」的用法；「と」表示「條件表現」
よ：表示：提醒

中譯
花子：你要一直待在我身邊喔。
太郎：嗯，我答應你。
花子：如果沒有你，我會寂寞死。
太郎：哈哈，（說）太誇張（的事情）…。可是，聽你為我那樣說，我好高興喔。

表達愛意
018

MP3 018

死而無憾。

ああ、もう死(し)んでもいい。

感嘆詞：啊～	副詞：已經	動詞：死亡（死にます⇒て形）	助詞：表示逆接	い形容詞：好、良好

ああ、 もう 死んで も いい。
↓ ↓ ↓
啊～ 已經 即使死掉 也 可以。

使用文型

動詞 い形容詞 な形容詞
[て形／－~~い~~＋くて／－~~な~~＋で／名詞＋で]＋も　即使～，也～

動	死にます（死亡）	→ 死(し)んでも	（即使死掉，也～）
い	辛い（痛苦的）	→ 辛(つら)くても	（即使痛苦，也～）
な	上手（な）（擅長）	→ 上手(じょうず)でも	（即使擅長，也～）
名	お世辞（奉承話）	→ お世辞(せじ)でも	（即使是奉承話，也～）

用法 覺得幸福的程度像是死而無憾一樣時，可以跟對方說這句話。

會話練習

花子(はなこ)：太郎(たろう)、今日(きょう)はお弁当作(べんとうつく)った から。今日(きょう)も 一日(いちにち) 頑張(がんば)ってね*。

- お弁当作った：做了便當；「お弁当を作った」的省略說法
- から：表示：宣言
- も：也
- 一日：一整天
- 頑張ってね：要加油喔；「頑張ってくださいね」的省略說法

太郎：花子、ほんとにありがとう。幸せだなあ。

真的　好幸福啊；「なあ」表示「感嘆」

ああ、もう死んでもいい。

花子：何言ってるの、死んじゃだめ*よ。

你在說什麼啊？「何を言っているの」的省略說法；「の」表示「關心好奇、期待回答」

不能死掉喔；「よ」表示「提醒」

太郎：はっは、そのぐらい幸せってことだよ。

那麼　就是幸福的意思；「ってことだ」表示「就是說…的意思」；「よ」表示「提醒」

使用文型

動詞

[て形] ＋ ください ＋ ね　　請[做]～喔

※ 丁寧體會話時為「動詞て形 ＋ ください ＋ ね」。
※ 普通體、口語會話時，省略「ください」。

頑張ります（加油）→ 頑張って[ください]ね*　（請加油喔）

開けます（打開）→ 開けて[ください]ね　（請打開喔）

勉強します（唸書）→ 勉強して[ください]ね　（請唸書喔）

動詞

[て形（～て／～で）] ＋ ちゃ／じゃ ＋ だめ　　不能～

※ 此為「動詞て形 ＋ は ＋ だめ」的「縮約表現」，口語時常使用「縮約表現」。
※ 屬於「普通體文型」，「丁寧體文型」為「～てはだめです」。

死にます（死亡）→ 死んじゃだめ*　（不能死掉）

言います（說）→ 言っちゃだめ　（不能說）

サボります（翹課）→ サボっちゃだめ　（不能翹課）

中譯

花子：太郎，今天我做了便當。你今天一整天也要加油喔。
太郎：花子，真的謝謝你。我好幸福啊。死而無憾。
花子：你在說什麼啊？你不能死掉喔。
太郎：哈哈，我是說我有那麼幸福的意思啦。

表達愛意
019

MP3 019

謝謝你總是陪著我。

いつも一緒(いっしょ)にいてくれてありがとう。

副詞：總是

副詞：一起

動詞：有、在（います⇒て形）

補助動詞：（くれます⇒て形）（て形表示原因）

招呼用語

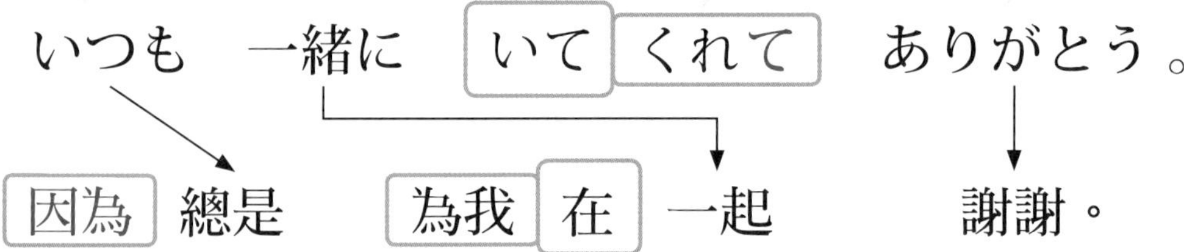

使用文型

動詞

[て形]＋くれます　別人為我[做]～

います（在）	→いてくれます	（別人陪我）
手伝います（幫忙）	→手伝(てつだ)ってくれます	（別人幫忙我）
教えます（告訴）	→教(おし)えてくれます	（別人告訴我）

動詞　い形容詞　な形容詞

[て形／－い＋くて／－な＋で／名詞＋で]、～　因為～，所以～

動	いてくれます（別人陪我）	→いてくれて	（因為別人陪我，所以～）
い	狭い（狹窄的）	→狭(せま)くて	（因為很狹窄，所以～）
な	元気（な）（有精神）	→元気(げんき)で	（因為有精神，所以～）
名	浮気（外遇）	→浮気(うわき)で	（因為是外遇，所以～）

用法　想要感謝對方以男女朋友的身分陪在自己身邊時，可以說這句話。

會話練習

花子：太郎、いつも一緒にいてくれてありがとう。

太郎：ははっ、どうしたんだよ、突然。

怎麼了？「んだ」表示「關心好奇、期待回答」；「よ」表示「感嘆」

突然

花子：太郎の後姿見てたら* 急に 言いたくなっただけ*。

看著背影，結果…；「後姿を見ていたら」的省略說法

突然

只是變得想說而已

太郎：そうかそうか。こちらこそありがとうね。

這樣子啊

我才要謝謝你；「こちらこそ」的字面意義是「我這邊才是」，就是「彼此彼此」的意思；「ね」表示「留住注意」

使用文型

動詞

[た形] ＋ ら　[做] ～，結果～（發現條件）

見て[い]ます（看著的狀態）	→ 見て[い]たら*	（看著，結果～）
入ります（進入）	→ 部屋に入ったら	（進入房間，結果～）
見ます（看）	→ こっそり見たら	（偷偷看，結果～）

動詞／い形容詞／な形容詞＋な／名詞

[普通形] ＋ だけ　只是～而已、只有

※「な形容詞」的「普通形-現在肯定形」，需要有「な」再接續。

動	なります（變成）	→ 言いたくなっただけ*	（只是變得想說而已）
い	大きい（大的）	→ 大きいだけ	（只是大而已）
な	きれい（な）（漂亮）	→ きれいなだけ	（只是漂亮而已）
名	ドラマ（連續劇）	→ そんな奇跡はドラマだけ	（那樣的奇蹟只有連續劇才有）

中譯

花子：太郎，謝謝你總是陪著我。

太郎：哈哈，怎麼了？突然（講這種話）。

花子：只是看著太郎的背影，突然想說而已。

太郎：這樣子啊、這樣子啊。我才要謝謝你呢。

表達愛意 020

MP3 020

我不想離開（你）…。

離(はな)れたくない…。

動詞：離開
（離れます
⇒ます形除去［ます］）

助動詞：表示希望
（たい⇒現在否定形-くない）

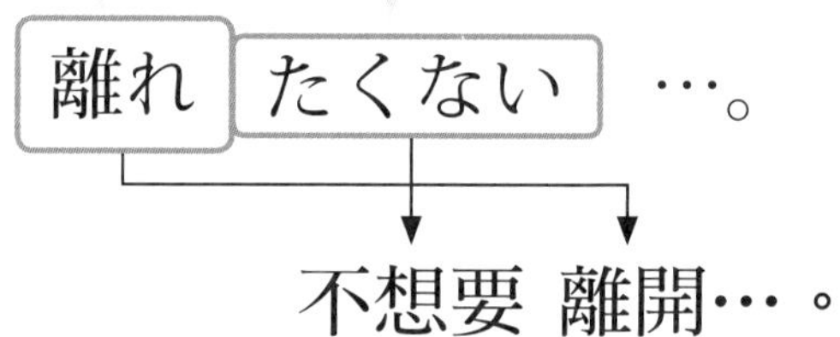

使用文型

動詞

［~~ます~~形］＋ たい　　想要［做］～

離れます（離開）	→ 離(はな)れたい	（想要離開）
帰ります（回去）	→ 帰(かえ)りたい	（想要回去）
別れます（分手）	→ 別(わか)れたい	（想要分手）

用法 想要一直待在對方身邊、或是想要一直和對方靠得很近時，可以說這句話。

會話練習

（お化(ば)け屋敷(やしき)で）
鬼屋

太郎(たろう)：だいじょうぶだよ。しっかり つかまって*て*。

だいじょうぶだよ：沒事啦；「よ」表示「提醒」
しっかり：牢牢地
つかまってて：要抓著；「つかまっていてください」的省略說法；口語時「つかまっていて」後面可省略「ください」

花子(はなこ)：キャー！　怖(こわ)いよ太郎(たろう)～。
呀～！　好可怕啊；「よ」表示「感嘆」

太郎(たろう)：さあ、出口(でぐち)に着(つ)いたよ。もう だいじょうぶ。……あれ？
表示：催促、呼籲的語氣　抵達出口了；「に」表示「到達點」　已經　沒事　咦？

どうしたの？
怎麼了嗎？「の？」表示「關心好奇、期待回答」

花子(はなこ)：離(はな)れたくない…。

使用文型

動詞

[て形] ＋ いる　目前狀態

※ 此為「普通體文型」，「丁寧體文型」為「動詞て形 ＋ います」。
※ 口語時，通常採用「普通體文型」說法，並可省略「動詞て形 ＋ いる」的「い」。

つかまります（抓） → つかまって[い]る*　（目前是抓著的狀態）
混みます（擁擠） → 道(みち)が混(こ)んで[い]る　（目前路上是塞車的狀態）
信じます（相信） → 信(しん)じて[い]る　（目前是相信的狀態）

動詞

[て形] ＋ ください　請 [做] ～

※ 丁寧體會話時為「動詞て形 ＋ ください」。
※ 普通體、口語會話時，省略「ください」。

つかまって[い]ます（抓著的狀態） → つかまって[い]て[ください]*　（請抓著）
書きます（寫） → 書(か)いて[ください]　（請寫）
呼びます（呼叫） → 呼(よ)んで [ください]　（請呼叫）

中譯　（在鬼屋）
太郎：沒事啦，你牢牢地抓著我。
花子：呀～！好可怕啊，太郎～。
太郎：來，我們到出口囉。已經沒事了。……咦？你怎麼了？
花子：我不想離開（我要和你就這樣靠在一起）…。

你問我喜歡你什麼？當然是你的全部囉。

どこが好(す)きって？　全部(ぜんぶ)に決(き)まってるじゃん。

名詞（疑問詞）：哪裡

助詞：表示焦點

な形容詞：喜歡

助詞：提示內容（＝と言われても）

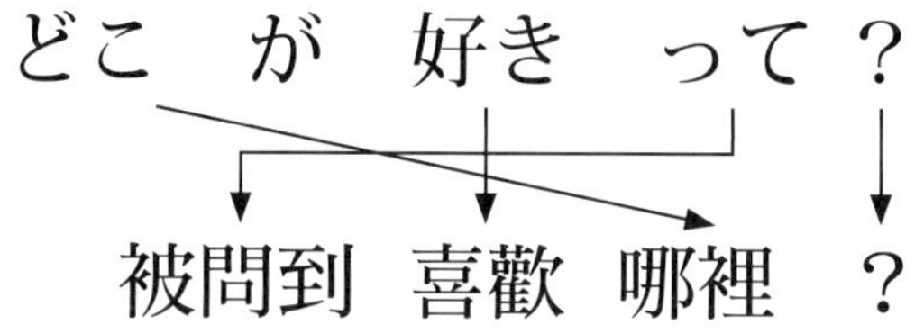

連語：肯定是～

連語：不是～嗎（反問表現）

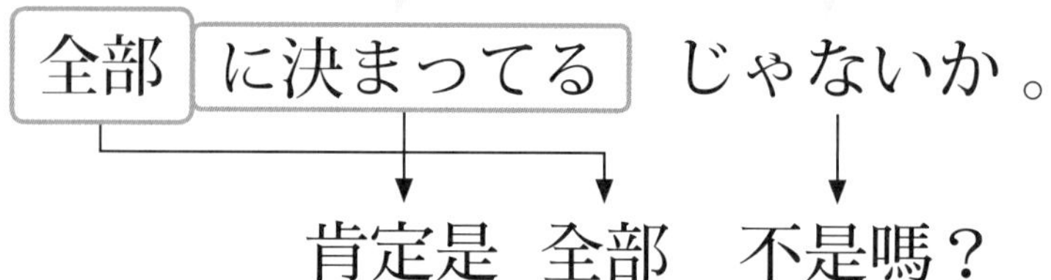

※「じゃないか」的「縮約表現」是「じゃん」，口語時常使用「縮約表現」。

使用文型

動詞／い形容詞／な形容詞／名詞

［　普通形　］＋に決まってる　　肯定是～

動	勝ちます（贏）	→ 勝(か)つに決(き)まってる	（肯定會贏）
い	高い（貴的）	→ 高(たか)いに決(き)まってる	（肯定很貴）
な	簡単（な）（簡單）	→ 簡単(かんたん)に決(き)まってる	（肯定很簡單）
名	全部（全部）	→ 全部(ぜんぶ)に決(き)まってる	（肯定是全部）

用法　被問到喜歡對方哪一點時，最保險的回答方法。

會話練習

花子：太郎は私のどこが好き？

喜歡哪裡？

太郎：どこが好きって？　全部に決まってるじゃん。

花子：具体的には？　どんな所？

具體來說的話？「に」是「な形容詞的副詞用法」；「は」表示「對比（區別）」

什麼樣的地方

太郎：う～ん、うまく言えないなあ…。

很難說清楚啊；「なあ」表示「感嘆」

相關表現

喜歡情人的…

溫柔、體貼 → 優しくて、思いやりがあるところが好き。
（喜歡溫柔，而且體貼的一面。）

可靠 → 頼りがいがあるところが好き。
（喜歡很可靠的一面。）

一般人 → 目が二つあって、耳も二つあるところが好き。
（喜歡有兩個眼睛、也有兩個耳朵。）

※ 此句為開玩笑的說法。

中譯

花子：太郎喜歡我什麼呢？
太郎：你問我喜歡你什麼？當然是你的全部囉。
花子：具體來說呢？是哪些呢？
太郎：嗯～，很難說清楚啊…。

表達愛意
022

MP3 022

短時間不能見面，我們就每天講電話吧。

しばらく会(あ)えないけど毎日電話(まいにちでんわ)しようね。

副詞：暫時
動詞：見面（会います⇒可能形［会えます］的ない形）
助詞：表示逆接
動詞：打電話（電話します⇒意向形）
助詞：表示期待同意

しばらく　会えない　けど　毎日　電話しよう　ね。

雖然　暫時　不能見面，但是　每天　講電話吧。

使用文型

動詞／い形容詞／な形容詞＋だ／名詞＋だ

［　普通形　］＋けど　雖然～，但是～

※「な形容詞」、「名詞」的「普通形-現在肯定形」，需要有「だ」再接續。

動	会えます（能見面）	→会(あ)えないけど	（雖然不能見面，但是～）
い	安い（便宜的）	→安(やす)いけど	（雖然便宜，但是～）
な	親切（な）（親切）	→親切(しんせつ)だけど	（雖然很親切，但是～）
名	恋人（戀人）	→恋人(こいびと)だけど	（雖然是戀人，但是～）

用法　暫時無法碰面，雙方說好要透過電話頻繁聯絡時，可以說這句話。

會話練習

花子（はなこ）：今度（こんど）、教育実習（きょういくじっしゅう）で、九州（きゅうしゅう）の学校（がっこう）に2週間（にしゅうかん）

這次　教育實習；「で」表示「名目」

行（い）くことになったの。

決定要去了；「…ことになった」表示「（非自己一個人）決定…了」；「の」表示「強調」

太郎（たろう）：そっか。九州（きゅうしゅう）は遠（とお）いね…。

這樣子啊　很遠耶；「ね」表示「感嘆」

花子（はなこ）：うん。しばらく会（あ）えないけど毎日電話（まいにちでんわ）しようね。

太郎（たろう）：もちろん。実習（じっしゅう）、頑張（がんば）ってね。

當然　要加油喔；口語時「て形」後面可省略「ください」（請參考下方文型）

使用文型

動詞

[辭書形] + ことになった　決定 [做] ～了（非自己一個人意志所決定的）

行きます（去）→ 行（い）くことになった*　（決定要去了）

行います（舉行）→ 行（おこな）うことになった　（決定要舉行了）

働きます（工作）→ 働（はたら）くことになった　（決定要工作了）

動詞

[て形] + ください + ね　請 [做] ～喔

※ 丁寧體會話時為「動詞て形 + ください + ね」。

※ 普通體、口語會話時，省略「ください」。

頑張ります（加油）→ 頑張（がんば）って[ください]ね*　（請加油喔）

食べます（吃）→ 食（た）べて[ください]ね　（請吃喔）

返します（歸還）→ 返（かえ）して[ください]ね　（請歸還喔）

中譯

花子：這次我要去九州的學校進行2個星期的教育實習。

太郎：這樣子啊。九州很遠耶…。

花子：嗯。短時間不能見面，我們就每天講電話吧。

太郎：那當然。實習要加油喔。

下次什麼時候可以見面？

今度(こんど)いつ会(あ)えるの？

名詞（疑問詞）：
什麼時候

動詞：見面
（会います
⇒可能形［会えます］
的辭書形）

形式名詞：
（～んですか的口語說法）

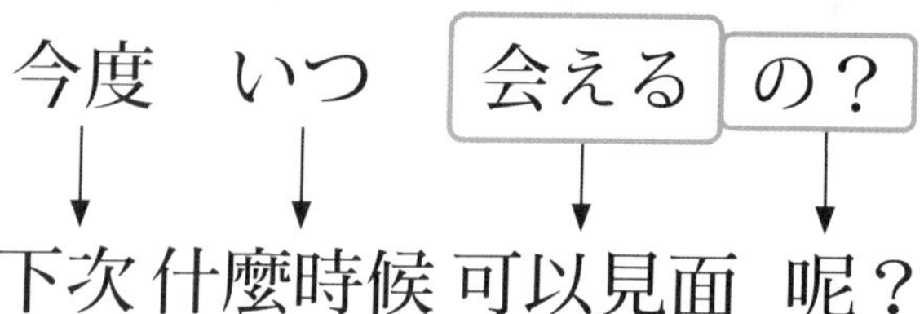

下次 什麼時候 可以見面 呢？

使用文型

動詞／い形容詞／な形容詞+な／名詞+な

［　　普通形　　］＋んですか　　關心好奇、期待回答

※ 此為「丁寧體文型」用法，「普通體文型」為「～の？」。
※「な形容詞」、「名詞」的「普通形-現在肯定形」，需要有「な」再接續。

動	会えます（可以見面）	→ 会(あ)えるんですか	（可以見面嗎？）
い	悲しい（悲傷的）	→ 悲(かな)しいんですか	（悲傷嗎？）
な	暇（な）（空閒）	→ 暇(ひま)なんですか	（有空嗎？）
名	友達（朋友）	→ 友達(ともだち)なんですか	（是朋友嗎？）

用法 和男女朋友道別，想要約定下次的碰面時間時，可以說這句話。

會話練習

太郎：今日はほんと楽しかった。
真的　快樂

花子：うん、私も。ねえ、今度いつ会えるの？
我也是　ㄟ

太郎：そうだな…。あさっての夕方、
這個嘛；「な」表示「感嘆」　後天　傍晚

晩ご飯でも*食べに行こうか*。
晚餐之類的　要不要去吃？

花子：うん、じゃあ、楽しみにしてるね！
那麼　期待著的狀態；「楽しみにしているね」的省略說法；「ね」表示「留住注意」

使用文型

[名詞]＋でも　表示舉例

晩ご飯（晚餐）	→ 晩ご飯でも*	（晚餐之類的）
紅茶（紅茶）	→ 紅茶でも	（紅茶之類的）
お菓子（點心）	→ お菓子でも	（點心之類的）

動詞
[意向形]＋か　要不要[做]～？

行きます（去）	→ 食べに行こうか*	（要不要去吃？）
飲みます（喝）	→ 飲もうか	（要不要喝？）
帰ります（回去）	→ 帰ろうか	（要不要回去？）

中譯
太郎：今天真的好快樂。
花子：嗯，我也是。ㄟ，下次什麼時候可以見面？
太郎：這個嘛…。後天傍晚要不要去吃個晚餐之類的？
花子：嗯，那麼，我期待著（後天的到來）喔！

下次我們一起去賞櫻吧。

今度桜の花を見に行こうよ。

こんど さくら はな み い

今度	桜	の	花	を	見	に	行こう	よ。
	名詞：櫻花	助詞：表示所屬	名詞：花	助詞：表示動作作用對象	動詞：看（見ます⇒ます形除去[ます]）	助詞：表示目的	動詞：去（行きます⇒意向形）	助詞：表示勸誘

今度 → 下次　去看櫻花吧。

使用文型

動詞

[~~ます~~形／動作性名詞]＋に＋行きます／来ます／帰ります　去／來／回去[做]～

- 動　見ます（看）→ 見に行きます（みい）　（去看）
- 動　取ります（拿）→ 財布を取りに帰ります（さいふ　と　かえ）　（回去拿錢包）
- 名　買い物（購物）→ 買い物に来ます（か　もの　き）　（來購物）

用法　邀約對方去賞花時，可以說這句話。

會話練習

太郎：もうすぐ春だね。
馬上　表示：感嘆

花子：そうね。ずいぶん暖かくなった*よね。
對啊；「ね」表示「表示同意」　相當　變溫暖囉；「よ」表示「提醒」；「ね」表示「期待同意」

太郎：今度桜の花を見に行こうよ。

花子：うん、行きたい*。楽しみ。
想要去　期待

使用文型

動詞　い形容詞　な形容詞

[辭書形＋ように／−い＋く／−な＋に／名詞＋に]＋なった　變成~了

動	聞きます（聽）	→ 人の話を聞くようになった	（變成有聽人家的話了）
い	暖かい（溫暖的）	→ 暖かくなった*	（變溫暖了）
な	楽（な）（輕鬆）	→ 楽になった	（變輕鬆了）
名	晴れ（晴天）	→ 晴れになった	（變成晴天了）

動詞

[ます形]＋たい　想要[做]～

行きます（去）	→ 行きたい*	（想要去）
歌います（唱歌）	→ 歌いたい	（想要唱歌）
書きます（寫）	→ 書きたい	（想要寫）

中譯
太郎：春天馬上就要到了耶。
花子：對啊。天氣已經變得相當溫暖囉。
太郎：下次我們一起去賞櫻吧。
花子：嗯，我想去。好期待。

MP3 025

下次可以去你家玩嗎？

今度(こんど)、うちへ遊(あそ)びに行(い)ってもいい？

助詞：表示移動方向

動詞：玩（遊びます⇒ます形除去[ます]）

助詞：表示目的

動詞：去（行きます⇒て形）

助詞：表示逆接

い形容詞：好、良好

今度、うち へ 遊び に 行って も いい？

下次 即使 去 你家 玩 也 可以 嗎？

使用文型

動詞

[ます形／動作性名詞]＋に＋行きます／来ます／帰ります　去／來／回去[做]～

動	遊びます（玩）	→ 遊(あそ)びに行(い)きます	（去玩）
動	取ります（拿）	→ 本(ほん)を取(と)りに帰(かえ)ります	（回去拿書）
名	見物（參觀）	→ 見物(けんぶつ)に来(き)ます	（來參觀）

動詞　い形容詞　な形容詞

[て形／－い＋くて／－な＋で／名詞＋で]＋も　即使～，也～

動	行きます（去）	→ 行(い)っても	（即使去，也～）
い	眠い（想睡的）	→ 眠(ねむ)くても	（即使想睡，也～）
な	丈夫（な）（堅固）	→ 丈夫(じょうぶ)でも	（即使堅固，也～）
名	大雨（大雨）	→ 大雨(おおあめ)でも	（即使是大雨，也～）

用法　想要去對方家裡玩時，可以這樣要求。適用在雙方關係親密的狀態。

會話練習

美耶（みや）：隆夫（たかお）さん、今度（こんど）、うちへ遊（あそ）びに行（い）ってもいい？

隆夫（たかお）：え？　うちに？
來我家？「に」表示「目的地」；「うちに」後面省略了「来るの？」

美耶（みや）：うん。だめ？
不行嗎？

隆夫（たかお）：いや、大歓迎（だいかんげい）だよ。じゃ、いつ来（く）る？
不　很歡迎喔；「よ」表示「提醒」　什麼時候

相關表現

想去對方住的地方

幫你做菜 → 今度（こんど）料理（りょうり）作（つく）ってあげようか？
（下次要不要我為你做菜？）

參觀房間 → ○○くんの部屋（へや）、見（み）てみたいなあ。
（我想要看看○○的房間耶。）

邀對方來自己住的地方

以看寵物為藉口 → 猫（ねこ）を飼（か）ってるんだけど見（み）に来（こ）ない？
（我有養貓，你要不要來看？）

以看DVD為藉口 → たくさん映画（えいが）のＤＶＤあるから、一緒（いっしょ）にうちで見（み）ない？
（我有很多電影的DVD，要不要一起在家裡看？）

中譯
美耶：隆夫，下次可以去你家玩嗎？
隆夫：咦？來我家？
美耶：嗯，不行嗎？
隆夫：不，很歡迎喔。那麼，你什麼時候要來？

有煙火大會，要不要一起去看？

花火大会(はなびたいかい)があるから見(み)に行(い)かない？

助詞：表示焦點

動詞：有、在（あります⇒辭書形）

助詞：表示原因理由

動詞：看（見ます⇒ます形除去［ます］）

助詞：表示目的

動詞：去（行きます⇒ない形）

花火　大会　が　ある　から　見　に　行かない　？

因為　有　煙火　大會　不去　看　嗎？

使用文型

動詞

［ます形／動作性名詞］＋に＋行きます／来ます／帰ります　去／來／回去［做］～

動	見ます（看）	→ 見(み)に行(い)きます	（去看）
動	浴びます（淋浴）	→ シャワーを浴(あ)びに帰(かえ)ります	（回去洗澡）
名	見舞い（探病）	→ 見舞(みま)いに来(き)ます	（來探病）

用法　邀約對方「要不要一起去看…」的表現方式。

會話練習

桃子（ももこ）：康博（やすひろ）さん、今度（こんど）、浅草（あさくさ）で花火大会（はなびたいかい）があるから見（み）に行（い）かない？

今度：這次

康博（やすひろ）：ああ、でも実験（じっけん）があるから…。

でも：但是　実験があるから：因為有實驗；「から」表示「原因理由」

桃子（ももこ）：そんなこと言（い）わないで*、ね、行（い）きましょうよ。

そんなこと：那種話　言わないで：不要說；「言わないでください」的省略說法　ね：ㄟ　行きましょうよ：一起去吧；「よ」表示「勸誘」

康博（やすひろ）：うん、じゃあ、行（い）ってみよう*かな…。

行ってみよう：去看看吧　かな：表示「不太確定是不是這樣呢…」

使用文型

動詞

[ない形] ＋ で ＋ ください　　請不要 [做] ～

※ 丁寧體會話時為「動詞ない形 ＋ で ＋ ください」。
※ 普通體、口語會話時，省略「ください」。

言います（說）	→ 言（い）わないで[ください]*	（請不要說）
取ります（拿）	→ 取（と）らないで[ください]	（請不要拿）
忘れます（忘記）	→ 忘（わす）れないで[ください]	（請不要忘記）

動詞

[て形] ＋ みよう　　[做] ～看看吧

行きます（去）	→ 行（い）ってみよう*	（去看看吧）
食べます（吃）	→ 食（た）べてみよう	（吃看看吧）
読みます（讀）	→ 読（よ）んでみよう	（讀看看吧）

中譯
桃子：康博，這次在淺草有煙火大會，要不要一起去看？
康博：啊～，但是因為我有實驗要做…。
桃子：不要說那種話，ㄟ，一起去吧。
康博：嗯，那麼，是不是要去看看呢…。

MP3 027

ㄟ，你帶人家去吃好吃的東西嘛。

ねえ、どこかおいしいもの食べに連れてってよ。

感嘆詞：喂

名詞（疑問詞）：哪裡

助詞：表示不特定

い形容詞：好吃

助詞：表示動作作用對象（口語時可省略）

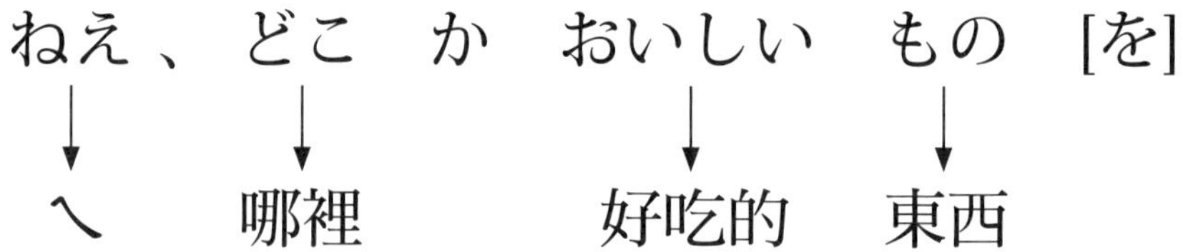

動詞：吃（食べます⇒ます形除去[ます]）

助詞：表示目的

動詞：帶去（連れて行きます⇒て形）（口語時可省略い）

補助動詞：請（くださいます⇒命令形[くださいませ]除去[ませ]）（口語時可省略）

助詞：表示感嘆

食べ　に　連れて[行]って　[ください]　よ。

[請]　帶我去　吃　嘛。

使用文型

動詞

[ます形／動作性名詞]＋に＋行きます／来ます／帰ります　去／來／回去[做]～

※「に」後面還可以接續其他「移動動詞」，例如主題句為「連れて行きます」。

動	遊びます（玩）	→ 遊びに行きます	（去玩）
動	食べます（吃）	→ 食べに連れて行きます	（帶我去吃）
動	着替えます（換衣服）	→ 服を着替えに帰ります	（回去換衣服）
名	デート（約會）	→ デートに来ます	（來約會）

動詞

[て形]+ください　請[做]～

連れて行きます（帶去）	→ 連れて行ってください	（請帶我去）
誘います（邀約）	→ 誘ってください	（請邀約）
入ります（進入）	→ 入ってください	（請進入）

用法 希望對方帶自己去吃美食時，可以說這句話。

會話練習

太郎：お腹空いた ね。
肚子餓了　表示：期待同意

花子：また牛丼？ もう 飽きちゃった*。ねえ、どこか
又　已經　膩了
おいしいもの食べに連れてってよ。

太郎：そうか～。じゃあ 何食べたい？
這樣子啊～　那麼　想要吃什麼？「何が食べたい」的省略說法

花子：それを考えるのが 彼氏の仕事でしょ！
思考那個；「の」表示「形式名詞」；「が」表示「焦點」　是男朋友的工作對不對！

使用文型

動詞

[て形（～て／～で）]+ちゃった／じゃった　無法抵抗、無法控制

※ 此為「動詞て形 + しまった」的「縮約表現」，口語時常使用「縮約表現」。
※ 屬於「普通體文型」，「丁寧體文型」為「動詞て形除去[て/で] + ちゃいました／じゃいました」。

飽きます（厭煩）	→ 飽きちゃった*	（不由得厭煩了）
なります（變成）	→ 顔が赤くなっちゃった	（不由得臉紅了）
緊張します（緊張）	→ 緊張しちゃった	（不由得緊張起來）

中譯 太郎：肚子好餓耶。
花子：又要吃牛丼嗎？我已經吃膩了。ㄟ，你帶人家去吃好吃的東西嘛。
太郎：這樣子啊～。那麼，你想吃什麼？
花子：想那個（指吃什麼這件事）是男朋友的工作對不對！

MP3 028

ㄟ，帶人家去什麼好玩的地方嘛。

ねえ、どこか面白(おもしろ)い所(ところ)へ連(つ)れて行(い)ってよ。

感嘆詞：喂
名詞（疑問詞）：哪裡
助詞：表示不特定
い形容詞：有趣
助詞：表示移動方向

ねえ、　どこ　か　面白い　所　へ

ㄟ　哪裡　有趣的　地方

動詞：帶去（連れて行きます⇒て形）
補助動詞：請（くださいます⇒命令形［くださいませ］除去［ませ］）（口語時可省略）
助詞：表示感嘆

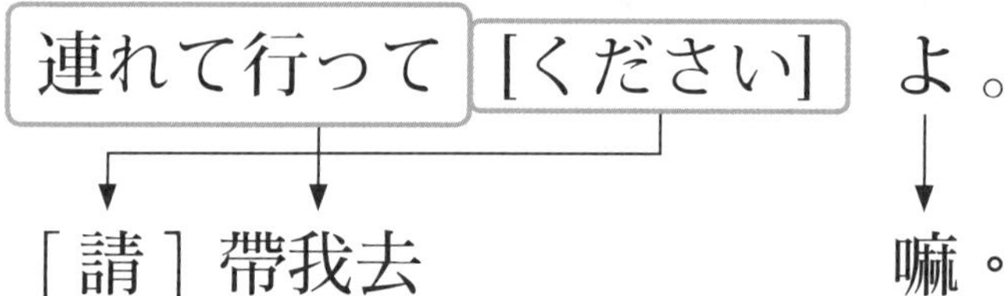

［請］帶我去　　嘛。

使用文型

動詞

［て形］＋ください　　請［做］～

連れて行きます（帶去）	→ 連(つ)れて行(い)ってください	（請帶我去）
確かめます（確認）	→ 確(たし)かめてください	（請確認）
調べます（調查）	→ 調(しら)べてください	（請調查）

用法　希望對方帶自己出去玩時，可以說這句話。

會話練習

桃子（ももこ）：ねえ、どこか面白（おもしろ）い所（ところ）へ連（つ）れて行（い）ってよ。

康博（やすひろ）：歴史（れきし）とか 興味（きょうみ）ある？ 近（ちか）くに将門塚（まさかどづか）があるから* 行（い）ってみる*？

- とか：之類的
- 興味ある？：有興趣嗎？「興味がある？」的省略說法
- 近くに：附近；「に」表示「存在位置」
- あるから：因為有…
- 行ってみる？：去看看嗎？

桃子（ももこ）：そこって、平将門（たいらのまさかど）の首塚（くびづか）だよね…。そういう所（ところ）はちょっと…。

- そこって：那裡；「って」表示「主題」（＝は）
- 首塚：埋藏首級的墳墓
- よね：「よ」表示「提醒」；「ね」表示「再確認」
- そういう：那種
- ちょっと：有點…

康博（やすひろ）：じゃ、吉良邸跡（きらていあと）はどう？

- 吉良邸跡はどう？：吉良大宅遺跡，如何？「は」表示「主題」

使用文型

動詞／い形容詞／な形容詞＋だ／名詞＋だ

[普通形]＋から　因為

※「な形容詞」、「名詞」的「普通形-現在肯定形」，需要有「だ」再接續。

動	あります（有）	→ 将門塚（まさかどづか）があるから*	（因為有將門塚）
い	暑い（炎熱的）	→ 暑（あつ）いから	（因為很熱）
な	優秀（な）（優秀）	→ 優秀（ゆうしゅう）だから	（因為優秀）
名	免税（免稅）	→ 免税（めんぜい）だから	（因為是免稅）

動詞

[て形]＋みる　[做]～看看

行きます（去）	→ 行（い）ってみる*	（去看看）
聞きます（詢問）	→ 聞（き）いてみる	（問看看）
考えます（考慮）	→ 考（かんが）えてみる	（考慮看看）

中譯

桃子：ㄟ，帶人家去什麼好玩的地方嘛。

康博：你對歷史之類的有興趣嗎？附近有一個叫做「將門塚」的地方，要去看看嗎？

桃子：那裡是平將門埋藏首級的墳墓對吧…。去那種地方有點…。

康博：那麼，吉良大宅的遺跡，如何呢？

MP3 029

帶我去兜風嘛。

ドライブに連(つ)れてってよ。

助詞：表示目的

動詞：帶去（連れて行きます⇒て形）（口語時可省略い）

補助動詞：請（くださいます⇒命令形［くださいませ］除去［ませ］）（口語時可省略）

助詞：表示感嘆

ドライブ　に　連れて[行]って　[ください]　よ。

［請］　帶我去　兜風　嘛。

使用文型

動詞

［~~ます~~形／動作性名詞］＋に＋行きます／来ます／帰ります　去／來／回去［做］～

※「に」後面還可以接續其他「移動動詞」，例如主題句為「連れて行きます」。

動	見ます（看）	→ 映画(えいが)を見(み)に行(い)きます	（去看電影）
動	着替えます（換衣服）	→ 服(ふく)を着替(きが)えに帰(かえ)ります	（回去換衣服）
名	山登り（爬山）	→ 山登(やまのぼ)りに来(き)ます	（來爬山）
名	ドライブ（兜風）	→ ドライブに連(つ)れて行(い)きます	（帶我去兜風）

動詞

［て形］＋ください　　請［做］～

連れて行きます（帶去）	→ 連(つ)れて行(い)ってください	（請帶我去）
座ります（坐）	→ 座(すわ)ってください	（請坐）
乗ります（搭乘）	→ 乗(の)ってください	（請搭乘）

用法　希望對方帶自己去兜風時，可以說這句話。

會話練習

康博（やすひろ）：今度（こんど）の週末（しゅうまつ）、どこか遊（あそ）びに行（い）こうか*。

這次　某個地方；「か」表示「不特定」　要不要去玩？

桃子（ももこ）：うん、行（い）く行（い）く！

要去要去

康博（やすひろ）：どこ行（い）きたい*？

想要去哪裡？「どこへ行きたい？」的省略說法

桃子（ももこ）：う～ん、そうだ！　ドライブに連（つ）れてってよ。

對了

使用文型

動詞

[意向形] ＋ か　　要不要 [做] ～？

行きます（去） → 遊（あそ）びに行（い）こうか*　（要不要去玩？）

旅行します（旅行） → 旅行（りょこう）しようか　（要不要旅行？）

見物します（參觀） → 見物（けんぶつ）しようか　（要不要參觀？）

動詞

[~~ます~~形] ＋ たい　　想要 [做] ～

行きます（去） → 行（い）きたい*　（想要去）

食べます（吃） → 食（た）べたい　（想要吃）

買います（買） → 買（か）いたい　（想要買）

中譯

康博：這個周末要不要找個地方去玩？
桃子：嗯，我要去我要去！
康博：你想要去哪裡？
桃子：嗯～對了！帶我去兜風嘛。

MP3 030

今天晚上有空嗎？

今晩(こんばん)空(あ)いてる？

動詞：有空
（空きます⇒て形）

補助動詞：
（います⇒辭書形）
（口語時可省略い）

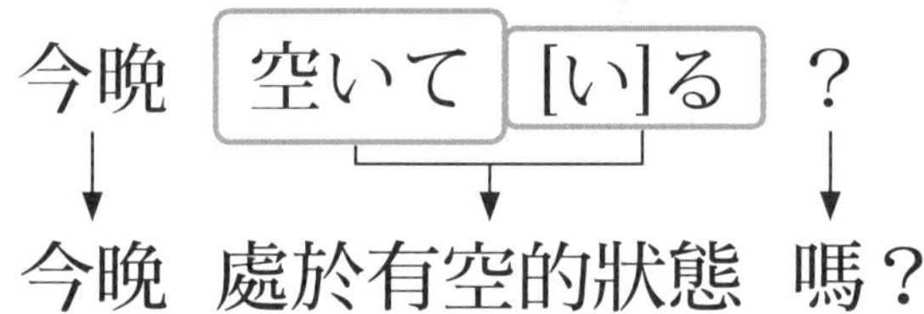

使用文型

動詞

[て形] ＋ います　　目前狀態

空きます（有空）→ 空(あ)いています　（目前是有空的狀態）

詰まります（塞滿）→ 詰(つ)まっています　（目前是塞滿的狀態）

妊娠します（懷孕）→ 妊娠(にんしん)しています　（目前是懷孕的狀態）

用法　想邀約對方去約會時，可以用這句話詢問對方有沒有時間。

會話練習

太郎：あ、そうだ。今晚空いてる？
對了

花子：えっ、とくに用事はないけど…。何で？
嗯… 沒有什麼特別的事情 表示：前言，是一種緩折的語氣 為什麼（這樣問）？

太郎：映画のチケットがあるんだ*。見に行かない？*
電影票 表示：理由 要不要去看？

花子：わあ、行く行く！

使用文型

動詞／い形容詞／な形容詞＋な／名詞＋な

[普通形]＋んだ 理由

※ 此為「普通體文型」用法，「丁寧體文型」為「～んです」，口語説法為「～の」。
※「な形容詞」、「名詞」的「普通形-現在肯定形」，需要有「な」再接續。

動	あります（有）	→ 映画のチケットがあるんだ*	（因為有電影票）
い	熱い（燙的）	→ 熱いんだ	（因為很燙）
な	暇（な）（空閒）	→ 暇なんだ	（因為很閒）
名	彼氏（男朋友）	→ 彼氏なんだ	（因為是男朋友）

動詞

[~~ます~~形／名詞]＋に＋行かない？ 要不要去[做]～？

動	見ます（看）	→ 見に行かない？*	（要不要去看？）
動	飲みます（喝）	→ 飲みに行かない？	（要不要去喝？）
名	旅行（旅行）	→ 旅行に行かない？	（要不要去旅行？）

中譯

太郎：啊，對了。今天晚上有空嗎？
花子：嗯…，沒什麼特別的事情…。你為什麼這樣問？
太郎：因為我有電影票。要去看嗎？
花子：哇～，我要去我要去！

MP3 031

突然好想見你喔，現在可以見面嗎？

急(きゅう)に会(あ)いたくなっちゃったんだけど、今(いま)会(あ)える？

副詞：
突然、忽然

動詞：見面
（会います
⇒ます形
除去[ます]）

助動詞：
表示希望
（たい⇒副詞用法）

動詞：變成
（なります
⇒て形）

補助動詞：
無法抵抗、無法控制
（しまいます⇒た形）

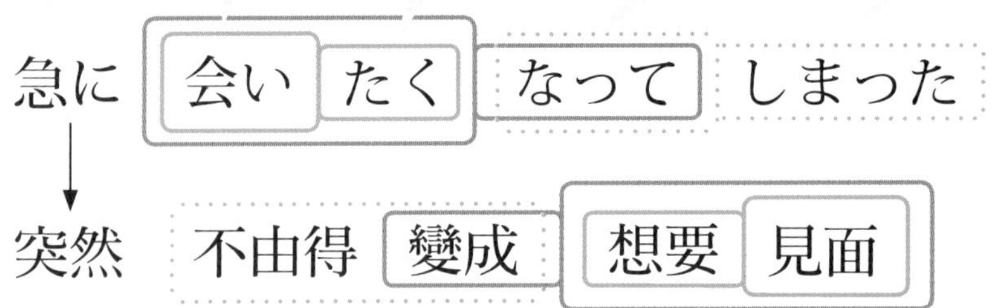

連語：ん＋だ＝んです的普通體
ん…形式名詞（の⇒縮約表現）
だ…助動詞：表示斷定
（です⇒普通形-現在肯定形）

助詞：
表示前言

動詞：見面
（会います
⇒可能形［会えます］的辭書形）

んだ　けど、今　会える？

現在　可以見面　嗎

※「会いたくなってしまった」的「縮約表現」是「会いたくなっちゃった」，口語時常使用「縮約表現」。

使用文型

動詞

［~~ます~~形］＋たい　　想要［做］～

会います（見面）	→ 会(あ)いたい	（想要見面）
飲みます（喝）	→ 飲(の)みたい	（想要喝）
習います（學習）	→ 習(なら)いたい	（想要學習）

動詞　い形容詞　な形容詞

[辭書形＋ように／－い＋く／－な＋に／名詞＋に]＋なります　變成

※「動詞~~ます~~形 ＋ たい」的「たい」是「助動詞」，變化上與「い形容詞」相同。

動	運動します（運動）	→ 運動（うんどう）するようになります（變成有運動的習慣）
い	会いたい（想要見面）	→ 会（あ）いたくなります（變成想要見面）
な	にぎやか（な）（熱鬧）	→ にぎやかになります（變熱鬧）
名	金持ち（有錢人）	→ 金持（かねも）ちになります（變成有錢人）

動詞

[て形]＋しまいます　無法抵抗、無法控制

なります（變成）	→ 会（あ）いたくなってしまいます（不由得變成想要見面）
泣きます（哭泣）	→ 泣（な）いてしまいます（不由得哭出來）
感動します（感動）	→ 感動（かんどう）してしまいます（不由得感動）

動詞／い形容詞／な形容詞＋な／名詞＋な

[普通形]＋んです　強調

※ 此為「丁寧體文型」用法，「普通體文型」為「～んだ」，口語說法為「～の」。
※「な形容詞」、「名詞」的「普通形-現在肯定形」，需要有「な」再接續。

動	なってしまいます（不由得變成）	→ なってしまったんです（不由得變成～了）
い	安い（便宜的）	→ 安（やす）いんです（很便宜）
な	複雑（な）（複雜）	→ 複雑（ふくざつ）なんです（很複雜）
名	子持ち（有小孩（的人））	→ 子持（こも）ちなんです（是有小孩（的人））

用法　突然想跟對方見面時，可以說這句話。

會話練習

太郎：もしもし？　花子？
（もしもし：喂喂）

花子：あ、太郎、何か用？
（何か用：有什麼事嗎？「か」表示「不特定」）

太郎：急に会いたくなっちゃったんだけど、今会える？

花子：いいけど*、急に どうしたの？*
（いいけど：雖然好，但是…「けど」表示「逆接」；急に：突然；どうしたの：怎麼了嗎？）

使用文型

動詞／い形容詞／な形容詞＋だ／名詞＋だ

[　普通形　]＋けど　逆接

※「な形容詞」、「名詞」的「普通形-現在肯定形」，需要有「だ」再接續。

動	負けます（輸）	→ 負けたけど	（輸了，但是～）
い	いい（好的）	→ いいけど*	（很好，但是～）
な	上手（な）（擅長）	→ 上手だけど	（擅長，但是～）
名	小学生（小學生）	→ 小学生だけど	（是小學生，但是～）

動詞／い形容詞／な形容詞＋な／名詞＋な

[　普通形　]＋の？　關心好奇、期待回答

※ 此為「普通體文型」用法，「丁寧體文型」為「～んですか」。
※「な形容詞」、「名詞」的「普通形-現在肯定形」，需要有「な」再接續。

動	どうします（怎麼了）	→ どうしたの？*	（怎麼了嗎？）
い	高い（貴的）	→ 高いの？	（貴嗎？）
な	にぎやか（な）（熱鬧）	→ にぎやかなの？	（熱鬧嗎？）
名	病気（生病）	→ 病気なの？	（是生病嗎？）

中譯

太郎：喂喂？是花子嗎？
花子：啊，太郎，有什麼事嗎？
太郎：突然好想見你喔，現在可以見面嗎？
花子：好是好，但是突然這樣，怎麼了嗎？

筆記頁

空白一頁，讓你記錄學習心得，也讓下一個單元，能以跨頁呈現，方便於對照閱讀。

がんばってください。

（請加油！）

MP3 032

我很想見到你，所以來了…。

どうしても会いたかったから来ちゃった…。

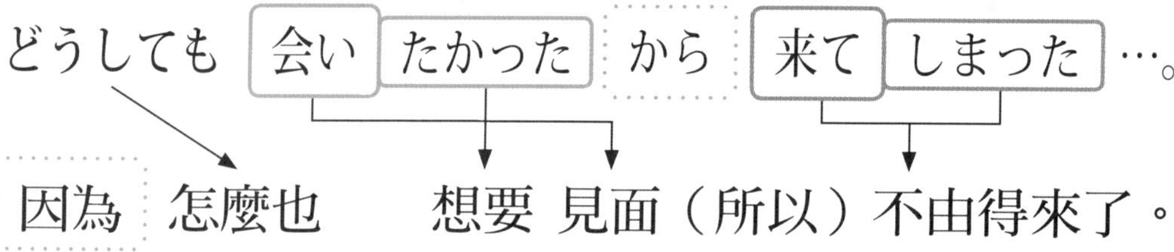

どうしても　会い　たかった　から　来て　しまった　…。

因為　怎麼也　想要　見面（所以）不由得來了。

※「来てしまった」的「縮約表現」是「来ちゃった」，口語時常使用「縮約表現」。

使用文型

動詞

［~~ます~~形］＋たい　想要［做］～

会います（見面）	→ 会いたい	（想要見面）
迎えます（迎接）	→ 迎えたい	（想要迎接）
告白します（告白）	→ 告白したい	（想要告白）

動詞

［て形］＋しまいます　無法抵抗、無法控制

来ます（來）	→ 来てしまいます	（不由得會來）
泣きます（哭泣）	→ 泣いてしまいます	（不由得哭出來）
緊張します（緊張）	→ 緊張してしまいます	（不由得緊張）

用法　沒有事先聯絡就直接前往男女朋友那裡，跟對方見面時，可以說這句話。

會話練習

（家のチャイムが鳴る）
門鈴　響起

太郎：はい。どなたですか。（ドアを開ける）あ！
是哪一位？　開門

花子：どうしても会いたかったから来ちゃった…。

太郎：わあ、びっくりした。先に電話してくれ*ればよかった*のに。まあ、あがって。
嚇一跳　先　打電話給我的話，就好了；「電話してくれます＋動詞條件形（～ば）＋よかった」的用法
卻…　算了　請進；「あがってください」的省略說法

使用文型

動詞

［て形］＋くれます　別人為我［做］～

電話します（打電話）	→ 電話してくれます*	（別人打電話給我）
貸します（借出）	→ 貸してくれます	（別人借給我）
買います（買）	→ 買ってくれます	（別人買給我）

動詞

［條件形（～ば）］＋よかった　［做］～的話就好了（但沒有這麼做）

電話してくれます（打電話給我）	→ 電話してくれればよかった*	（打電話給我的話就好了）
行きます（去）	→ 行けばよかった	（去的話就好了）
来ます（來）	→ 早く来ればよかった	（早一點來的話就好了）

中譯
（家裡的門鈴響了）
太郎：來了。是哪一位？（打開門）啊！
花子：我很想見到你，所以來了…。
太郎：哇，嚇我一跳。先打個電話給我就好了，你卻…。算了，先進來。

MP3 033

今天可以跟你見面，真的很高興。

今日（きょう）は会（あ）えてうれしかった。

助詞：表示主題

動詞：見面（会います⇒可能形［会えます］的て形）（て形表示原因）

い形容詞：高興（うれしい⇒た形）

今日　は　会えて　うれしかった。
↓　↓　↓
今天　因為可以見面　很高興。

使用文型

動詞　い形容詞　な形容詞

［て形／－~~い~~＋くて／－~~な~~＋で／名詞＋で］、～　因為～，所以～

動	会えます（可以見面）	→ 会（あ）えて	（因為可以見面，所以～）
い	寂しい（寂寞的）	→ 寂（さび）しくて	（因為寂寞，所以～）
な	好き（な）（喜歡）	→ 好（す）きで	（因為喜歡，所以～）
名	金持ち（有錢人）	→ 金持（かねも）ちで	（因為是有錢人，所以～）

用法　道別時，想告訴對方今天能夠見面真的是很開心的事情時，可以說這句話。

會話練習

太郎（たろう）：もう 夜（よる）も遅（おそ）くなったし*、そろそろ帰（かえ）ろうか*。

已經　因為也很晚了；「し」表示「列舉理由」　差不多該回去了吧？

花子（はなこ）：うん。今日（きょう）は会（あ）えてうれしかった。

太郎（たろう）：僕（ぼく）も。今度（こんど） いつ 会（あ）えるかな？

也　下次　什麼時候　可以見面呢？「かな」表示「一半疑問、加上一半自言自語的疑問語氣」

使用文型

動詞／い形容詞／な形容詞＋だ／名詞＋だ

[　普通形　]＋し　列舉理由

※「な形容詞」、「名詞」的「普通形-現在肯定形」，需要有「だ」再接續。

動	なります（變成）	→ 夜（よる）も遅（おそ）くなったし*	（因為也很晚了）
い	寒い（寒冷的）	→ 寒（さむ）いし	（因為很冷）
な	優秀（な）（優秀）	→ 優秀（ゆうしゅう）だし	（因為優秀）
名	独身（單身）	→ 独身（どくしん）だし	（因為是單身）

動詞

そろそろ＋[意向形]＋か　差不多該[做]～吧？

帰ります（回去）	→ そろそろ帰（かえ）ろうか*	（差不多該回去了吧？）
決めます（決定）	→ そろそろ決（き）めようか	（差不多該決定了吧？）
休めます（休息）	→ そろそろ休（やす）もうか	（差不多該休息了吧？）

中譯

太郎：因為時間也已經很晚了，差不多該回去了吧？
花子：嗯。今天可以跟你見面，真的很高興。
太郎：我也是。下次什麼時候可以見到你呢？

MP3 034

和你在一起的時間，總覺得過得特別快。

一緒にいると時間があっという間に感じるね。

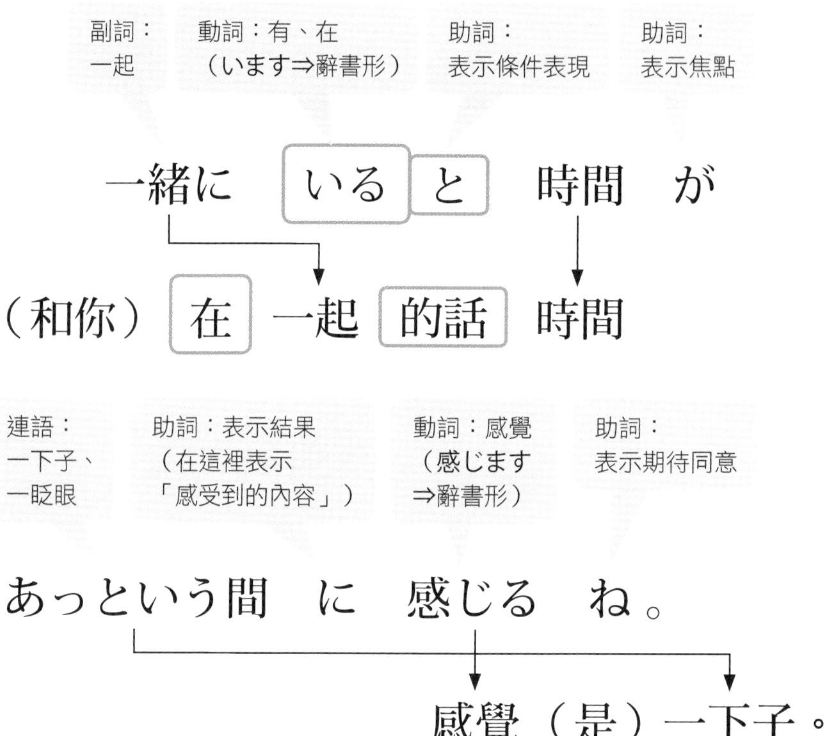

使用文型

動詞／い形容詞／な形容詞＋だ／名詞＋だ

[　普通形（限：現在形）　]＋と、～　順接恆常條件表現

※「な形容詞」、「名詞」的「普通形-現在肯定形」需要有「だ」再接續。

動	います（在）	→ 一緒にいると	（在一起的話，就～）
い	可愛い（可愛的）	→ 可愛いと	（可愛的話，就～）
な	ハンサム（な）（帥氣）	→ ハンサムだと	（帥氣的話，就～）
名	浮気（外遇）	→ 浮気だと	（是外遇的話，就～）

用法 兩個人在一起時很開心，就會覺得時間過得特別快時，所說的一句話。

會話練習

太郎（たろう）：やっぱりここの夕日（ゆうひ）はきれいだね*。

果然還是　夕陽　很漂亮不是嗎？「ね」表示「期待同意」

花子（はなこ）：うん。とっても ロマンチック。

非常；「とても」的強調說法　浪漫

太郎（たろう）：ああ、もうこんな時間（じかん）か。一緒（いっしょ）にいると時間（じかん）があっという間（ま）に感（かん）じるね。

已經這麼晚了啊；「か」表示「感嘆」

花子（はなこ）：そうね。不思議（ふしぎ）。

對啊；「ね」表示「表示同意」　不可思議

使用文型

動詞／い形容詞／な形容詞+[だ]／名詞+[だ]

[　普通形　] + ね　期待同意（不覺得～嗎？）

※「な形容詞」、「名詞」的「普通形-現在肯定形」，有沒有「だ」都可以。

動	飲みます（喝）	→ たくさん飲（の）んだね	（不覺得喝了很多嗎？）
い	楽しい（快樂的）	→ 楽（たの）しいね	（不覺得是快樂的嗎？）
な	きれい（な）（漂亮）	→ きれい[だ]ね*	（不覺得是漂亮的嗎？）
名	恋人同士（情侶關係）	→ 恋人同士（こいびとどうし）[だ]ね	（不覺得是情侶關係嗎？）

中譯

太郎：這裡的夕陽果然還是很漂亮對吧？

花子：嗯。非常浪漫。

太郎：啊～，已經這麼晚了啊。和你在一起的時間，總覺得過得特別快。

花子：對啊。真是不可思議。

MP3 035

跟你在一起真的感覺很輕鬆。

一緒（いっしょ）にいるとホッとするよ。

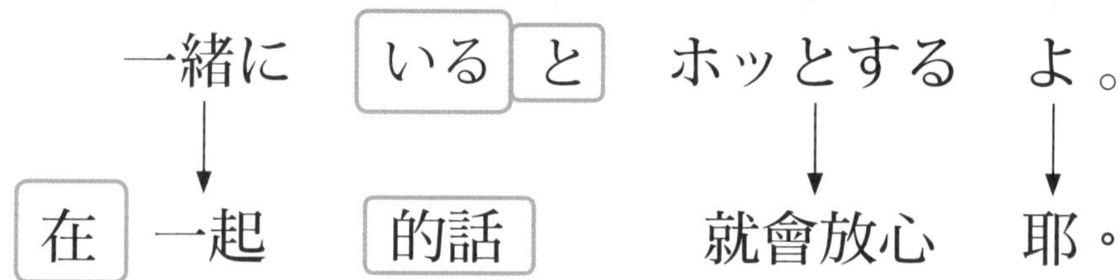

一緒に　いる　と　ホッとする　よ。

在　一起　的話　就會放心　耶。

使用文型

動詞／い形容詞／な形容詞＋だ／名詞＋だ

[　普通形（限：現在形）　] ＋ と　順接恆常條件表現

※「な形容詞」、「名詞」的「普通形-現在肯定形」需要有「だ」再接續。

動	います（在）	→ 一緒（いっしょ）にいると	（在一起的話，就～）
い	辛い（辣的）	→ 辛（から）いと	（辣的話，就～）
な	簡単（な）（簡單）	→ 簡単（かんたん）だと	（簡單的話，就～）
名	大学生（大學生）	→ 大学生（だいがくせい）だと	（是大學生的話，就～）

用法　想告訴對方「跟他在一起時就會感到很安心」時，可以說這句話。對方聽了一定會很高興。

會話練習

花子（はなこ）：太郎（たろう）～。遊（あそ）びに来（き）た*よ。
來找你玩囉；「よ」表示「提醒」

太郎（たろう）：おお、いらっしゃい。
歡迎

花子（はなこ）：何（なに）？　じろじろ見（み）て*。
幹嘛？　盯著我看；原本的語順是：じろじろ見（み）て、何（なん）ですか？

太郎（たろう）：ああ、いや…。一緒（いっしょ）にいるとホッとするよ。
沒事

使用文型

[動詞ます形 / 動作性名詞] ＋ に ＋ 来た　　來 [做] ～了

動　遊びます（玩）　→ 遊（あそ）びに来（き）た*　（來玩了）

動　見ます（看）　→ 映画（えいが）を見（み）に来（き）た　（來看電影了）

名　買い物（購物）　→ 買（か）い物（もの）に来（き）た　（來購物了）

「戀愛」的擬聲擬態語

ドキドキ（心裡緘緘跳）　→ なんだか胸（むね）がドキドキする。
（總覺得心緘緘跳。）

わくわく（雀躍）　→ 明日（あした）のデートのことを考（かんが）えるとわくわくする。
（一想到明天的約會，就很雀躍。）

めそめそ（洩氣）　→ （失恋（しつれん）した人（ひと）に対（たい）して）そんなにめそめそしないで、きっと良（よ）い人（ひと）がまた現（あらわ）れるよ。
（（對失戀的人說）（不要那麼洩氣，良人一定會再出現的。））

そわそわ（忐忑不安）　→ バレンタインデーの日（ひ）、男性（だんせい）も女性（じょせい）も皆（みな）そわそわしている。
（情人節的時候，不論男女，大家都很忐忑不安。）

中譯
花子：太郎～。我來找你玩囉。
太郎：啊～，歡迎你來。
花子：你幹嘛啊？盯著人家看。
太郎：啊～，沒事…。跟你在一起真的感覺很輕鬆。

MP3 036

我希望你一直在我身邊。

いつも私(わたし)のそばにいてほしいの。

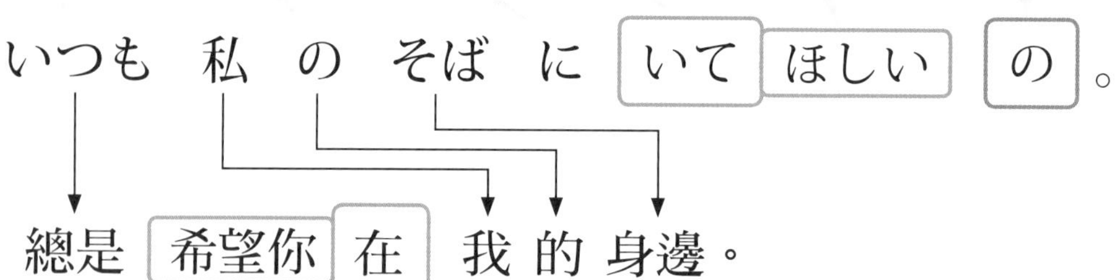

使用文型

動詞

[て形] ＋ ほしい　　希望 [做] ～（非自己意志的動作）

います（在）	→ そばにいてほしい	（希望別人在身邊）
注意します（注意）	→ 注意(ちゅうい)してほしい	（希望別人要注意）
晴れます（放晴）	→ 晴(は)れてほしい	（希望天氣放晴）

動詞／い形容詞／な形容詞＋な／名詞＋な

[　　　　普通形　　　　] ＋ んです　　強調

※ 此為「丁寧體文型」用法，「普通體文型」為「～んだ」，口語説法為「～の」。
※「な形容詞」、「名詞」的「普通形-現在肯定形」，需要有「な」再接續。

動	振られます（被甩）	→ 振(ふ)られたんです	（被甩了）
い	ほしい（希望～）	→ そばにいてほしいんです	（很希望別人在身邊）
な	安心（な）（安心）	→ 安心(あんしん)なんです	（很安心）
名	彼氏（男朋友）	→ 彼氏(かれし)なんです	（是男朋友）

用法 希望和男女朋友隨時在一起時，可以說這句話。

會話練習

花子（はなこ）：ねえ、太郎（たろう）さん。

太郎（たろう）：何（なん）だい？　花子（はなこ）さん。
什麼事？「だい」表示「疑問語氣」，是男性對同輩或晚輩使用的語氣

花子（はなこ）：いつも私（わたし）のそばにいてほしいの。

太郎（たろう）：そうだね。僕（ぼく）も1秒（いちびょう）でも*長（なが）く一緒（いっしょ）にいたい*よ。
そうだね：對啊；「ね」表示「表示同意」
1秒でも：即使是一秒，也…
長く一緒にいたい：想要長久在一起

使用文型

動詞　い形容詞　な形容詞

[て形／－い＋くて／－な＋で／名詞＋で]＋も　即使～，也～

動	謝ります（道歉）	→ 謝（あやま）っても	（即使道歉，也～）
い	高い（貴的）	→ 高（たか）くても	（即使貴，也～）
な	好き（な）（喜歡）	→ 好（す）きでも	（即使喜歡，也～）
名	一秒（一秒）	→ 一秒（いちびょう）でも*	（即使是一秒，也～）

動詞

[ます形]＋たい　想要[做]～

います（在）	→ 一緒（いっしょ）にいたい*	（想要在一起）
送ります（贈送）	→ 送（おく）りたい	（想要贈送）
言います（說）	→ 言（い）いたい	（想要說）

中譯
花子：ㄟ，太郎。
太郎：什麼事？花子。
花子：我希望你一直在我身邊。
太郎：對啊。即使多一秒，我也想要跟你長久在一起。

要求
037

MP3 037

你要一直陪在我旁邊喔。

ずっとそばにいてね。

副詞：一直	助詞：表示存在位置	動詞：有、在（います⇒て形）	補助動詞：請（くださいます⇒命令形[くださいませ]除去[ませ]）（口語時可省略）	助詞：表示期待同意

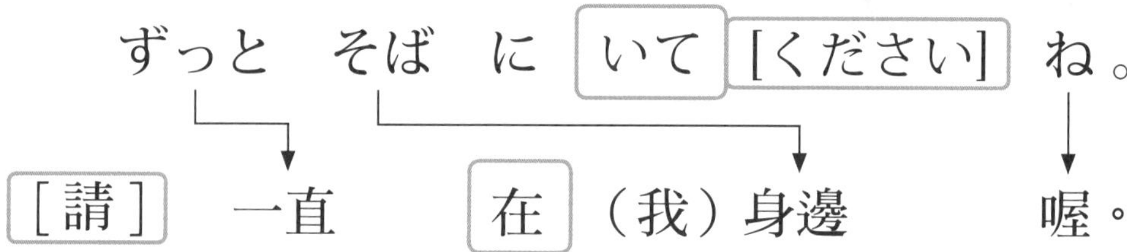

使用文型

動詞

[て形]＋ください　　請[做]～

います（在）	→ そばにいてください	（請在（我）身邊）
言います（說）	→ 言（い）ってください	（請說）
つなぎます（牽（手））	→ 手（て）をつないでください	（請牽手）

用法 希望對方今後也可以待在自己身邊時，可以說這句話。

會話練習

康博（やすひろ）：桃子（ももこ）さん、まずは友達（ともだち）からでいいので、
首先；「は」表示「對比（區別）」 從朋友開始；「で」表示「樣態」 就好了，所以…

付き（つ）合（あ）ってほしい*。
希望你和我交往

桃子（ももこ）：嫌（いや）です。
不要

康博（やすひろ）：え？

桃子（ももこ）：友達（ともだち）からじゃなくて*恋人（こいびと）からよ。ずっとそばにいてね。
不是從朋友開始，而是… 從戀人開始喔；「よ」表示「提醒」

使用文型

動詞

[て形] + ほしい　　希望 [做] ～（非自己意志的動作）

付き合います（交往）	→ 付き（つ）合（あ）ってほしい*	（希望別人和我交往）
連れて行きます（帶去）	→ 連れて行（い）ってほしい	（希望別人帶我去）
晴れます（放晴）	→ 晴（は）れてほしい	（希望天氣放晴）

A ＋ じゃなくて ＋ B　　不是A，而是B

友達（ともだち）からじゃなくて恋人（こいびと）からよ。*　（不是從朋友開始，而是從戀人開始喔。）

二丁目（にちょうめ）じゃなくて三丁目（さんちょうめ）ですよ。　（不是二丁目，而是三丁目喔。）

A：雨（あめ）？　（下雨了？）

B：雨（あめ）じゃなくて雹（ひょう）が降（ふ）っているよ。　（不是下雨，而是下冰雹喔。）

中譯
康博：桃子小姐，我們先從朋友做起，希望你和我交往。
桃子：我不要。
康博：咦？
桃子：不要從朋友做起，要從戀人開始。你要一直陪在我旁邊喔。

要求
038

MP3 038

看著我的眼睛對我說。

目（め）を見（み）て話（はな）してよ。

助詞：表示動作作用對象	動詞：看（見ます⇒て形）（て形表示附帶狀況）	助詞：說（話します⇒て形）	補助動詞：請（くださいます⇒命令形［くださいませ］除去［ませ］）（口語時可省略）	助詞：表示感嘆

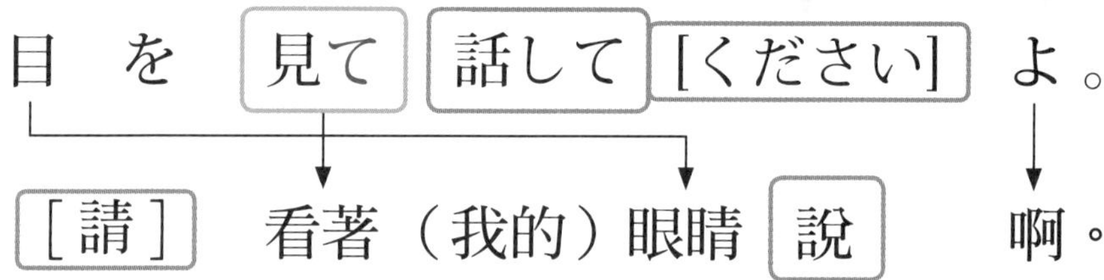

※［動詞て形 ＋ ください］：請參考P028

使用文型

動詞
［て形］、～　　附帶狀況

- 見ます（看）→ 見（み）て話（はな）します　　（看著的狀態下，說話）
- します（做）→ 宿題（しゅくだい）をして学校（がっこう）へ行（い）きます（有寫功課的狀態下，去學校）
- つけます（沾）→ 醤油（しょうゆ）をつけて食（た）べます　　（沾醬油的狀態下，吃）

用法 要求對方看著自己的眼睛說話時，可以說這句話。

會話練習

花子（はなこ）：ねえ、私（わたし）に嘘（うそ）ついてない？
沒有說謊嗎？「嘘をついていない？」的省略說法

太郎（たろう）：そんなわけない*よ…。
沒有那種事情啦；「そんなわけがないよ」的省略說法；「よ」表示「感嘆」

花子（はなこ）：目（め）を見（み）て話（はな）してよ。…二股（ふたまた）なんか してないよね？

二股：劈腿　なんか：之類的　してないよね？：沒有做吧？「していないよね？」的省略說法；「よ」表示「提醒」；「ね」表示「期待同意」

太郎（たろう）：そんなこと するわけない*でしょう？*

そんなこと：那種事情　するわけないでしょう？：不可能做的，對不對？「するわけがないでしょう」的省略說法

使用文型

動詞／い形容詞／な形容詞＋な／名詞＋な

[　普通形　]＋わけがない　不可能～

※ 此為「普通體文型」，「丁寧體文型」為「～わけがありません」。
※ 口語時，通常採用「普通體文型」說法，並可省略「わけがない」的「が」。
※「な形容詞」、「名詞」的「普通形-現在肯定形」，需要有「な」再接續。
※「連體詞」直接接續「わけがない」。

動	します（做）	→するわけ[が]ない*	（不可能做）
い	優しい（溫柔的）	→優（やさ）しいわけ[が]ない	（不可能溫柔）
な	嫌い（な）（討厭）	→嫌（きら）いなわけ[が]ない	（不可能討厭）
名	独身（單身）	→独身（どくしん）なわけ[が]ない	（不可能是單身）
連體	そんな（那樣的）	→そんなわけ[が]ない*	（不可能那樣的）

動詞／い形容詞／な形容詞／名詞

[　普通形　]＋でしょう？　～對不對？

※ 此為「丁寧體文型」用法，「普通體文型」為「～だろう？」。
※「～でしょう」表示「應該～吧」的「推斷語氣」時，語調要「下降」。
「～でしょう」表示「～對不對？」的「再確認語氣」時，語調要「提高」。

動	負けます（輸）	→負（ま）けたでしょう？	（輸了對不對？）
い	～わけがない（不可能～）	→するわけ[が]ないでしょう？*	（不可能做對不對？）
な	好き（な）（喜歡）	→好（す）きでしょう？	（很喜歡對不對？）
動	恋人（戀人）	→恋人（こいびと）でしょう？	（是戀人對不對？）

中譯

花子：ㄟ，你沒有對我說謊嗎？
太郎：沒有那種事情啦…。
花子：看著我的眼睛對我說。…你沒有劈腿吧？
太郎：我不可能做那種事的，對不對？

不要對我有所隱瞞喔。

私（わたし）には隠（かく）し事（ごと）しないで。

助詞：表示動作的對方	助詞：表示對比（區別）	動詞：隱瞞（隠し事[を]します⇒ない形）	助詞：表示樣態	補助動詞：請（くださいます⇒命令形[くださいませ]除去[ませ]）（口語時可省略）

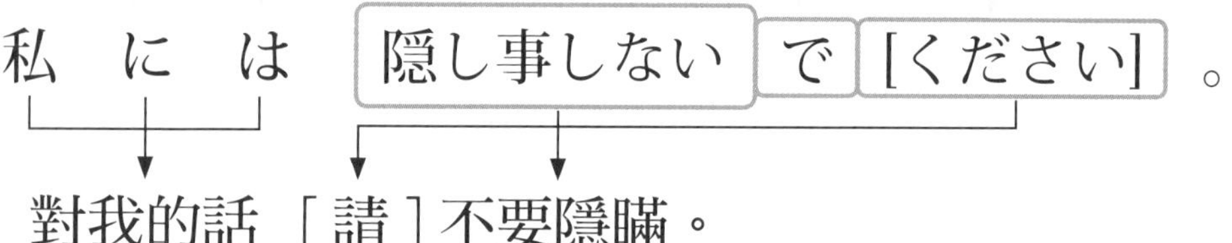

使用文型

動詞

[ない形] ＋ で ＋ ください　　請不要 [做] ～

隠し事[を]します（隱瞞）	→ 隠（かく）し事（ごと）[を]しないでください	（請不要隱瞞）
撮ります（拍攝）	→ 撮（と）らないでください	（請不要拍攝）
忘れます（忘記）	→ 忘（わす）れないでください	（請不要忘記）

用法　希望對方把所有的事情都老實說出來時，可以跟對方說這句話。

會話練習

桃子（ももこ）：そうだ。言（い）っておき*たい ことがあるんだけど。

對了　想要採取說的措施；「言っておきます＋たい」的用法　有…事情；「んだ」表示「強調」；「けど」表示「前言」，是一種緩折的語氣

康博（やすひろ）：何（なに）？

什麼事？

桃子（ももこ）：私（わたし）には隠（かく）し事（ごと）しないで。どんな事（こと）でも*私（わたし）に話（はな）してよ。

即使是什麼樣的事情，也…　要說喔；「話してくださいよ」的省略說法；「よ」表示「提醒」

康博（やすひろ）：うん。わかったよ。

知道啦；「よ」表示「感嘆」

使用文型

動詞

［て形］＋ おきます　　善後措施（為了以後方便）

言います（說）	→ 言（い）っておきます*	（採取說的措施）
買います（買）	→ 買（か）っておきます	（採取買的措施）
掃除します（打掃）	→ 掃除（そうじ）しておきます	（採取打掃的措施）

動詞　い形容詞　な形容詞

［て形／－い＋くて／－な＋で／名詞＋で］＋も　即使～，也～

動	負けます（輸）	→ 負（ま）けても	（即使輸，也～）
い	美しい（美麗的）	→ 美（うつく）しくても	（即使美麗，也～）
な	きれい（な）（漂亮）	→ きれいでも	（即使漂亮，也～）
名	どんな事（什麼樣的事情）	→ どんな事（こと）でも*	（即使是什麼樣的事情，也～）

中譯　桃子：對了。我有事情想要說。
康博：什麼事？
桃子：不要對我有所隱瞞喔。不管是什麼事，都要跟我說喔。
康博：嗯，我知道啦。

要求 040

你老實說，我不會生氣。

怒(おこ)らないから正直(しょうじき)に言(い)って。

動詞：生氣（怒ります⇒ない形）

助詞：表示原因理由

な形容詞：老實（正直⇒副詞用法）

動詞：說（言います⇒て形）

補助動詞：請（くださいます⇒命令形［くださいませ］除去［ませ］）（口語時可省略）

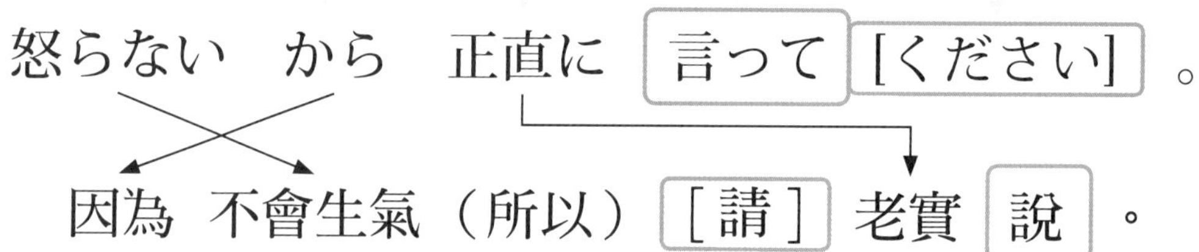

使用文型

動詞

［て形］＋ください　　請［做］～

言います（說）	→ 言(い)ってください	（請說）
書きます（寫）	→ 書(か)いてください	（請寫）
返します（歸還）	→ 返(かえ)してください	（請歸還）

用法　對方隱瞞某件事，可以用這句話要求對方老實說出來。

會話練習

花子：梅子さん、太郎と付き合ってるんですか*。

在交往嗎？「付き合っているんですか」的省略說法

梅子：いえ、そんなことはないです。

並沒有那種事情；「は」表示「區別（強調）」

花子：怒らないから正直に言って。

梅子：……実は私の片思いだったんです*。

其實　單戀；「んです」表示「強調」

使用文型

動詞／い形容詞／な形容詞＋な／名詞＋な

[　普通形　]＋んですか　關心好奇、期待回答

※ 此為「丁寧體文型」用法，「普通體文型」為「～の？」。
※「な形容詞」、「名詞」的「普通形-現在肯定形」，需要有「な」再接續。

動	付き合って[い]ます（交往的狀態）	→ 付き合って[い]るんですか*	（是交往的狀態嗎？）
い	優しい（溫柔的）	→ 優しいんですか	（溫柔嗎？）
な	便利（な）（方便）	→ 便利なんですか	（方便嗎？）
名	免税（免稅）	→ 免税なんですか	（是免稅嗎？）

動詞／い形容詞／な形容詞＋な／名詞＋な

[　普通形　]＋んです　強調

※ 此為「丁寧體文型」用法，「普通體文型」為「～んだ」，口語説法為「～の」。
※「な形容詞」、「名詞」的「普通形-現在肯定形」，需要有「な」再接續。

動	来ます（來）	→ 来たんです	（來了）
い	暖かい（溫暖的）	→ 暖かいんです	（很溫暖）
な	安全（な）（安全）	→ 安全なんです	（很安全）
名	片思い（單戀）	→ 片思いだったんです*	（是單戀）

中譯

花子：梅子，你和太郎在交往嗎？
梅子：沒有，並沒有那種事。
花子：你老實說，我不會生氣。
梅子：…其實是我的單戀。

要求
041

MP3 041

你直接叫我的名字就好了。

名前(なまえ)で呼(よ)んでよ。

助詞：表示樣態

動詞：呼喚、叫（呼びます⇒て形）

補助動詞：請（くださいます⇒命令形[くださいませ]除去[ませ]）（口語時可省略）

助詞：表示勸誘

名前　で　呼んで [ください]　よ。

（我的）名字 的樣態 [請]（這樣）叫。

使用文型

動詞

[て形]+ください　請[做]~

呼びます（呼喚）→ 呼(よ)んでください（請呼喚）

頑張ります（加油）→ 頑張(がんば)ってください（請加油）

気をつけます（小心）→ 気(き)をつけてください（請小心）

用法 希望對方直呼自己的名字，讓彼此之間的關係更加親密時，可以說這句話。

會話練習

隆夫(たかお)：ねえ、渡辺(わたなべ)さん。
ㄟ

美耶(みや)：……名前(なまえ)で呼(よ)んでよ。

隆夫(たかお)：え、いいの？* じゃあ、美耶(みや)さん。
咦？ 可以嗎？ 那麼

美耶(みや)：「さん」も つけないで*。
小姐；表示「敬稱」 也 請不要加上；「つけないでください」的省略說法

使用文型

動詞／い形容詞／な形容詞＋な／名詞＋な

[普通形]＋の？　關心好奇、期待回答

※ 此為「普通體文型」用法，「丁寧體文型」為「～んですか」。
※「な形容詞」、「名詞」的「普通形-現在肯定形」，需要有「な」再接續。

動	食べます（吃）	→ 食(た)べるの？	（要吃嗎？）
い	いい（好的）	→ いいの？*	（可以嗎？）
な	有名（な）（有名）	→ 有名(ゆうめい)なの？	（有名嗎？）
名	一目惚れ（一見鍾情）	→ 一目惚(ひとめぼ)れなの？	（是一見鍾情嗎？）

動詞

[ない形]＋で＋ください　請不要[做]～

※ 丁寧體會話時為「動詞ない形 ＋ で ＋ ください」。
※ 普通體、口語會話時，省略「ください」。

つけます（加上）	→ つけないで[ください]*	（請不要加上）
やめます（放棄）	→ やめないで[ください]	（請不要放棄）
見ます（看）	→ 見(み)ないで[ください]	（請不要看）

中譯
隆夫：ㄟ，渡邊小姐。
美耶：……你直接叫我的名字就好了。
隆夫：咦？可以嗎？那麼，美耶小姐。
美耶：「小姐」也不要加上去。

MP3 042

親我一下。

ねえ、チューして。

感嘆詞：喂

動詞：親吻
（チューします
⇒て形）

補助動詞：請
（くださいます
⇒命令形[くださいませ]
除去[ませ]）
（口語時可省略）

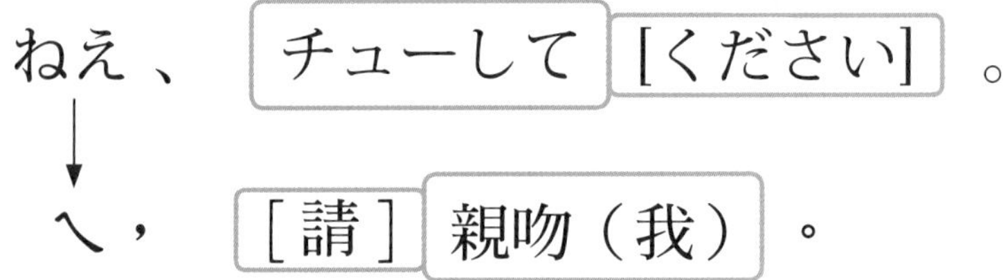

使用文型

動詞

[て形]＋ください　　請[做]～

チューします（親吻）	→ チューしてください	（請親吻）
触ります（摸）	→ 触（さわ）ってください	（請摸）
抱きます（擁抱）	→ 抱（だ）いてください	（請擁抱）

用法 讓對方知道自己想親吻時，所使用的一句話。如果用在情侶以外的場合，就會變成性騷擾。

會話練習

花子（はなこ）：ちょっとこっち来（き）て＊。
過來這裡；口語時「て形」後面可省略「ください」（請參考下方文型）

太郎（たろう）：うん？　何（なに）？
什麼事？

花子（はなこ）：ねえ、チューして。

太郎（たろう）：はっは、突然（とつぜん）そんなこと言（い）いだして、どうしたの？＊
說出那種話；「そんなことを言いだして」的省略說法
怎麼了嗎？

使用文型

動詞

[て形]＋ください　　請[做]～

※ 丁寧體會話時為「動詞て形 ＋ ください」。
※ 普通體、口語會話時，省略「ください」。

来ます（來）→ 来（き）て[ください]＊　（請來）
見ます（看）→ 見（み）て[ください]　（請看）
考えます（考慮）→ 考（かんが）えて[ください]　（請考慮）

動詞／い形容詞／な形容詞＋な／名詞＋な

[　普通形　]＋の？　關心好奇、期待回答

※ 此為「普通體文型」用法，「丁寧體文型」為「～んですか」。
※「な形容詞」、「名詞」的「普通形-現在肯定形」，需要有「な」再接續。

動　どうします（怎麼了）→ どうしたの？＊　（怎麼了嗎？）
い　優しい（溫柔的）→ 優（やさ）しいの？　（溫柔嗎？）
な　便利（な）（方便）→ 便利（べんり）なの？　（方便嗎？）
名　先生（老師）→ 先生（せんせい）なの？　（是老師嗎？）

中譯
花子：你過來這裡一下。
太郎：嗯？什麼事？
花子：親我一下。
太郎：哈哈，突然說出那種話，你怎麼了嗎？

MP3 043

你背我好嗎？

ねえ、おんぶして。

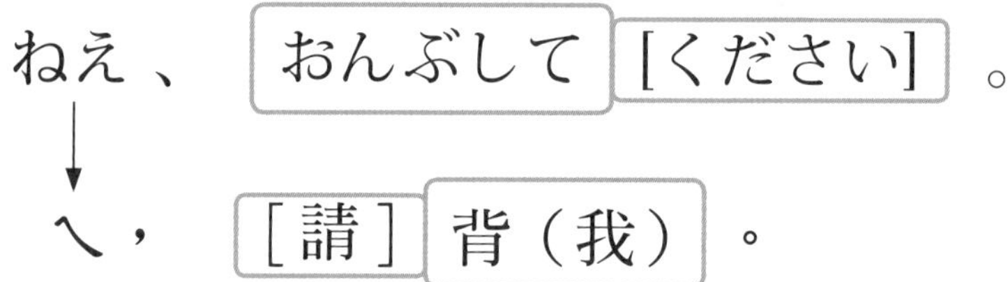

ねえ、 おんぶして ［ください］ 。

↓

ㄟ， ［請］ 背（我） 。

使用文型

動詞

［て形］＋ください　　請［做］～

おんぶします（背）	→ おんぶしてください	（請背）
降ります（下（車））	→ 電車（でんしゃ）を降（お）りてください	（請下電車）
止めます（停止）	→ 止（と）めてください	（請停止）

用法 希望對方背自己時，可以說這句話。

會話練習

桃子（ももこ）：やっくん、ねえ、ちょっと（稍微）待（ま）ってよ～（等著嘛；「待っていてくださいよ」的省略說法）。歩（ある）くの速（はや）すぎ*だよ（走路太快了啦；「歩くのが速すぎだよ」的省略說法；「の」表示「形式名詞」；「よ」表示「感嘆」）。

康博（やすひろ）：あ、ごめんごめん（對不起）。

桃子（ももこ）：もう（已經）疲（つか）れて*（因為疲累）歩（ある）けない（走不動）。…ねえ、おんぶして。

康博（やすひろ）：え？（咦？）　ここで？（在這裡？）　…しかたないなあ（沒辦法啊；「なあ」表示「感嘆」）。

使用文型

動詞　い形容詞　な形容詞

[~~ます~~形／－~~い~~／－~~な~~／名詞]＋すぎ　太～、過於～

動	買います（買）	→買（か）いすぎ	（買太多）
い	速い（快的）	→速（はや）すぎ*	（太快）
な	有名（な）（有名）	→有名（ゆうめい）すぎ	（太有名）
名	いい人（好人）	→いい人（ひと）すぎ	（太好的人）

動詞　い形容詞　な形容詞

[て形／－~~い~~＋くて／－~~な~~＋で／名詞＋で]、～　因為～，所以～

動	疲れます（疲累）	→疲（つか）れて*	（因為疲累，所以～）
い	痛い（疼痛的）	→痛（いた）くて	（因為疼痛，所以～）
な	優秀（な）（優秀）	→優秀（ゆうしゅう）で	（因為優秀，所以～）
名	お見合い（相親）	→お見合（みあ）いで	（因為是相親，所以～）

中譯
桃子：小康，ㄟ，等我　下嘛～。你走路太快了啦。
康博：啊，對不起對不起。
桃子：因為我已經累得走不動了。…你背我好嗎？
康博：咦？在這裡？…真拿你沒辦法。

要求
044

MP3 044

嘴巴張開「阿～」。

はい、「あ～ん」して。

感嘆詞：
好

副詞（特殊）：
把嘴張開

動詞：做
（します⇒て形）

補助動詞：請
（くださいます
⇒命令形[くださいませ]
除去[ませ]）
（口語時可省略）

はい、「あ～ん」 して [ください] 。

好， [請] 做（出） 把嘴巴張開（的動作）。

使用文型

動詞

[て形]＋ください　　請[做]～

します（做）	→ してください	（請做）
座ります（坐）	→ 座（すわ）ってください	（請坐）
見ます（看）	→ 見（み）てください	（請看）

用法 餵對方吃東西時，可以說這句話。

會話練習

（学校（がっこう）の食堂（しょくどう）で昼食（ちゅうしょく）（午餐））

桃子（ももこ）：やっくん、はい、「あ～ん」して。

康博（やすひろ）：恥（は）ずかしいよ。桃子（ももこ）さん。他（ほか）の人（ひと）も見（み）てるし*。
難為情；「よ」表示「看淡」　其他人　也　因為正在看；「見ている し」的省略說法；「し」表示「列舉理由」

桃子（ももこ）：いいじゃない。私（わたし）は気（き）にならないから。
不是很好嘛　不會在意；「から」表示「宣言」

康博（やすひろ）：じゃ、一口（ひとくち）だけね。
只有一口　表示：留住注意

使用文型

動詞／い形容詞／な形容詞＋だ／名詞＋だ

[　普通形　]＋し　列舉理由

※「な形容詞」、「名詞」的「普通形-現在肯定形」，需要有「だ」再接續。

動	見て[い]ます（正在看）	→ 見（み）て[い]るし*	（因為正在看）
い	つまらない（無聊的）	→ つまらないし	（因為無聊）
な	静か（な）（安靜）	→ 静（しず）かだし	（因為安靜）
名	連休（連續假期）	→ 連休（れんきゅう）だし	（因為是連續假期）

動詞／い形容詞／な形容詞＋な／名詞

[　普通形　]＋だけ　只是～而已、只有

※「な形容詞」的「普通形-現在肯定形」，需要有「な」再接續。

動	見ます（看）	→ 見（み）ただけ	（只是看了而已）
い	安い（便宜的）	→ 安（やす）いだけ	（只是便宜而已）
な	便利（な）（方便）	→ 便利（べんり）なだけ	（只是方便而已）
名	一口（一口）	→ 一口（ひとくち）だけ*	（只有一口）

中譯　（在學校的餐廳吃午餐）

桃子：小康，嘴巴張開「阿～」。
康博：很難為情耶。桃子，因為別人也在看。
桃子：不是很好嘛？我不會在意。
康博：那麼，只吃一口喔。

MP3 045

你要握緊我的手喔。

ねえ、手(て)をギュッて握(にぎ)って。

感嘆詞：喂	助詞：表示動作作用對象	副詞：緊緊地（＝ギュッと）	動詞：握（握ります⇒て形）	補助動詞：請（くださいます⇒命令形［くださいませ］除去［ませ］）（口語時可省略）

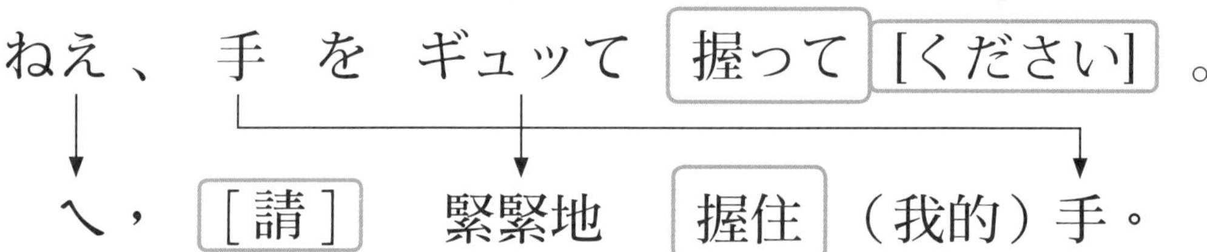

ねえ、 手 を ギュッて 握って ［ください］ 。

へ， ［請］ 緊緊地 握住 （我的）手。

使用文型

動詞

［て形］＋ください　　請［做］～

- 握ります（握）→ 握(にぎ)ってください　（請握）
- 飲みます（喝）→ 飲(の)んでください　（請喝）
- 開けます（打開）→ 開(あ)けてください　（請打開）

用法 希望對方用力握住自己的手時，可以說這句話。

會話練習

（ディズニーランドで）
在迪士尼樂園

太郎（たろう）：あっち 面白（おもしろ）そう*だから 行（い）ってみよう*よ。
那裡　因為看起來好像很好玩的樣子　去看看吧；「よ」表示「勸誘」

花子（はなこ）：うん。ねえ、手（て）をつないで。
要牽著我的手；口語時「て形」後面可省略「ください」

太郎（たろう）：あ、うん…。じゃあ…。（手（て）をつなぐ）
牽手

花子（はなこ）：ねえ、手（て）をギュッて握（にぎ）って。

使用文型

動詞　い形容詞　な形容詞

［~~ます~~形／－~~い~~／－~~な~~］＋そう　（看起來）好像～

動	泣きます（哭泣）	→ 泣（な）きそう	（看起來好像快要哭）
い	面白い（有趣的）	→ 面白（おもしろ）そう*	（看起來好像很有趣）
な	大変（な）（辛苦）	→ 大変（たいへん）そう	（看起來好像很辛苦）

動詞

［て形］＋みよう　［做］～看看吧

行きます（去）	→ 行（い）ってみよう*	（去看看吧）
書きます（寫）	→ 書（か）いてみよう	（寫看看吧）
修理します（修理）	→ 修理（しゅうり）してみよう	（修理看看吧）

中譯
（在迪士尼樂園）
太郎：那裡看起來好像很好玩的樣子，我們去看看吧。
花子：嗯。ㄟ，你要牽著我的手。
太郎：啊，嗯…。那麼…。（牽起對方的手）
花子：你要握緊我的手喔。

MP3 046

走路的時候你要牽我啊。

一緒に歩く時は手をつないでよ。

副詞：一起

動詞：走路（歩きます⇒辭書形）

助詞：表示主題

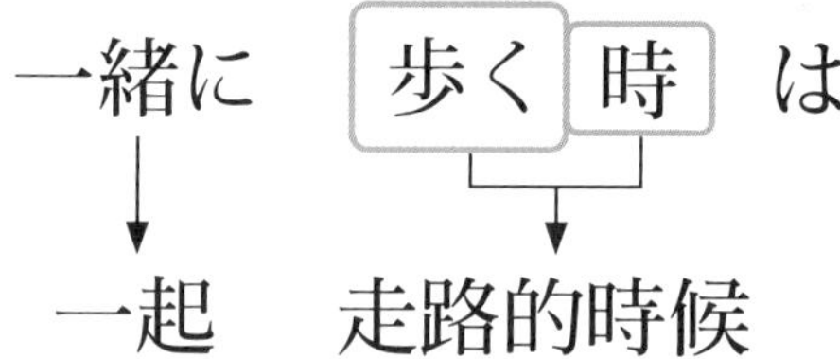

助詞：表示動作作用對象

動詞：牽（手）（つなぎます⇒て形）

補助動詞：請（くださいます⇒命令形［くださいませ］除去［ませ］）（口語時可省略）

助詞：表示感嘆

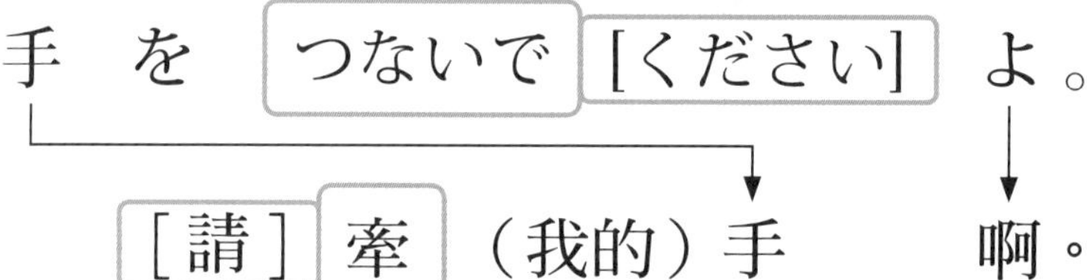

使用文型

動詞／い形容詞／な形容詞＋な／名詞＋の

[　　普通形　　]＋時、　～的時候

※「な形容詞」的「普通形-現在肯定形」，需要有「な」；「名詞」需要有「の」再接續。

動	歩きます（走路）	→ 歩く時	（走路的時候）
い	暑い（炎熱的）	→ 暑い時	（熱的時候）
な	暇（な）（空閒）	→ 暇な時	（有空的時候）
名	電話中（電話中）	→ 電話中の時	（電話中的時候）

動詞

[て形]＋ください　請[做]～

つなぎます（牽（手））	→ 手(て)をつないでください	（請牽手）
説明します（說明）	→ 説明(せつめい)してください	（請說明）
選びます（選擇）	→ 選(えら)んでください	（請選擇）

用法 希望和對方手牽手一起走路時，可以說這句話。

會話練習

花子(はなこ)：ねえ…。　ねえったら。
ㄟ…　ㄟ！「ったら」表示「表示催促、責備」

太郎(たろう)：あ、どうしたの？*
怎麼了嗎？

花子(はなこ)：一緒(いっしょ)に歩(ある)く時(とき)は手(て)をつないでよ。

太郎(たろう)：あ、ごめんごめん。
對不起

使用文型

動詞／い形容詞／な形容詞＋な／名詞＋な

[　普通形　]＋の？　關心好奇、期待回答

※ 此為「普通體文型」用法，「丁寧體文型」為「～んですか」。
※「な形容詞」、「名詞」的「普通形-現在肯定形」，需要有「な」再接續。

動	どうします（怎麼了）	→ どうしたの？*	（怎麼了嗎？）
い	重い（重的）	→ 重(おも)いの？	（重嗎？）
な	上手（な）（擅長）	→ 上手(じょうず)なの？	（擅長嗎？）
名	彼女（女朋友）	→ 彼女(かのじょ)なの？	（是女朋友嗎？）

中譯 花子：ㄟ…。ㄟ！
太郎：啊，怎麼了嗎？
花子：走路的時候你要牽我啊。
太郎：啊，對不起對不起。

要求
047

MP3 047

你要負責任喔。

責任取ってよ。
（せきにん　と）

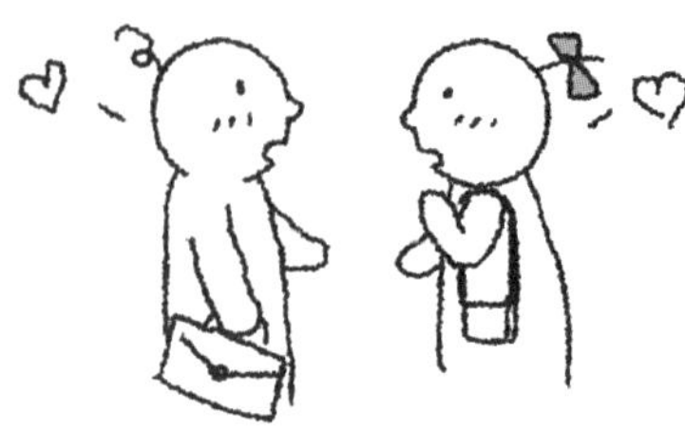

助詞：表示動作作用對象（口語時可省略）

動詞：負（責任）（取ります⇒て形）

補助動詞：請（くださいます⇒命令形［くださいませ］除去［ませ］）（口語時可省略）

助詞：表示感嘆

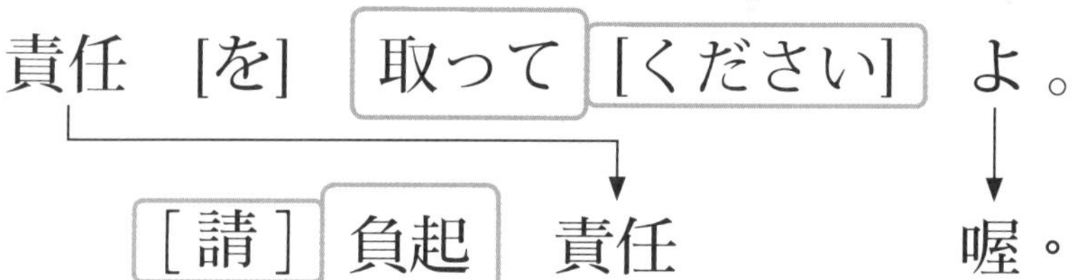

使用文型

動詞

［て形］＋ください　　請［做］～

取ります（負（責任））	→ 責任を取ってください（せきにん　と）	（請負責任）
開けます（打開）	→ 開けてください（あ）	（請打開）
見ます（看）	→ 見てください（み）	（請看）

用法 因為懷孕等原因，要求對方負起責任，所使用的一句話。

會話練習

太郎（たろう）：えっと、あれが来（こ）ないことって珍（めずら）しいの？

えっと：嗯…

って：表示：主題（＝は）

珍しいの？：少見嗎？「の？」表示「關心好奇、期待回答」

花子（はなこ）：うん。いつもは 正確（せいかく）なのに*、今回（こんかい）は5日（いつか）も遅（おく）れてるの。

平常；「は」表示「對比（區別）」　準時，卻…　這次　竟然延遲了五天；「5日も遅れている」的省略說法；「も」表示「竟然（強調）」；「の」表示「強調」

太郎（たろう）、もし 万（まん）が一（いち）のことがあったら*、責任（せきにん）取（と）ってよ。

要是　如果有什麼萬一的事情的話

太郎（たろう）：そ、それはもちろんだよ。

重覆「それ」的「そ」，表示「心裡的動搖」　當然　表示：看淡

使用文型

動詞／い形容詞／な形容詞＋な／名詞＋な

[　普通形　]＋のに　～，卻～

※「な形容詞」、「名詞」的「普通形-現在肯定形」，需要有「な」再接續。

動	勉強します（唸書）	→ 勉強（べんきょう）したのに	（唸書了，卻～）
い	少ない（少的）	→ 少（すく）ないのに	（很少，卻～）
な	正確（な）（準時）	→ 正確（せいかく）なのに	（準時，卻～）
名	外国人（外國人）	→ 外国人（がいこくじん）なのに*	（是外國人，卻～）

動詞／い形容詞／な形容詞／名詞

[　た形　／　なかった形　]＋ら　如果～的話

動	あります（有）	→ あったら*	（如果有的話）
い	遠い（遠的）	→ 遠（とお）かったら	（如果遠的話）
な	有名（な）（有名）	→ 有名（ゆうめい）だったら	（如果有名的話）
名	18歳未満（未滿18歲）	→ 18歳未満（じゅうはっさいみまん）だったら	（如果未滿18歲的話）

中譯

太郎：嗯…，那個沒來是很少見的嗎？

花子：嗯。我平常很準時的，可是這次竟然晚了5天。太郎，萬一有什麼狀況，你要負責任喔。

太郎：那、那當然啊。

要求
048

MP3 048

下次能不能只有我們兩個談一談呢？

今度二人きりで話がしたい。

（こんど ふたり／はなし）

助詞：表示限定

助詞：表示樣態

助詞：表示焦點

動詞：做（します⇒ます形除去[ます]）

助動詞：表示希望

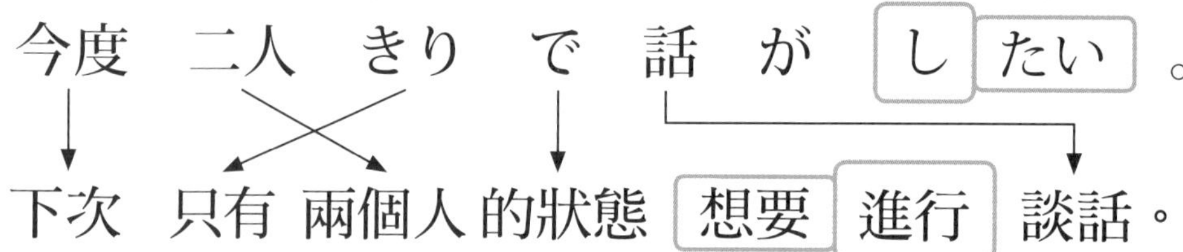

使用文型

動詞

[~~ます~~形] + たい　　想要 [做] ~

します（做）	→ 話がしたい（はなし）	（想要進行談話）
質問します（提問）	→ 質問したい（しつもん）	（想要提問）
告白します（告白）	→ 告白したい（こくはく）	（想要告白）

用法 想要兩個人單獨談論重要的事情，或是說情話時，可以說這句話。

會話練習

（花子、合コンに参加する）（はなこ／ごう／さんか）

參加聯誼；「に」表示「進入點」

花子：今日は楽しかったですね。

好快樂啊；「ね」表示「期待同意」

拓也：そうだね。花子さん、今度二人きりで話がしたい。

對啊；「ね」表示「表示同意」

花子：え？　そ、そうですか。機会があれば*…。

咦？　這、這樣子啊；重覆「そう」的「そ」，表示「心裡的動搖」　如果有機會的話

拓也：返事、待ってる*よ。

回覆　等著你喔；「待っているよ」的省略說法；「よ」表示「提醒」

使用文型

動詞

[條件形（～ば）]　如果 [做] ～的話

ありま す（有）→ 機会があれば*　（如果有機會的話）

別れます（分手）→ 別れれば　（如果分手的話）

告白します（告白）→ 告白すれば　（如果告白的話）

動詞

[て形] ＋ いる　目前狀態

※ 此為「普通體文型」，「丁寧體文型」為「動詞て形 ＋ います」。
※ 口語時，通常採用「普通體文型」說法，並可省略「動詞て形 ＋ いる」的「い」。

待ちます（等待）→ 待って[い]ます*　（目前是等待的狀態）

住みます（居住）→ 北海道に住んで[い]ます　（目前是住在北海道的狀態）

知ります（知道）→ 知って[い]ます　（目前是知道的狀態）

中譯

（花子參加聯誼）

花子：今天好快樂啊。

拓也：對啊。花子小姐，下次能不能只有我們兩個談一談呢？

花子：咦？這、這樣子啊。如果有機會的話…。

拓也：我等你回覆喔。

要求 049

待會我有件事想要跟你說…。

ちょっとあとで話(はな)したいことがあるんだけど…。

副詞：一下、有點、稍微

副詞：待會、等一下

動詞：說（話します⇒ます形除去[ます]）

助動詞：表示希望

助詞：表示焦點

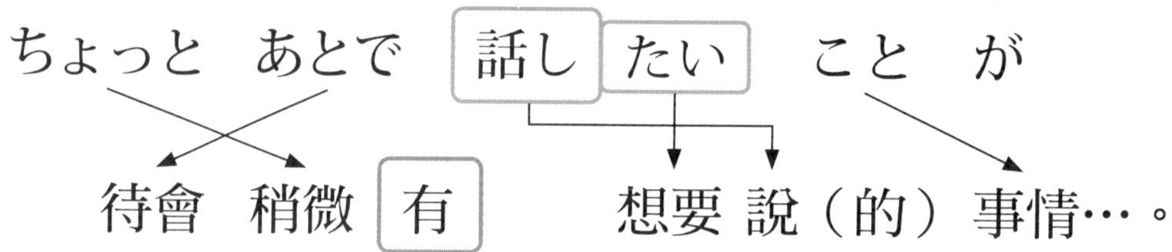

動詞：有、在（あります⇒辭書形）

連語：ん＋だ＝んです的普通體
ん…形式名詞（の⇒縮約表現）
だ…助動詞：表示斷定
（です⇒普通形-現在肯定形）

助詞：表示前言

あるんだ　けど　…。

使用文型

動詞

[~~ます~~形] ＋ たい　　想要 [做] ～

話します（說）	→ 話(はな)したい	（想要說）
調べます（調查）	→ 調(しら)べたい	（想要調查）
歌います（唱歌）	→ 歌(うた)いたい	（想要唱歌）

動詞／い形容詞／な形容詞＋な／名詞＋な

[　普通形　]＋んです　強調

※此為「丁寧體文型」用法，「普通體文型」為「～んだ」，口語説法為「～の」。
※「な形容詞」、「名詞」的「普通形-現在肯定形」，需要有「な」再接續。

動	あります（有）	→ 話（はな）したいことがあるんです	（有想要說的事情）
い	うるさい（吵雜的）	→ うるさいんです	（很吵）
な	派手（な）（花俏）	→ 派手（はで）なんです	（很花俏）
名	片想い（單戀）	→ 片想（かたおも）いなんです	（是單戀）

用法 想跟對方說什麼重要的事情時，可以說這句話。

會話練習

康博（やすひろ）：桃子（ももこ）さん、ちょっとあとで話（はな）したいことがあるんだけど…。

桃子（ももこ）：え？　なになに？
　　え？：咦？
　　なになに？：什麼什麼？

康博（やすひろ）：いま ここでは ちょっと…。
　　いま：現在
　　ここでは：在這裡；「は」表示「對比（區別）」
　　ちょっと：有點

桃子（ももこ）：わあ、気（き）になるー。
　　わあ：哇
　　気になるー：在意；句尾的長音沒有特別的意思，只是表達熱切的情緒

相關表現

引起對方注意，而想要注意聽的說法

ちょっと大事（だいじ）な話（はなし）があるんだけど。　（我有一些重要的事情（想說）。）

一（ひと）つ言（い）っておきたいことがあるんだけど。（我有一件事想要告訴你。）

今（いま）まで秘密（ひみつ）にしていたことなんだけど。　（是目前為止一直當作祕密的事情。）

中譯
康博：桃子小姐，待會兒我有件事想要跟你說…。
桃子：咦？什麼什麼？
康博：現在在這裡不太方便…。
桃子：哇～，我好在意、好想知道喔。

要求
050

MP3 050

我今天有很重要的事情要說。

今日（きょう）は大事（だいじ）な話（はなし）があるの。

助詞：表示主題	な形容詞：重要（大事⇒名詞接續用法）	助詞：表示焦點	動詞：有、在（あります⇒辭書形）	形式名詞：（～んです的口語說法）

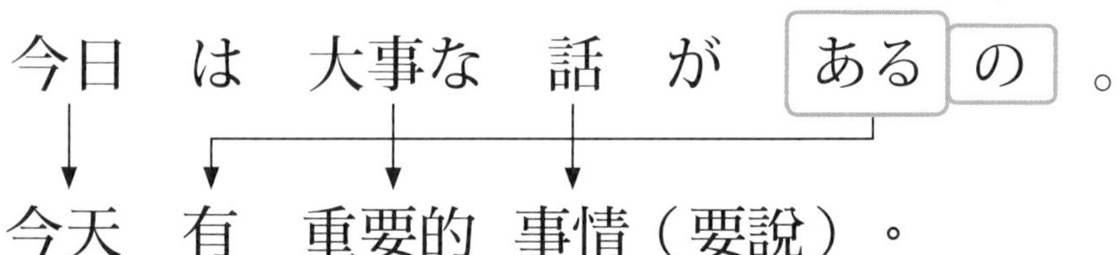

使用文型

動詞／い形容詞／な形容詞＋な／名詞＋な

[普通形]＋んです　強調

※ 此為「丁寧體文型」用法，「普通體文型」為「～んだ」，口語說法為「～の」。
※「な形容詞」、「名詞」的「普通形-現在肯定形」，需要有「な」再接續。

動	あります（有）	→ 大事（だいじ）な話（はなし）があるんです	（有重要的事情）
い	すごい（厲害的）	→ すごいんです	（很厲害）
な	静か（な）（安靜）	→ 静（しず）かなんです	（很安靜）
名	本気（認真）	→ 本気（ほんき）なんです	（是當真的）

用法 有重要的事情要跟對方說時，可以說這句話。

會話練習

花子（はなこ）：今日（きょう）は大事（だいじ）な話（はなし）があるの。

太郎：え、どんなこと？
咦？　什麼樣的

花子：何だと思う＊？
你覺得是什麼？「と」表示「提示內容」

太郎：もしかして…。おめでた？
難不成　喜事，在此是指「懷孕」

使用文型

動詞／い形容詞／な形容詞+だ／名詞+だ

[　普通形　]＋と＋思う　覺得～、認為～、猜想～

※「な形容詞」、「名詞」的「普通形-現在肯定形」，需要有「だ」再接續。

動	行きます（去）	→ 行くと思う	（覺得會去）
い	面白い（有趣的）	→ 面白いと思う	（覺得有趣）
な	静か（な）（安靜）	→ 静かだと思う	（覺得安靜）
名	何（什麼）	→ 何だと思う＊	（覺得是什麼）

各種形式的婚姻

できちゃった結婚（奉子成婚，比較不禮貌的說法，不適合對朋友說）、

おめでた婚（奉子成婚，比較禮貌的說法，適用於朋友）、

駆け落ち（私奔）、政略結婚（政商聯姻）、

年の差婚（年齡差距很大的婚姻）、姉さん女房（太太年紀比先生大的婚姻）、

おしかけ女房（女生主動，硬要對方娶她的婚姻）、

成田離婚（度蜜月回來之後就離婚）、バツ1（離婚過一次）

中譯
花子：我今天有很重要的事情要說。
太郎：咦？什麼事？
花子：你覺得是什麼呢？
太郎：難不成…。是懷孕？

要求 051

你還年輕，多談點戀愛嘛。

若(わか)いんだからもっと恋愛(れんあい)すればいいのに。

い形容詞： 年輕	連語：ん＋だ＝んです的普通體 ん…形式名詞（の⇒縮約表現） だ…助動詞：表示斷定 （です⇒普通形-現在肯定形）	助詞： 表示原因理由

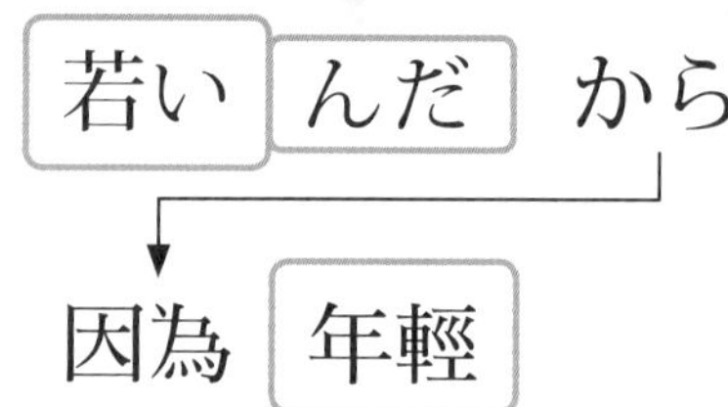

副詞： 更	動詞：談戀愛 （恋愛します ⇒條件形）	い形容詞： 好、良好	助詞： 表示逆接

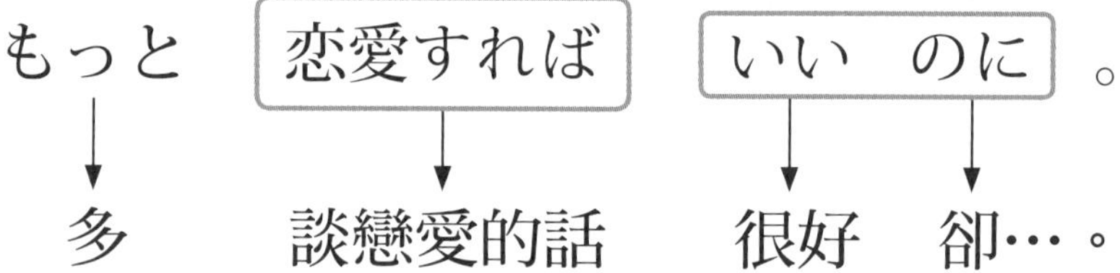

使用文型

動詞／い形容詞／な形容詞＋な／名詞＋な

[　普通形　]＋んです　強調

※ 此為「丁寧體文型」用法，「普通體文型」為「～んだ」，口語説法為「～の」。
※「な形容詞」、「名詞」的「普通形-現在肯定形」，需要有「な」再接續。

動	見ます（看）	→ 見(み)たんです	（看了）
い	若い（年輕）	→ 若(わか)いんです	（很年輕）
な	親切（な）（親切）	→ 親切(しんせつ)なんです	（很親切）
名	彼女（女朋友）	→ 彼女(かのじょ)なんです	（是女朋友）

動詞

[條件形（～ば）／ない形的條件形（なければ）]＋いいのに
明明[做]／不[做]～的話就好，卻～

恋愛します（戀愛） → もっと恋愛(れんあい)すればいいのに（明明多談戀愛的話就好，卻～）

食べます（吃） → 甘(あま)い物(もの)を食(た)べなければいいのに（明明不要吃甜的東西就好，卻～）

寝ます（睡覺） → もっと早(はや)く寝(ね)ればいいのに（明明早一點睡就好，卻～）

用法 對不打算談戀愛的年輕人，可以說這句話。

會話練習

桜子(さくらこ)：康博(やすひろ)さん、桃子(ももこ)さんはあなたに気(き)がある みたい よ。

（に気がある：對…有意思；「に」表示「方面」　みたい：好像　よ：表示：提醒）

康博(やすひろ)：そうですか。気持(きも)ちは うれしいですけど…。

（そうですか：這樣子啊　気持ちは：心意；「は」表示「對比（區別）」　うれしいですけど：高興，但是…；「けど」表示「逆接」）

桜子(さくらこ)：そろそろ 彼女作(かのじょつく)ったら？* 若(わか)いんだからもっと恋愛(れんあい)すればいいのに。

（そろそろ：差不多　彼女作ったら：交女朋友的話，如何？「彼女を作ったら」的省略說法）

康博(やすひろ)：でも、研究(けんきゅう)のほうが忙(いそが)しくて…。

（でも：但是　研究のほうが：研究的部分　忙しくて：因為很忙；「て形」表示「原因」）

使用文型

動詞

[た形]＋ら＋どうですか　[做]～的話，如何？

※「普通體文型」為「動詞た形＋ら＋どう？」。
※「丁寧體文型」為「動詞た形＋ら＋どうですか」。
※口語時，可省略「どうですか」。

作ります（製造） → 彼女(かのじょ)[を]作(つく)ったら[どうですか]*（交女朋友的話，如何？）

行きます（去） → 電車(でんしゃ)で行(い)ったら[どうですか]（搭電車去的話，如何？）

運動します（運動） → 毎日運動(まいにちうんどう)したら[どうですか]（每天運動的話，如何？）

中譯
櫻子：康博先生，桃子小姐好像對你有意思耶。
康博：這樣子啊。她的心意我很高興，但是…。
櫻子：你差不多該交個女朋友了，如何？你還年輕，多談點戀愛嘛。
康博：可是，研究工作太忙了…。

期盼

052

MP3 052

我想早點見到你…。

早(はや)く会(あ)いたい…。

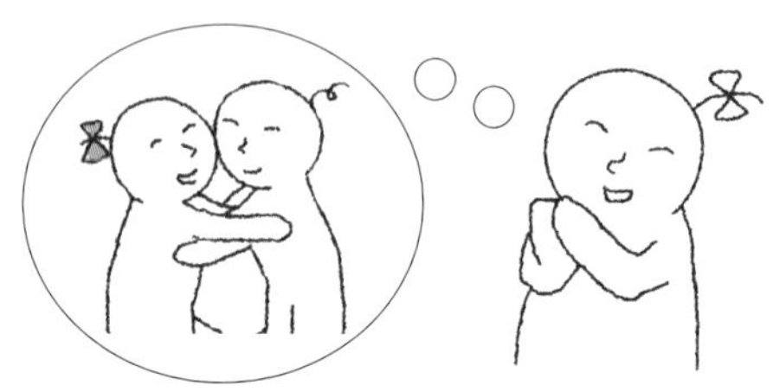

い形容詞：早
（早い
⇒副詞用法）

動詞：見面
（会います
⇒ます形除去［ます］）

助動詞：
表示希望

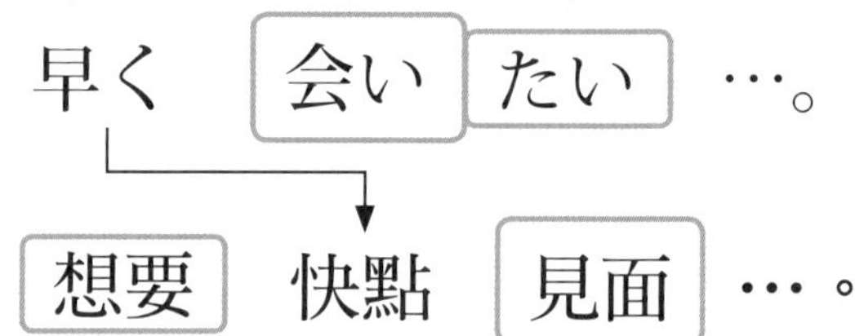

使用文型

動詞

[~~ます~~形] ＋ たい　　想要［做］～

会います（見面）	→ 会(あ)いたい	（想要見面）
留学します（留學）	→ 留学(りゅうがく)したい	（想要留學）
旅行します（旅行）	→ 旅行(りょこう)したい	（想要旅行）

用法　想早點跟對方見面時，可以說這句話。

會話練習

太郎：もしもし、…あ！　花子ちゃん！？
喂喂

花子：…太郎さん、ごめんなさい…。私、誤解してた。
抱歉　誤解了；「誤解していた」的省略說法

太郎：わかってくれ*ればいい*んだよ。
理解我的話，就好了；「わかってくれる＋動詞條件形（～ば）＋いい」的用法　「んだ」表示「強調」；「よ」表示「提醒」

花子：うん。…太郎さん、早く会いたい…。

使用文型

動詞

[て形] ＋ くれる　別人為我 [做] ～

※ 此為「普通體文型」用法，「丁寧體文型」為「動詞て形 ＋ くれます」。

わかります（理解）→ わかってくれる*　（別人理解我）

撮ります（拍攝）→ 撮ってくれる　（別人幫我拍攝）

掃除します（打掃）→ 掃除してくれる　（別人幫我打掃）

動詞

[條件形（～ば）] ＋ いい　[做] ～就可以、[做] ～就好了

※ 此為「普通體文型」用法，「丁寧體文型」為「動詞條件形（～ば） ＋ いいです」。

わかってくれます（理解我）→ わかってくれればいい*　（理解我就好了）

言います（說）→ 言えばいい　（說出來就好了）

買います（買）→ 買えばいい　（買就好了）

中譯
太郎：喂喂，…啊！花子！？
花子：…太郎，抱歉…。我誤解你了。
太郎：你明白就好了。
花子：嗯。…太郎，我想早點見到你…。

期盼
053

MP3 053

我好希望明年的聖誕節還能和你一起度過。

来年(らいねん)のクリスマスもあなたと一緒(いっしょ)に過(す)ごしたい。

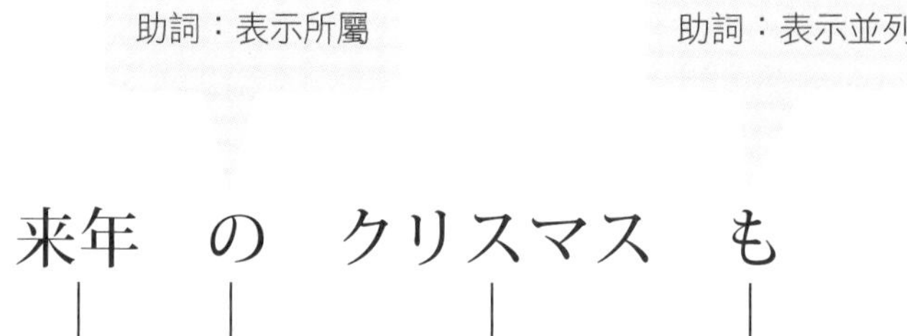

来年　の　クリスマス　も
明年　的　聖誕節　也

助詞：表示動作夥伴
副詞：一起
動詞：度過（過ごします⇒ます形除去[ます]）
助動詞：表示希望

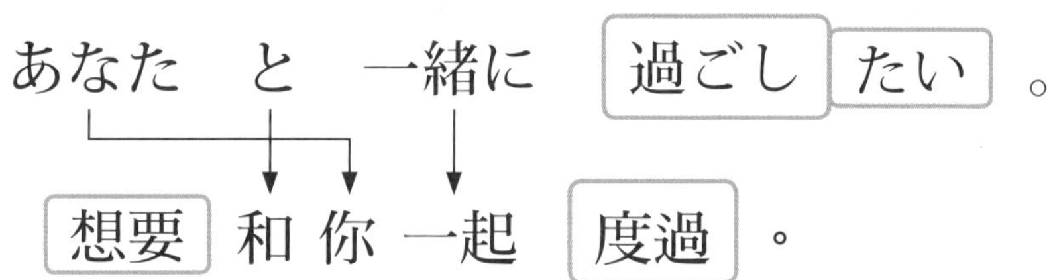

使用文型

動詞

[~~ます~~形] ＋ たい　　想要 [做] ～

過ごします（度過）	→ 過(す)ごしたい	（想要度過）
結婚します（結婚）	→ 結婚(けっこん)したい	（想要結婚）
付き合います（交往）	→ 付(つ)き合(あ)いたい	（想要交往）

用法　希望明年也可以像現在一樣保持男女朋友的關係時，可以說這句話。（此句為女性用語，只有女性會稱呼情人「あなた」。）

會話練習

太郎：昨日のクリスマス、本当に楽しかったよ。
（クリスマス：聖誕節；本当に：真的；楽しかったよ：很快樂耶；「よ」表示「感嘆」）

花子：うん、私も生まれてから*、一番楽しいクリスマスだったかも*。
（生まれてから：出生之後；一番楽しい：最快樂的；かも：或許）

太郎：そうか、よかった。
（そうか：這樣子啊；よかった：太好了）

花子：…来年のクリスマスもあなたと一緒に過ごしたい。

使用文型

動詞

［て形］＋から　［做］～之後

生まれます（出生）→ 生まれてから*　（出生之後）

失恋します（失戀）→ 失恋してから　（失戀之後）

結婚します（結婚）→ 結婚してから　（結婚之後）

動詞／い形容詞／な形容詞／名詞

［　普通形　］＋かも　或許～、有可能～

※「丁寧體文型」為「～かもしれません」；「普通體文型」為「～かもしれない」；「口語」為「かも」。

動　行きます（去）→ 行くかも　（有可能會去）

い　寂しい（寂寞的）→ 寂しいかも　（或許會很寂寞）

な　大変（な）（辛苦）→ 大変かも　（或許會很辛苦）

名　クリスマス（聖誕節）→ 一番楽しいクリスマスだったかも*（或許是最快樂的聖誕節）

中譯

太郎：昨天的聖誕節真的很快樂耶。
花子：嗯，或許也是我有生以來最快樂的一次聖誕節。
太郎：這樣子啊，太好了。
花子：…我好希望明年的聖誕節還能和你一起度過。

期盼

054

MP3 054

希望時間永遠停留在這一刻。

時間(じかん)が今(いま)のまま止(と)まったらいいのに…。

助詞：	助詞：	名詞（特殊）：	動詞：停止	い形容詞：	助詞：
表示主格	表示所屬	保持某種狀態	（止まります⇒た形＋ら）	好、良好	表示逆接

時間　が　今　の　まま　止まった　ら　いい　のに　…。

↓

時間　現在　的　狀態　如果停止的話　很好，卻…。

使用文型

動詞／い形容詞／な形容詞／名詞

[　た形／なかった形　]＋ら　如果～的話

動	止まります（停止）	→ 止(と)まったら	（如果停止的話）
い	恥ずかしい（害羞的）	→ 恥(は)ずかしかったら	（如果害羞的話）
な	だめ（な）（不行）	→ だめだったら	（如果不行的話）
名	浮気（外遇）	→ 浮気(うわき)だったら	（如果是外遇的話）

動詞／い形容詞／な形容詞＋な／名詞＋な

[　普通形　]＋のに　～，卻～

※「な形容詞」、「名詞」的「普通形-現在肯定形」，需要有「な」再接續。

動	約束します（約定）	→ 約束(やくそく)したのに	（約定好了，卻～）
い	いい（好的）	→ いいのに	（是好的，卻～）
な	有名（な）（有名）	→ 有名(ゆうめい)なのに	（有名，卻～）
名	恋人（戀人）	→ 恋人(こいびと)なのに	（是戀人，卻～）

用法　喜歡的人就在身旁，希望能夠一直享受當下的幸福時，所說的一句話。

會話練習

（別れ際に 抱き合う二人）

即將說明天見時；「に」表示「動作進行時點」　互相擁抱

太郎：花子ちゃん…。

花子：うん…。太郎。

太郎：時間が今のまま止まったらいいのに…。

花子：うん、私もずっと こうしていたい*。

一直　想要這樣做；「こうしています＋たい」的用法

使用文型

動詞

ずっと ＋［て形］＋ います　一直［做］～的狀態

します（做）	→ ずっとこうしています*	（一直這樣做的狀態）
待ちます（等待）	→ ずっと待っています	（一直等待的狀態）
寝ます（睡覺）	→ ずっと寝ています	（一直在睡覺的狀態）

動詞

［~~ます~~形］＋ たい　想要［做］～

こうしています（這樣做的狀態）	→ こうしていたい*	（想要這樣做的狀態）
仲直りします（和好）	→ 仲直りしたい	（想要和好）
電話します（打電話）	→ 電話したい	（想要打電話）

中譯　（在即將說明天見時互相擁抱的兩個人）

太郎：花子…。

花子：嗯…。太郎。

太郎：希望時間永遠停留在這一刻。

花子：嗯，我也想要一直像現在這樣。

期盼

055

好想跟你一直這樣下去。

いつまでもこうしていたいなあ。

副詞：永遠 | 副詞：這麼 | 動詞：做（します⇒て形） | 補助動詞：（います⇒ます形除去［ます］） | 助動詞：表示希望 | 助詞：表示感嘆

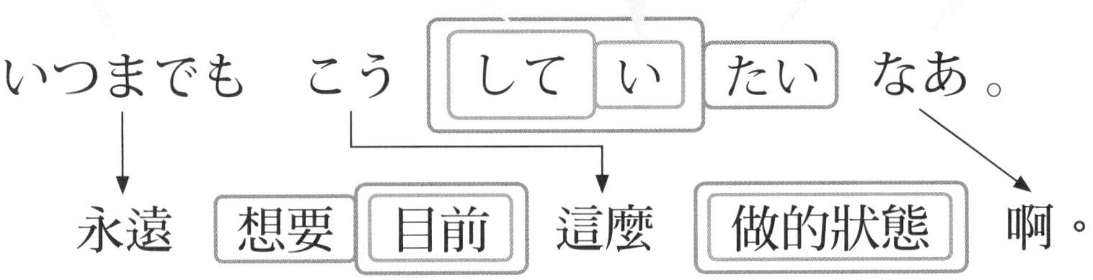

いつまでも　こう　して　い　たい　なあ。

永遠　想要　目前　這麼　做的狀態　啊。

使用文型

動詞

［て形］＋います　目前狀態

します（做）	→ こうしています	（目前是這麼做的狀態）
知ります（知道）	→ 知（し）っています	（目前是知道的狀態）
覚えます（記住）	→ 覚（おぼ）えています	（目前是記住的狀態）

動詞

［~~ます~~形］＋たい　想要［做］～

しています（做著的狀態）	→ こうしていたい	（想要目前這麼做的狀態）
告白します（告白）	→ 告白（こくはく）したい	（想要告白）
やめます（放棄）	→ やめたい	（想要放棄）

用法　很珍惜兩個人現在在一起的時光時，可以說這句話。

會話練習

（抱(だ)き合(あ)う二人(ふたり)）

互相擁抱

太郎(たろう)：なあ、花子(はなこ)。

ㄟ

花子(はなこ)：なあに？

什麼事？

太郎(たろう)：いつまでもこうしていたいなあ。

花子(はなこ)：私(わたし)も*…。

我也是

使用文型

「私も」（我也…）的用法

（1）

大好(だいす)きだよ。（我好喜歡你喔。）※ 男女皆適用

女生回答：私(わたし)も。（我也是。）

男生回答：僕(ぼく)も。（我也是。）

（2）

愛(あい)してるよ。（我愛你喔。）※ 男女皆適用

女生回答：私(わたし)も。（我也是。）

男生回答：僕(ぼく)も。（我也是。）

（3）

じゃあ、私(わたし)はチャーシュー麺(めん)が食(た)べたい、○○は？

（那麼，我想吃叉燒面，○○你呢？）

女生回答：じゃあ、私(わたし)も。（那麼，我也是。）

男生回答：じゃあ、僕(ぼく)も。（那麼，我也是。）

中譯 （互相擁抱的兩個人）

太郎：ㄟ，花子。

花子：什麼事？

太郎：好想跟你一直這樣下去。

花子：我也是…。

期盼

056

MP3 056

多麼希望一輩子都能牽著妳的手。

一生(いっしょう)君(きみ)と手(て)をつないでいたい。

副詞：一輩子	助詞：表示動作夥伴	助詞：表示動作作用對象	動詞：牽（手）（つなぎます⇒て形）	補助動詞：（います⇒ます形除去[ます]）	助動詞：表示希望

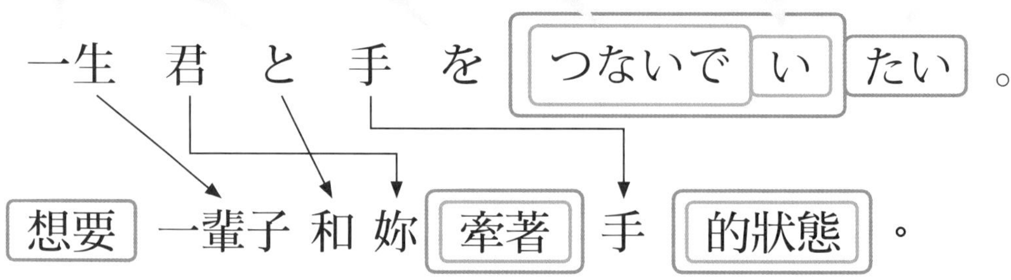

※ 君（きみ）：在戀愛關係中，通常是男生稱呼女生「君」，女生不會稱呼男生「君」。
在職場上，男性可能稱呼晚輩的男性或女性為「君」，但此種用法較不常見。

使用文型

動詞

[て形] ＋ います　目前狀態

- つなぎます（牽（手））→ 手(て)をつないでいます（目前是牽著手的狀態）
- 開きます（開）→ 開(あ)いています（目前是開著的狀態）
- 咲きます（開（花））→ 花(はな)が咲(さ)いています（目前是開花的狀態）

動詞

[~~ます~~形] ＋ たい　想要[做]～

- つないでいます（牽著（手）的狀態）→ 手(て)をつないでいたい（想要保持牽著手的狀態）
- 許します（原諒）→ 許(ゆる)したい（想要原諒）
- 歌います（唱歌）→ 歌(うた)いたい（想要唱歌）

用法　覺得牽著對方的手是一件很幸福的事情時，可以說這句話。

會話練習

（手をつないで 散歩している）
牽著手；「て形」表示「附帶狀況」　正在散步

花子：太郎とこうやって一緒に散歩するのが* 私は何より幸せなの。
這樣　一起散步；「の」表示「形式名詞」；「が」表示「焦點」　比任何事情幸福；「の」是「んです」的口語說法，表示「強調」

太郎：そっか。僕も一生君と手をつないでいたいよ。
這樣子啊　表示：感嘆

花子：じゃ、手術して 手と手をくっつけちゃおう*か。
那麼　動手術；「て形」表示「手段、方法」　要不要乾脆把兩人的手黏在一起？「か」表示「疑問」

二人：あははは。

使用文型

動詞／い形容詞／な形容詞＋な

[　普通形　] ＋ の ＋ [は / が /を / に 等等]
形式名詞的「の」

※「な形容詞」的「普通形-現在肯定形」，需要有「な」再接續。

動　散歩します（散步）→ 散歩するのが何より 幸せ*（散步是比任何事情幸福的）
い　高い（貴的）→ 高いのは普通です（貴是很正常的）
な　安全（な）（安全）→ 安全なのが一番大切です（安全是最重要的）

動詞

[て形（～て／～で）] ＋ ちゃおうか／じゃおうか　要不要乾脆地 [做] ～？

※ 此為「動詞て形 ＋ しまおうか」的「縮約表現」，口語時常使用「縮約表現」。
※ 屬於「普通體文型」，「丁寧體文型」為「動詞て形除去 [て／で] ＋ ちゃいましょうか ／ じゃいましょうか」。

くっつけます（黏）→ くっつけちゃおうか*（要不要乾脆地黏著？）
サボります（翹課）→ サボっちゃおうか（要不要乾脆地翹課？）

中譯　（手牽著手散步）
花子：跟太郎這樣一起散步，我覺得是最幸福的事情。
太郎：這樣子啊。我也多麼希望一輩子都能牽著妳的手啊。
花子：那麼，要不要乾脆動手術把我們的手縫在一起？
兩人：啊哈哈哈。

期盼 057

MP3 057

下輩子還想跟你在一起。

生まれ変わってもまた一緒になりたい。

動詞：投胎轉世（生まれ変わります⇒て形）	助詞：表示逆接	副詞：再	助詞：表示變化結果	動詞：變成（なります⇒ます形除去[ます]）	助動詞：表示希望

生まれ変わって｜も｜また｜一緒｜に｜なり｜たい。

即使投胎轉世｜也｜再（度）｜想要｜變成｜結果是｜在一起。

使用文型

動詞　い形容詞　な形容詞

[て形／－い＋くて／－な＋で／名詞＋で]＋も　即使～，也～

動	生まれ変わります（投胎轉世）	→ 生まれ変わっても	（即使投胎轉世，也～）
い	苦しい（痛苦的）	→ 苦しくても	（即使痛苦，也～）
な	下手（な）（笨拙）	→ 下手でも	（即使笨拙，也～）
名	親（父母親）	→ 親でも	（即使是父母親，也～）

動詞　い形容詞　な形容詞

[辭書形＋ように／－い＋く／－な＋に／名詞＋に]＋なります　變成

動	起きます（起床）	→ 早く起きるようになります	（變成有早起的習慣）
い	涼しい（涼爽的）	→ 涼しくなります	（變涼）
な	嫌い（な）（討厭）	→ 嫌いになります	（變討厭）
名	一緒（在一起）	→ 一緒になります	（變成在一起）

動詞

[ます形] ＋ たい　想要 [做] ～

なります（變成）→ 一緒（いっしょ）になりたい　（想要變成在一起）

離婚します（離婚）→ 離婚（りこん）したい　（想要離婚）

信じます（相信）→ 信（しん）じたい　（想要相信）

用法　表達「喜歡對方喜歡到希望下輩子也想在一起的程度」時，可以說這句話。

會話練習

（花子（はなこ）がインフルエンザにかかっている）
流行性感冒　罹患了…；「に」表示「變化結果」

花子（はなこ）：ゴホッ、ゴホッ…。
咳　咳

太郎（たろう）：花子（はなこ）ちゃん、だいじょうぶ？
還好嗎？

花子（はなこ）：太郎（たろう）…、生（う）まれ変（か）わってもまた一緒（いっしょ）になりたい。

太郎（たろう）：そんな、大（おお）げさな…。花子（はなこ）ちゃんしっかりして*！
那樣的　誇張；「な」表示「名詞接續」「大げさなことを言って」的省略說法　要振作；口語時「て形」後面可省略「ください」

使用文型

動詞

[て形] ＋ ください　請 [做] ～

※ 丁寧體會話時為「動詞て形 ＋ ください」。
※ 普通體、口語會話時，省略「ください」。

しっかりします（振作）→ しっかりして[ください]*　（請振作）

座ります（坐）→ 座（すわ）って[ください]　（請坐）

謝ります（道歉）→ 謝（あやま）って[ください]　（請道歉）

中譯　（花子罹患了流行性感冒）
花子：咳、咳…。
太郎：花子，你還好嗎？
花子：太郎…下輩子還想跟你在一起。
太郎：（說）那麼誇張（的事情）…。花子，你振作點！

期盼
058

MP3 058

只要你在我身邊，我什麼都不需要。

あなたさえそばにいてくれれば、他(ほか)には何(なに)も要(い)らない。

助詞：表示限定 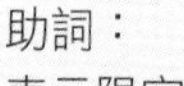

助詞：表示存在位置

動詞：有、在（います⇒て形）

補助動詞：（くれます⇒條件形）

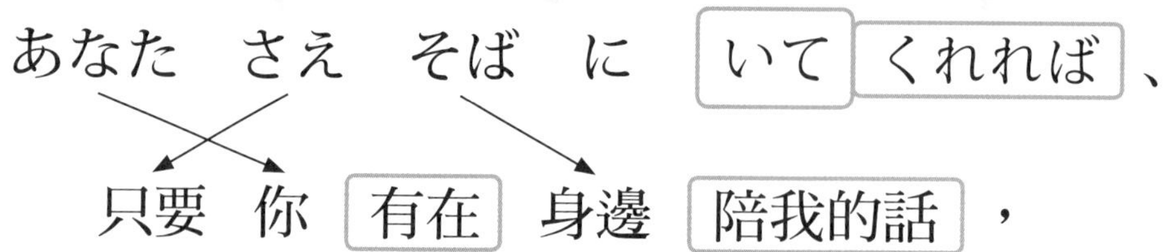

助詞：表示累加

助詞：表示對比（區別）

名詞（疑問詞）：什麼、任何

助詞：表示全否定

動詞：需要（要ります⇒ない形）

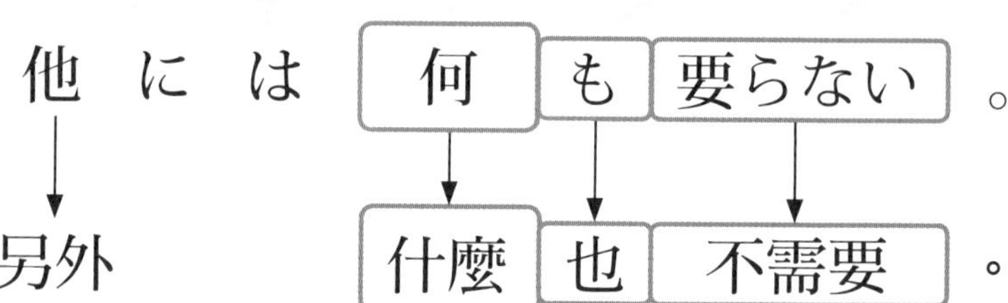

使用文型

動詞

[て形] ＋ くれます　別人為我 [做] ～

います（有）	→ そばにいてくれます	（別人陪在我身邊）
教えます（教導）	→ 教(おし)えてくれます	（別人教我）
持ちます（拿）	→ 持(も)ってくれます	（別人幫我拿）

[疑問詞]＋も＋否定形　全否定

何（什麼）→ 何(なに)も要(い)らない（什麼也不需要）

誰（誰）→ 誰(だれ)もいない（誰也不在）

どれ（哪個）→ どれも飲(の)みたくない（哪個都不想喝）

用法 表達「我只要你」這種強烈情感的表現方式。（此句為女性用語，只有女性會稱呼情人「あなた」。）

會話練習

太郎(たろう)：久(ひさ)しぶりだね。こうやって二人(ふたり)でデートするの。

- 久しぶりだね：隔了好久；「ね」表示「期待同意」
- こうやって：這樣
- で：表示：行動單位
- デートするの：約會；「の」表示「形式名詞」，原本的語順是：こうやって二人(ふたり)でデートするのは、久(ひさ)しぶりだね。

花子(はなこ)：そうね。…やっぱり太郎(たろう)とのんびり過(す)ごすのが一番楽(いちばんたの)しい。

- そうね：對啊；「ね」表示「表示同意」
- やっぱり：果然還是
- のんびり過ごすのが：悠閒地度過；「の」表示「形式名詞」；「が」表示「焦點」
- 一番楽しい：最快樂

太郎(たろう)：そうだ。先週(せんしゅう)バイト代(だい)が入(はい)ったんだ*。何(なに)か欲(ほ)しい物(もの)ある？

- そうだ：對了
- 先週：上星期
- バイト代：打工的薪水
- 入ったんだ：因為進來了；「んだ」表示「理由」
- 何か：表示：不特定
- 欲しい物ある？：有想要的東西嗎？

花子(はなこ)：ううん。あなたさえそばにいてくれれば、他(ほか)には何(なに)も要(い)らない。

使用文型

[動詞／い形容詞／な形容詞＋な／名詞＋な　普通形]＋んだ　理由

※此為「普通體文型」用法，「丁寧體文型」為「～んです」，口語説法為「～の」。
※「な形容詞」、「名詞」的「普通形-現在肯定形」，需要有「な」再接續。

動　入ります（進入）→ バイト代(だい)が入(はい)ったんだ*（因為打工的薪水入帳了）

い　高い（貴的）→ 高(たか)いんだ（因為很貴）

な　静か（な）（安靜）→ 静(しず)かなんだ（因為很安靜）

名　留学生（留學生）→ 留学生(りゅうがくせい)なんだ（因為是留學生）

中譯
太郎：我們兩個人這樣約會，真的是隔了好久的啊。
花子：對啊。…和太郎悠閒地一起度過果然還是最快樂的事情。
太郎：對了。因為上個星期打工的薪水入帳了。你有想要什麼東西嗎？
花子：不。只要你在我身邊，我什麼都不需要。

期盼
059

結婚後我最少想要三個小孩耶。

結婚したら子供は三人は欲しいなあ。

動詞：結婚（結婚します⇒た形＋ら）　助詞：表示區別　助詞：表示區別（至少）　い形容詞：想要　助詞：表示感嘆

結婚した ら 子供 は 三人 は 欲しい なあ。

如果 結婚 的話 小孩子 至少 想要 三個人 耶。

使用文型

動詞／い形容詞／な形容詞／名詞

［　た形／なかった形　］＋ら　如果～的話

動	結婚します（結婚）	→ 結婚したら	（如果結婚的話）
い	苦しい（痛苦的）	→ 苦しかったら	（如果痛苦的話）
な	上手（な）（擅長）	→ 上手だったら	（如果擅長的話）
名	先生（老師）	→ 先生だったら	（如果是老師的話）

用法 告訴對方婚後心願的說法之一。大家也要多多增產報國喔。

會話練習

（公園で子供と遊ぶ花子）
和小孩子玩；「と」表示「動作夥伴」

太郎：花子は子供が好きなんだね。
喜歡小孩
「んだ」表示「強調」，前面是「な形容詞的普通形-現在肯定形」，需要有「な」再接續；「ね」表示「感嘆」

花子：うん。結婚したら子供は三人は*欲しいなあ。

太郎：へえ、今どき珍しいね。三人も*欲しいなんて。
哦　這個時代　少見的；「ね」表示「感嘆」　竟然想要生三個；「も」表示「強調」；「なんて」表示「竟然」

花子：そう？　二人が結婚して二人子供生んでもプラスマイナス
是嗎？　即使生兩個小孩，也…「二人子供を生んでも」的省略說法　加加減減

ゼロじゃない。だから三人欲しいの。
不是零嗎?　所以　想要；「の」表示「強調」

使用文型

[量詞]＋は　至少～

三人（三個人）→結婚したら子供は三人は欲しいなあ。*
（結婚後我至少想要三個小孩耶。）

五人（五個人）→引っ越しするのに五人は必要でしょう。
（要搬家至少需要五個人吧。）

2万円（2萬日圓）→パソコンの修理に2万円はかかります。
（修理電腦至少要花2萬日圓。）

[量詞]＋も　竟然～、一連～

三人（三個人）→三人も欲しいなんて。*
（竟然想要三個人（小孩）。）

10個（10個）→みかんを10個も食べたんですか？
（竟然一連吃了10個橘子嗎？）

300万円（300萬日圓）→結婚式のために、300万円もかかってしまった。
（為了結婚典禮，竟然花了300萬日圓。）

中譯　（在公園裡和小孩子玩的花子）
太郎：花子很喜歡小孩耶。
花子：嗯。結婚後我最少想要三個小孩耶。
太郎：哦，在這個時代是很少見的耶。你竟然想要生三個。
花子：是嗎？兩個人結婚之後，即使生兩個小孩，父母親過世後，人口數加加減減還是零，不是嗎？（長期來看不會增加人口）所以，我想要生三個。

MP3 060

如果妳會冷的話，要不要穿上我的外套？

寒(さむ)かったら、僕(ぼく)のコート着(き)る？

い形容詞：寒冷（寒い⇒た形＋ら）

助詞：表示所屬

助詞：表示動作作用對象（口語時可省略）

動詞：穿（着ます⇒辭書形）

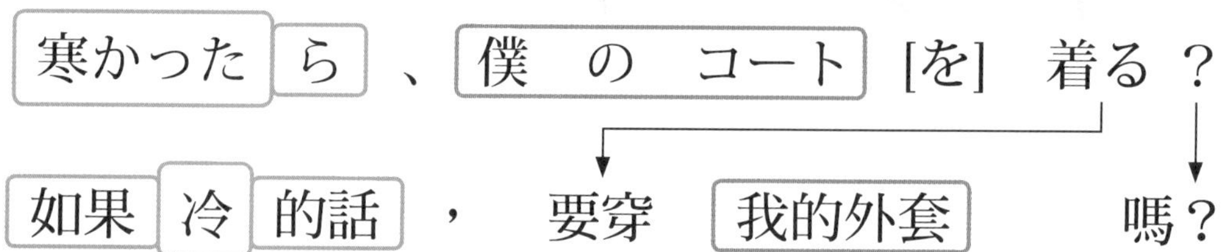

使用文型

動詞／い形容詞／な形容詞／名詞

[　た形／なかった形　]＋ら　　如果～的話

動	脱ぎます（脱掉）	→ 脱(ぬ)いだら	（如果要脫掉的話）
い	寒い（寒冷的）	→ 寒(さむ)かったら	（如果會冷的話）
な	必要（な）（需要）	→ 必要(ひつよう)だったら	（如果需要的話）
名	同棲（同居）	→ 同棲(どうせい)だったら	（如果是同居的話）

用法 對方好像很冷，想把自己的外套借給對方時，可以說這句話。

會話練習

花子（はなこ）：ああ、夜（よる）はやっぱり冷（ひ）えるね。

果然　變冷耶；「ね」表示「期待同意」

太郎（たろう）：寒（さむ）かったら、僕（ぼく）のコート着（き）る？

花子（はなこ）：あ、だいじょうぶよ。そんなことしたら太郎（たろう）が風邪（かぜ）ひいちゃう*。

沒關係啦；「よ」表示「看淡」

如果做那種事的話；「そんなことをしたら」的省略說法

會不小心感冒；「風邪をひいちゃう」的省略說法

太郎（たろう）：僕（ぼく）のことだったら、心配（しんぱい）しないで。僕（ぼく）は寒（さむ）くないから*。

我的事情的話

不用擔心；口語時「て形」後面可省略「ください」

不冷；「から」表示「宣言」

使用文型

動詞

[て形（～て／～で）] ＋ ちゃう／じゃう　（無法挽回的）遺憾

※ 此為「動詞て形 ＋ しまう」的「縮約表現」，口語時常使用「縮約表現」。
※ 屬於「普通體文型」，「丁寧體文型」為「動詞て形除去[て／で] ＋ ちゃいます／じゃいます」。

ひきます（得到（感冒））	→ 風邪（かぜ）[を]ひいちゃう*	（會不小心感冒）
間違います（弄錯）	→ 間違（まちが）っちゃう	（會不小心弄錯）
遅れます（遲到）	→ 遅（おく）れちゃう	（會不小心遲到）

動詞／い形容詞／な形容詞＋だ／名詞＋だ

[普通形] ＋ から　表示宣言

※「な形容詞」、「名詞」的「普通形-現在肯定形」，需要有「だ」再接續。

動	帰ります（回去）	→ すぐ帰（かえ）るから	（馬上要回去）
い	寒い（寒冷的）	→ 寒（さむ）くないから*	（不冷）
な	優秀（な）（優秀）	→ 優秀（ゆうしゅう）だから	（是優秀的）
名	本気（認真）	→ 本気（ほんき）だから	（是認真的）

中譯
花子：啊～，夜裡果然變冷耶。
太郎：如果妳會冷的話，要不要穿上我的外套？
花子：啊，沒關係啦。如果把外套給我穿的話，太郎你會感冒的。
太郎：我的事情的話，你不用擔心。我不冷。

體貼 061

MP3 061

我送你回家好了。

家（いえ）まで送（おく）るよ。

助詞：表示界限

動詞：送行（送ります⇒辭書形）

助詞：表示提醒

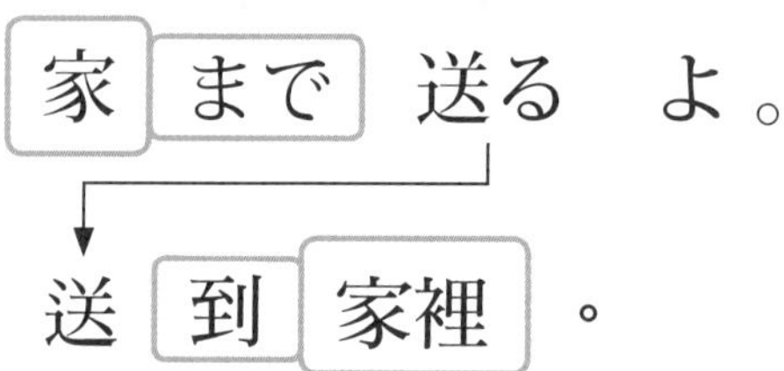

使用文型

[名詞] ＋ まで　表示界限

家（家）	→ 家（いえ）まで	（到家裡為止）
二十歳（二十歲）	→ 二十歳（はたち）まで	（到二十歲為止）
先月（上個月）	→ 先月（せんげつ）まで	（到上個月為止）

用法 想送對方回家時，可以說這句話。

會話練習

花子（はなこ）：今日（きょう）は、いろいろありがとう。
謝謝各方面的照顧

太郎（たろう）：家（いえ）まで送（おく）るよ。

花子（はなこ）：ほんとに？　でも、遠（とお）いから*…。
真的嗎？　但是　因為很遠；「から」表示「原因理由」

太郎（たろう）：だいじょうぶだって*。
沒問題的；「って」表示「強烈主張、輕微不耐煩」，等同「と言っているでしょう」

使用文型

動詞／い形容詞／な形容詞+だ／名詞+だ

[　普通形　] ＋ から　因為～

※「な形容詞」、「名詞」的「普通形-現在肯定形」，需要有「だ」再接續。

動	忘れます（忘記）	→ 忘（わす）れたから	（因為忘記了）
い	遠い（遠的）	→ 遠（とお）いから*	（因為很遠）
な	上手（な）（擅長）	→ 上手（じょうず）だから	（因為擅長）
名	幼馴染（青梅竹馬）	→ 幼馴染（おさななじみ）だから	（因為是青梅竹馬）

動詞／い形容詞／な形容詞+だ／名詞+だ

[　普通形　] ＋ って　表示強烈主張、輕微不耐煩

※「な形容詞」、「名詞」的「普通形-現在肯定形」，需要有「だ」再接續。

動	して[い]ます（做～的狀態）	→ 浮気（うわき）して[い]ないって	（我沒有外遇）
い	おいしい（好吃的）	→ 本当（ほんとう）においしいって	（真的很好吃）
な	だいじょうぶ（な）（沒問題）	→ だいじょうぶだって*	（沒問題的）
名	本当（真的）	→ 本当（ほんとう）だって	（是真的）

中譯
花子：今天謝謝你各方面的照顧。
太郎：我送你回家好了。
花子：真的嗎？但是，因為很遠…。
太郎：沒問題的。

體貼 062

你等我，工作結束後我會去接你。

仕事(しごと)終(お)わったら迎(むか)えに行(い)くから待(ま)ってて。

助詞：表示焦點（口語時可省略）

動詞：結束（終わります⇒た形＋ら）

動詞：迎接（迎えます⇒ます形除去［ます］）

助詞：表示目的

動詞：去（行きます⇒辭書形）

助詞：表示原因理由

仕事　[が]　終わった　ら　迎え　に　行く　から

因為　工作　結束之後　會去迎接（你）

助詞：等待（待ちます⇒て形）

動詞：（います⇒て形）（口語時可省略い）

補助動詞：請（くださいます⇒命令形［くださいませ］除去［ませ］）（口語時可省略）

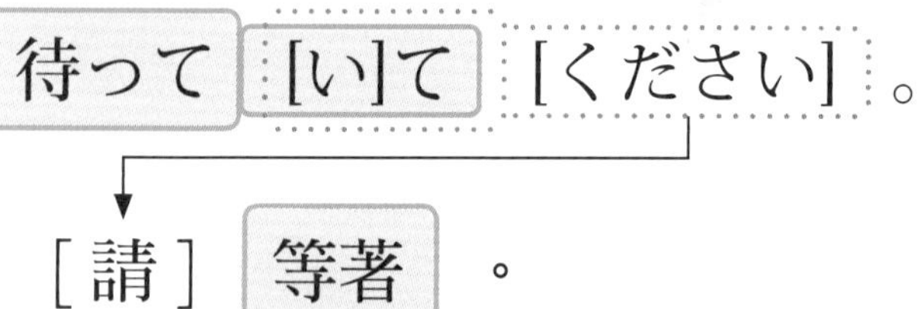

※［動詞て形 ＋ ください］：請參考P028

使用文型

動詞

［た形］＋ら　［做］～之後，～（順接確定條件）

終わります（結束）	→ 終(お)わったら	（結束之後，～）
着きます（到達）	→ 着(つ)いたら	（到達之後，～）
卒業します（畢業）	→ 卒業(そつぎょう)したら	（畢業之後，～）

動詞

[ます形／動作性名詞]＋に＋行きます／来ます／帰ります　去／來／回去[做]～

動　迎えます（迎接）→ 迎（むか）えに行（い）きます　（去迎接）

動　取ります（拿）→ 携帯電話（けいたいでんわ）を取（と）りに帰（かえ）ります　（回去拿手機）

名　散歩（散步）→ 散歩（さんぽ）に来（き）ます　（來散步）

動詞

[て形]＋います　目前狀態

待ちます（等待）→ 待（ま）っています　（目前是等待的狀態）

空きます（空）→ 道（みち）が空（す）いています　（道路目前是空曠的狀態）

済みます（完成）→ 済（す）んでいます　（目前是完成的狀態）

用法　要去接送男女朋友時，可以說這句話。

會話練習

太郎（たろう）：あ、もしもし、花子（はなこ）？　仕事（しごと）終（お）わったら迎（むか）えに行（い）くから待（ま）ってて。

もしもし：喂喂

花子（はなこ）：うん、早（はや）くね。

早くね：快一點；「ね」表示「留住注意」

太郎（たろう）：わかった。

わかった：知道了

中譯　太郎：啊，喂喂，花子？你等我，工作結束後我會去接你。
花子：嗯，快一點喔。
太郎：我知道。

體貼
063

MP3 063

我煮好飯等你喔。

ご飯(はんつく)作って待(ま)ってるからね。

助詞：表示動作作用對象（口語時可省略）	動詞：煮（作ります⇒て形）（て形表示附帶狀況）	動詞：等待（待ちます⇒て形）	補助動詞：（います⇒辭書形）（口語時可省略い）	助詞：表示宣言	助詞：表示留住注意

ご飯 [を] 作って　待って　[い]る　から　ね。

煮飯的狀態下　等著（你）　喔。

使用文型

動詞

[て形]、～　附帶狀況

作ります（製作）→ ご飯(はん)を作(つく)って待(ま)っています（煮飯的狀態下，等著）

消します（關（燈））→ 電気(でんき)を消(け)して寝(ね)ます（關燈的狀態下，睡覺）

入れます（放進去）→ 塩(しお)を入(い)れて茹(ゆ)でます（加鹽的狀態下，水煮）

動詞

[て形] ＋ います　正在 [做] ～

待ちます（等待）→ 待(ま)っています（正在等待）

飲みます（喝）→ 飲(の)んでいます（正在喝）

見ます（看）→ 見(み)ています（正在看）

用法 為對方做飯時，可以說這句話。

會話練習

花子：太郎、今日は早く帰ってこられそう*なの？*
早一點　可能可以回來嗎？

太郎：うん。たぶん早く帰れるよ。
大概　可以回來喔；「よ」表示「提醒」

花子：そっか、じゃ、ご飯作って待ってるからね。
這樣子啊

太郎：うん、ありがとう。
謝謝

使用文型

動詞

[~~ます~~形] ＋ そう　　可能會 [做] ～、好像會 [做] ～

帰ってこられます（可以回來）	→ 帰ってこられそう*	（可能可以回來）
結婚します（結婚）	→ 結婚しそう	（可能會結婚）
減ります（減少）	→ 減りそう	（可能會減少）

動詞／い形容詞／な形容詞＋な／名詞＋な

[普通形] ＋ の？　　關心好奇、期待回答

※ 此為「普通體文型」，「丁寧體文型」為「～んですか」。
※「な形容詞」、「名詞」的「普通形-現在肯定形」，需要有「な」再接續。
※「動詞~~ます~~形 ＋ そう」的「そう」是「助動詞」，變化上與「な形容詞」相同。

動	売ります（賣）	→ 売るの？	（要賣嗎）
い	大きい（大的）	→ 大きいの？	（大嗎？）
な	～そう（な）（可能～）	→ 帰ってこられそうなの？*	（可能可以回來嗎？）
名	建前（場面話）	→ 建前なの？	（是場面話嗎？）

中譯
花子：太郎，今天你可能可以早一點回來嗎？
太郎：嗯。大概可以早點回來喔。
花子：這樣子啊，那麼，我煮好飯等你喔。
太郎：嗯，謝謝。

體貼 064

（送禮物時）因為我覺得這個很適合妳…。

（プレゼントを贈る時）これ、君に似合うと思って…。

助詞：表示方面

動詞：適合（似合います⇒辭書形）

助詞：表示提示內容

動詞：覺得（思います⇒て形）（て形表示原因）

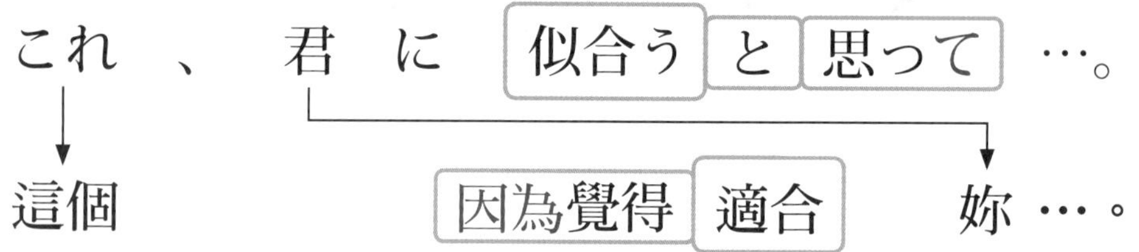

※ 君（きみ）：在戀愛關係中，通常是男生稱呼女生「君」，女生不會稱呼男生「君」。
在職場上，男性可能稱呼晚輩的男性或女性為「君」，但此種用法較不常見。

使用文型

動詞／い形容詞／な形容詞+だ／名詞+だ

[普通形]＋と＋思います　覺得～、認為～、猜想～

※「な形容詞」、「名詞」的「普通形-現在肯定形」，需要有「だ」再接續。

- 動　似合います（適合）→ 似合うと思います　（覺得適合）
- い　面白い（有趣的）→ 面白いと思います　（覺得有趣）
- な　不思議（な）（不可思議）→ 不思議だと思います（覺得不可思議）
- 名　浮気（外遇）→ 浮気だと思います　（覺得是外遇）

動詞　い形容詞　な形容詞

[て形／-い＋くて／-な＋で/名詞＋で]、～　因為～，所以～

- 動　思います（覺得）→ 似合うと思って　（因為覺得適合，所以～）
- い　小さい（小的）→ 小さくて　（因為很小，所以～）
- な　楽（な）（輕鬆）→ 楽で　（因為輕鬆，所以～）
- 名　月末（月底）→ 月末で　（因為是月底，所以～）

用法　送禮物給喜歡的人時，可以說這句話。

會話練習

太郎（たろう）：花子（はなこ）さん、これ、君（きみ）に似合（にあ）うと思（おも）って…。

花子（はなこ）：え、何（なん）ですか？
咦？　是什麼東西？

太郎（たろう）：開（あ）けてみて*。
請打開看看；「開けます＋みてください」的省略說法

花子（はなこ）：うん。…わあ、こんな すてきなネックレスを私（わたし）に？
這麼　漂亮的項鍊　要給我嗎？「に」表示「動作的對方」

…でも、こんな高（たか）そうな物（もの）もらったら*、なんだか
但是　如果收下好像很貴的東西的話「高そうな物をもらったら」的省略說法　總覺得

悪（わる）いわ…。
不好；「わ」表示「女性語氣」

使用文型

動詞

［て形］＋みます　［做］～看看

開けます（打開）	→ 開（あ）けてみます*	（打開看看）
使います（使用）	→ 使（つか）ってみます	（使用看看）
読みます（讀）	→ 読（よ）んでみます	（讀看看）

動詞／い形容詞／な形容詞／名詞

［　た形　／　なかった形　］＋ら　如果～的話

動	もらいます（得到）	→ もらったら*	（如果得到的話）
い	熱い（燙的）	→ 熱（あつ）かったら	（如果燙的話）
な	親切（な）（親切）	→ 親切（しんせつ）だったら	（如果親切的話）
名	元彼（前男友）	→ 元彼（もとかれ）だったら	（如果是前男友的話）

中譯
太郎：花子，因為我覺得這個很適合妳…。
花子：咦？是什麼東西？
太郎：請打開來看看。
花子：嗯。哇～，你要送我這麼漂亮的項鍊？
　　　…但是，如果收下這種好像很貴的東西，我總覺得不恰當…。

關心 065

MP3 065

有我在，妳不用擔心。

僕（ぼく）が付（つ）いているからだいじょうぶだよ。

助詞：表示主格　動詞：陪伴（付きます⇒て形）　補助動詞：（います⇒辭書形）　助詞：表示原因理由

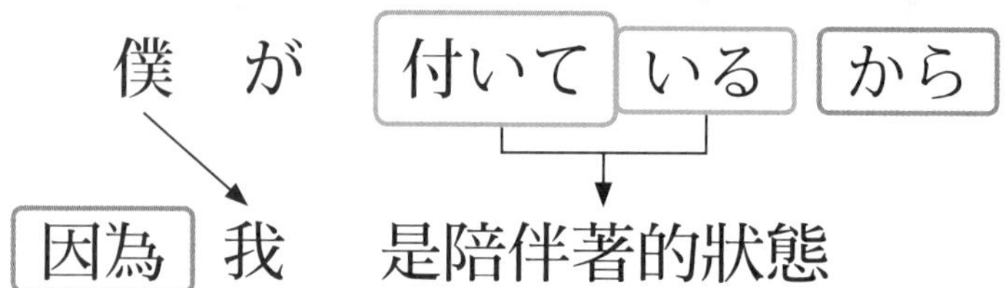

な形容詞：沒問題、沒事　な形容詞語尾：表示斷定（現在肯定形）　助詞：表示提醒

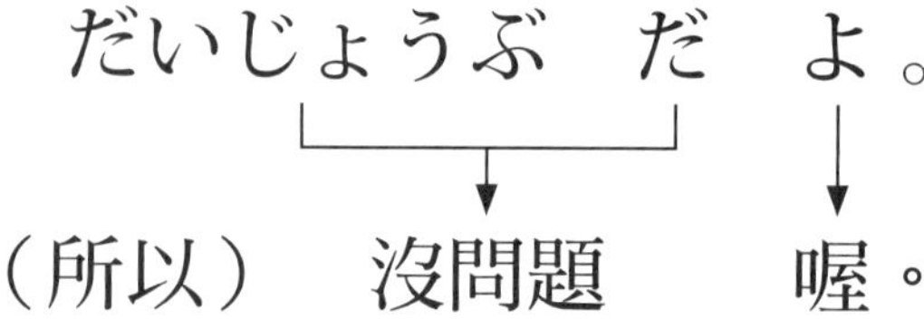

使用文型

動詞

[て形]＋います　目前狀態

付きます（陪伴）	→ 付（つ）いています	（目前是陪伴的狀態）
住みます（居住）	→ 名古屋（なごや）に住（す）んでいます	（目前是住在名古屋的狀態）
知ります（知道）	→ 知（し）っています	（目前是知道的狀態）

用法 發生可怕的事情時，可以跟對方說這句話，讓對方放心。

會話練習

花子（はなこ）：あ！　地震（じしん）！

太郎（たろう）：おお！　今回（こんかい）のは大（おお）きいぞ！

おお！：哇～

今回のは大きいぞ！：這次的地震很大耶；「の」後面省略了「地震」；因為即使不說出來，對方也知道「大きい」是用來形容「地震」，所以可以省略；「は」表示「對比（區別）」；「ぞ」表示「加強語氣」

花子（はなこ）：太郎（たろう）、怖（こわ）い！

怖い：好恐怖

太郎（たろう）：僕（ぼく）が付（つ）いているからだいじょうぶだよ*。

相關表現

讓對方安心的說法

※「私」是男女皆適用的自稱；「僕」是年輕男性和小男孩適用的自稱。

陪著你 → 僕（ぼく）（私（わたし））が付（つ）いているからだいじょうぶだよ。*
（有我在，你不用擔心。）

→ 僕（ぼく）（私（わたし））がいつもそばにいるよ。
（我會一直在你身邊。）

保護你 → 僕（ぼく）（私（わたし））が守（まも）ってあげる。
（我會保護你。）

站在你那一邊 → 僕（ぼく）（私（わたし））は [人名] の味方（みかた）だよ。
（我會站在你這邊。）

中譯
花子：啊！地震！
太郎：哇～！這次的地震很大耶！
花子：太郎，好恐怖！
太郎：有我在，妳不用擔心。

MP3 066

妳不要哭，不然我也會跟著妳難過。

泣(な)かないで、僕(ぼく)も悲(かな)しくなっちゃうよ。

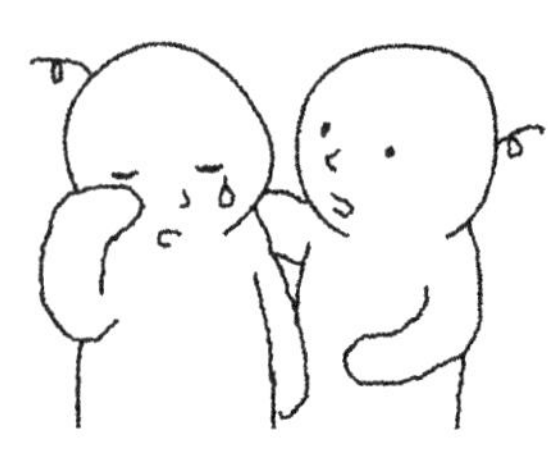

動詞：哭泣（泣きます⇒ない形）	助詞：表示樣態	補助動詞：請（くださいます⇒命令形[くださいませ]除去[ませ]）（口語時可省略）
泣かない	で	[ください] 、
[請] 不要哭 ，		

助詞：表示並列	い形容詞：悲傷（悲しい⇒副詞用法）	動詞：變成（なります⇒て形）	補助動詞：無法抵抗、無法控制（しまいます⇒辭書形）	助詞：感嘆
僕	も	悲しく なって	しまう	よ。
↓	↓			↓
我	也	會忍不住 變成悲傷		喔。

※「悲しくなってしまう」的「縮約表現」是「悲しくなっちゃう」，口語時常使用「縮約表現」。

使用文型

動詞

[ない形] ＋ で ＋ ください　　請不要 [做] ～

泣きます（哭泣） → 泣(な)かないでください　（請不要哭泣）

離します（放開） → 離(はな)さないでください　（請不要放開）

遅刻します（遲到） → 遅刻(ちこく)しないでください　（請不要遲到）

動詞　い形容詞　な形容詞

[辭書形＋ように／－い＋く／－な＋に／名詞＋に]＋なります　變成

動　書きます（寫）→ 日記(にっき)を書(か)くようになります（變成有寫日記的習慣）

い　悲しい（悲傷的）→ 悲(かな)しくなります（變悲傷）

な　複雑（な）（複雜）→ 複雑(ふくざつ)になります（變複雜）

名　曇り（陰天）→ 曇(くも)りになります（變成陰天）

動詞

[て形]＋しまいます　無法抵抗、無法控制

なります（變成）→ 悲(かな)しくなってしまいます（忍不住變悲傷）

怖がります（害怕）→ 怖(こわ)がってしまいます（不由得害怕起來）

心配します（擔心）→ 心配(しんぱい)してしまいます（不由得擔心起來）

用法　看到對方流淚，自己也感同身受覺得很難過時，可以說這句話安慰對方。

會話練習

太郎(たろう)：どうしたの？　花子(はなこ)ちゃん。
怎麼了嗎？「の？」表示「關心好奇、期待回答」

花子(はなこ)：ペットのハムスターが死(し)んじゃったの…。
寵物　倉鼠　因為很遺憾死掉了；「の」表示「理由」

太郎(たろう)：泣(な)かないで、僕(ぼく)も悲(かな)しくなっちゃうよ。

花子(はなこ)：うん、でも、ずっと可愛(かわい)がっていたから…。
但是　一直　因為是疼愛著的狀態；「から」表示「原因理由」

中譯　太郎：怎麼了嗎？花子。
花子：我的寵物倉鼠死掉了…。
太郎：妳不要哭，不然我也會跟著妳難過。
花子：嗯，但是，因為我一直很疼愛牠的…。

關心 067

MP3 067

怎麼了？有什麼不高興的事嗎？

どうしたの？　何(なに)か嫌(いや)なことでもあったの？

副詞（疑問詞）：怎麼樣、如何

動詞：做（します⇒た形）

形式名詞：（～んですか的口語說法）

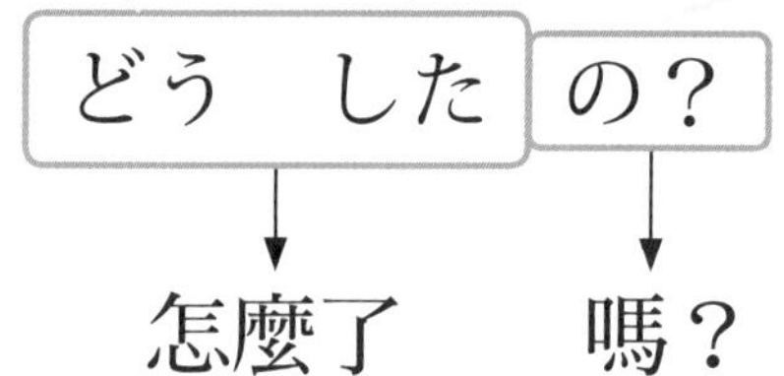

名詞（疑問詞）：什麼、任何

助詞：表示不特定

な形容詞：討厭（嫌⇒名詞接續用法）

助詞：表示舉例

動詞：有、在（あります⇒た形）

形式名詞：（～んですか的口語說法）

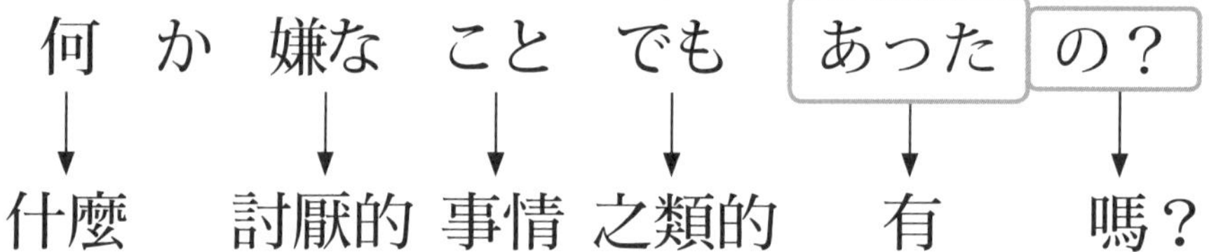

使用文型

動詞／い形容詞／な形容詞＋な／名詞＋な

[　普通形　]＋んですか　關心好奇、期待回答

※ 此為「丁寧體文型」用法，「普通體文型」為「～の？」。

※「な形容詞」、「名詞」的「普通形-現在肯定形」，需要有「な」再接續。

動	どうします（怎麼了）	→ どうしたんですか	（怎麼了嗎？）
動	あります（有）	→ あったんですか	（有嗎？）
い	面白い（有趣的）	→ 面白(おもしろ)いんですか	（有趣嗎？）
な	優秀（な）（優秀）	→ 優秀(ゆうしゅう)なんですか	（優秀嗎？）
名	大学生（大學生）	→ まだ大学生(だいがくせい)なんですか	（還是大學生嗎？）

用法 對方看起來心情不是很好的時候，可以說這句話關心對方。

會話練習

太郎（たろう）：どうしたの？　何（なに）か嫌（いや）なことでもあったの？

花子（はなこ）：…太郎（たろう）にもらった指輪（ゆびわ）をなくしちゃった*の…。

從…得到的戒指；「に」表示「動作的對方」　因為不小心弄丟了；「の」表示「理由」

太郎（たろう）：ああ、あれなら また 買（か）ってあげる*よ。

如果是那個的話　再　買給你；「よ」表示「提醒」

花子（はなこ）：それじゃだめなの…。思（おも）い出（で）のものだから…。

那樣是不行的；「それではだめなの」的縮約表現；「の」表示「強調」　因為是回憶的東西

使用文型

動詞

[て形（～て／～で）] + ちゃった／じゃった　（無法挽回的）遺憾

※ 此為「動詞て形 ＋ しまった」的「縮約表現」，口語時常使用「縮約表現」。
※ 屬於「普通體文型」，「丁寧體文型」為「動詞て形除去 [て／で] ＋ ちゃいました ／ じゃいました」。

なくします（弄丟） → なくしちゃった*　（不小心弄丟了）
忘れます（忘記） → 忘（わす）れちゃった　（不小心忘記了）
知ります（知道） → 知（し）っちゃった　（不小心知道了）

動詞

[て形] ＋ あげる　為別人 [做] ～

※ 此為「普通體文型」，「丁寧體文型」為「動詞て形 ＋ あげます」。
※ 此文型可表示「我為別人做～」及「別人為別人做～」。會話練習是屬於「我為別人做～」的用法。
※ 此文型若使用於「面對面」跟對方說「我為你做～」，則具有「給對方恩惠」的語感。所以適用親密關係之間。對陌生人則用「～ましょうか」。

買います（買） → 買（か）ってあげる*　（買給你）
取ります（拿） → 取（と）ってあげる　（為你拿）
掃除します（打掃） → 掃除（そうじ）してあげる　（幫你打掃）

中譯
太郎：怎麼了？有什麼不高興的事情嗎？
花子：…我不小心把太郎送我的戒指弄丟了…。
太郎：啊～，如果是那個的話，我再買給你啊。
花子：那樣不行啦…。因為那個戒指是我們兩人的回憶啊…。

MP3 068

昨天晚上你的手機打不通，怎麼了？

昨日(きのう)の夜(よる)、携帯(けいたい)つながらなかったけど、何(なに)かあったの？

昨日	の	夜、	携帯	[が]	つながらなかった	けど、
昨天	的	晚上	手機		沒有接通，	
	助詞：表示所屬			助詞：表示主格（口語時可省略）	動詞：連接（つながります⇒なかった形）	助詞：表示前言

何	か	あった	の？
名詞（疑問詞）：什麼、任何	助詞：表示不特定	動詞：有、在（あります⇒た形）	形式名詞：（～んですか的口語說法）

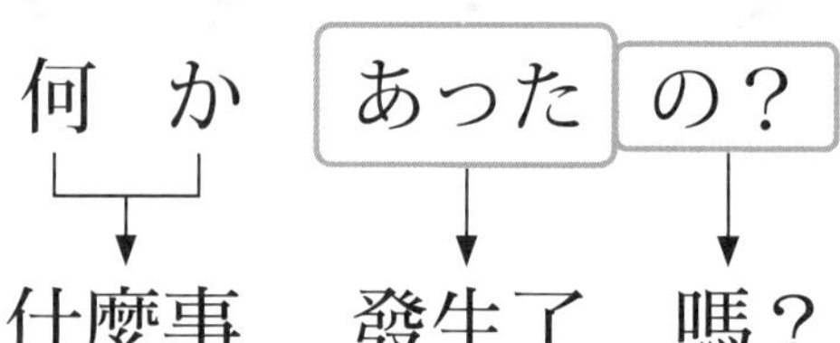

什麼事　發生了　嗎？

使用文型

動詞／い形容詞／な形容詞＋な／名詞＋な

[　普通形　]＋んですか　關心好奇、期待回答

※此為「丁寧體文型」用法，「普通體文型」為「～の？」。
※「な形容詞」、「名詞」的「普通形-現在肯定形」，需要有「な」再接續。

動	あります（有）	→ 何(なに)かあったんですか	（有什麼事嗎？）
い	面白い（有趣的）	→ 面白(おもしろ)いんですか	（有趣嗎？）
な	親切（な）（親切）	→ 親切(しんせつ)なんですか	（親切嗎？）
名	初恋（初戀）	→ 初恋(はつこい)なんですか	（是初戀嗎？）

用法　無法和對方取得聯絡，想知道對方是不是發生什麼事時，可以用這句話詢問。

會話練習

美耶（みや）：昨日（きのう）の夜（よる）、携帯（けいたい）つながらなかったけど、何（なに）かあったの？

隆夫（たかお）：ああ、ごめん、ちょうど電池切（でんちき）れてて…。充電器（じゅうでんき）も研究室（けんきゅうしつ）に置（お）き忘（わす）れちゃって*。

ごめん：對不起
ちょうど：剛好
電池切れてて：因為電池沒電了；「電池が切れていて」的省略說法
も：也
に：表示：歸著點
置き忘れちゃって：因為不小心遺忘在某地；「置き忘れちゃって」是「置き忘れちゃう」的「て形」，表示「原因」

美耶（みや）：そういう時（とき）は先（さき）に言（い）ってよ。心配（しんぱい）したんだから*。

そういう時は：那種時候
先に：先
言ってよ：要說啊；「言ってくださいよ」的省略說法；「よ」表示「感嘆」
心配したんだから：因為很擔心；「んだ」表示「強調」

隆夫（たかお）：ごめんごめん、次（つぎ）からは気（き）をつけるよ。

次からは：下次開始；「は」表示「對比（區別）」
気をつけるよ：注意；「よ」表示「感嘆」

使用文型

動詞

[て形（～て／～で）]＋ちゃって／じゃって　因為～（無法挽回的）遺憾

※ 此為「動詞て形 ＋ しまって」的「縮約表現」，口語時常使用「縮約表現」。

置き忘れます（遺忘在某地）	→ 置（お）き忘（わす）れちゃって*	（因為不小心遺忘在某地了）
故障します（故障）	→ 故障（こしょう）しちゃって	（因為很遺憾故障了）
死にます（死亡）	→ 死（し）んじゃって	（因為很遺憾死掉了）

動詞／い形容詞／な形容詞＋な／名詞＋な

[　普通形　]＋んだから　因為＋強調

※ 此為「普通體文型」用法，「丁寧體文型」為「んですから」。
※「な形容詞」、「名詞」的「普通形-現在肯定形」，需要有「な」再接續。

動	心配します（擔心）	→ 心配（しんぱい）したんだから*	（因為很擔心）
い	寒い（寒冷的）	→ 寒（さむ）いんだから	（因為很冷）
な	真面目（な）（認真）	→ 真面目（まじめ）なんだから	（因為很認真）
名	観光客（觀光客）	→ 観光客（かんこうきゃく）なんだから	（因為是觀光客）

中譯
美耶：昨天晚上你的手機打不通，怎麼了？
隆夫：啊～，對不起，因為電池剛好沒電了…。充電器也放在研究室裡忘了帶。
美耶：那種時候要先說一聲啊。因為我很擔心。
隆夫：對不起對不起，下次開始我會注意的。

關心
069

MP3 069

到家的話，要打電話給我喔。

家(いえ)に着(つ)いたら電話(でんわ)してよ。

助詞：表示到達點

動詞：到達（着きます⇒た形＋ら）

動詞：打電話（電話します⇒て形）

補助動詞：請（くださいます⇒命令形[くださいませ]除去[ませ]）（口語時可省略）

助詞：表示提醒

使用文型

動詞

[た形]＋ら　[做]～之後，～（順接確定條件）

着きます（到達）	→ 着(つ)いたら	（到達之後，～）
なります（變成）	→ 二十歳(はたち)になったら	（二十歲之後，～）
戻ります（返回）	→ ホテルに戻(もど)ったら	（回到飯店之後，～）

動詞

[て形]＋ください　請[做]～

電話します（打電話）	→ 電話(でんわ)してください	（請打電話）
連絡します（聯絡）	→ 連絡(れんらく)してください	（請聯絡）
選びます（選擇）	→ 選(えら)んでください	（請選擇）

用法　道別時，希望對方能在到家後打個電話，以便確認是否平安回家，可以說這句話。

會話練習

（駅[えき]で）
在車站

花子[はなこ]：じゃ、ここまで*で、だいじょうぶ。
（ここまで：到這裡為止；で：表示：言及範圍；だいじょうぶ：沒問題）

太郎[たろう]：そう？　家[いえ]に着[つ]いたら電話[でんわ]してよ。
（そう？：是嗎？）

花子[はなこ]：うん、わかった。じゃ、おやすみなさい*。
（わかった：知道了；じゃ：那麼；おやすみなさい：晚安）

使用文型

[名詞]＋まで　表示界限

ここ（這裡）	→ ここまで*	（到這裡為止）
公園（公園）	→ 公園[こうえん]まで	（到公園為止）
卒業（畢業）	→ 卒業[そつぎょう]まで	（到畢業為止）

一般情況說再見的方式

今天還會再見面	→ じゃ、またあとでね	（那麼，待會見）
明天會見面	→ じゃ、また明日[あした]ね	（那麼，明天見）
夜晚的道別	→ じゃ、おやすみ（なさい）*	（那麼，晚安）
不確定何時見面	→ じゃ、またね	（那麼，再見）

中譯　（在車站）
花子：那麼，到這裡就好了，沒問題的。
太郎：是嗎？到家的話，要打電話給我喔。
花子：嗯，我知道了。那麼，晚安。

關心 070

MP3 070

下班之後，早點回家喔。

仕事(しごと)終(お)わったら、早(はや)く帰(かえ)ってきてね。

助詞：表示焦點（口語時可省略）

動詞：結束（終わります⇒た形＋ら）

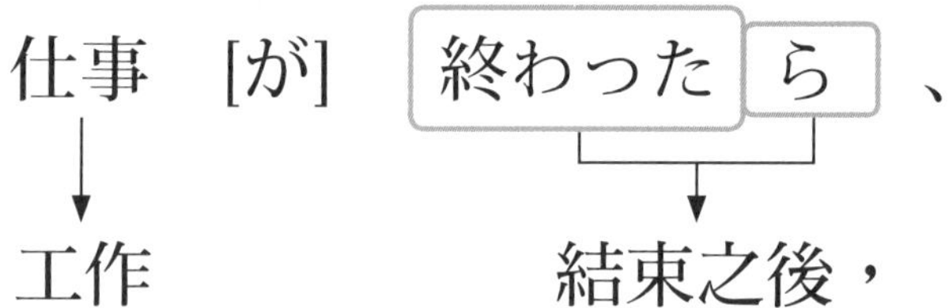

い形容詞：早（早い⇒副詞用法）

動詞：回來（帰ってきます⇒て形）

補助動詞：請（くださいます⇒命令形 [くださいませ] 除去 [ませ]）（口語時可省略）

助詞：表示留住注意

早く　帰ってきて　[ください]　ね。

→ [請] 早一點 回來　喔。

使用文型

動詞

[た形]＋ら　　[做]～之後，～（順接確定條件）

終わります（結束）	→ 終(お)わったら	（結束之後，～）
着きます（到達）	→ 着(つ)いたら	（到達之後，～）
なります（變成）	→ 大人(おとな)になったら	（成為大人之後，～）

動詞

[て形]＋ください　請[做]～

帰ってきます（回來）→ 帰(かえ)ってきてください　（請回來）

書きます（寫）→ 書(か)いてください　（請寫）

待ちます（等待）→ 待(ま)ってください　（請等待）

用法 希望對方下班之後不要到處亂逛，趕快回家時，可以說這句話。

會話練習

花子(はなこ)：太郎(たろう)、今日(きょう)はバイト？
　要打工嗎？

太郎(たろう)：うん、18時(ろくじ)までだけどね。
　到晚上六點為止；「晚上六點」寫成「18時」，但唸法為「ろくじ」。
　「けど」表示「前言」，是一種緩折的語氣；「ね」表示「留住注意」

花子(はなこ)：そっか。じゃ、今日(きょう)は私(わたし)が晩(ばん)ご飯作(はんつく)るから、
　這樣子啊
　我來做晚飯；「私が晩ご飯を作るから」的省略說法；「が」表示「主格」；「から」表示「宣言」

仕事終(しごとお)わったら、早(はや)く帰(かえ)ってきてね。

太郎(たろう)：オッケー、晩(ばん)ご飯楽(はんたの)しみにしてるよ*。
　OK
　我期待著晚飯喔！「晚ご飯を楽しみにしているよ」的省略說法；「よ」表示「感嘆」

相關表現

「期待～」的相關說法

期待晚飯 → 晩(ばん)ご飯楽(はんたの)しみにしてるよ。*（期待著晚飯喔。）

期待再見面 → 次(つぎ)にまた会(かい)えるのを楽(たの)しみにしているよ。
（期待接下來還能再見到你喔。）

平常心看待 → 期待(きたい)しないで待(ま)ってるよ。
（不抱期待地等待著／以平常心看待，等待著。）
※ 此句為「不給對方壓力」的體貼說法。

中譯
花子：太郎，今天要打工嗎？
太郎：嗯，要到晚上六點啊。
花子：這樣子啊。那麼，今天我會做晚飯，下班之後，早點回家喔。
太郎：OK，我期待著晚飯喔。

MP3 071

今天很晚了，要不要留在我這裡過夜？

今日（きょう）はもう遅（おそ）いから泊（と）まっていけば？

助詞：表示主題
副詞：已經
い形容詞：晚
助詞：表示原因理由
動詞：住宿（泊まります⇒て形）
補助動詞：（いきます⇒條件形）

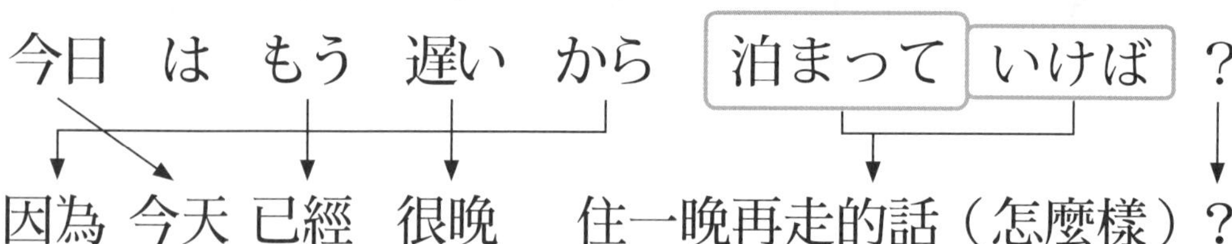

今日　は　もう　遅い　から　泊まって　いけば　？

因為　今天　已經　很晚　住一晚再走的話（怎麼樣）？

使用文型

動詞

[て形]＋いきます　動作和移動（做～，再去）

泊まります（住宿）	→ 泊（と）まっていきます	（住一晚再走）
飲みます（喝）	→ もう一杯（いっぱい）飲（の）んでいきます	（再喝一杯再走）
見ます（看）	→ この店（みせ）を見（み）ていきます	（看這家店再走）

用法 建議對方住在自己家裡時，可以說這句話。適用於雙方關係親密的人。

會話練習

美耶（みや）：花子（はなこ）、今日（きょう）はもう遅（おそ）いから泊（と）まっていけば？

花子（はなこ）：ううん、やっぱり 帰（かえ）る。
（ううん：不／やっぱり：還是／帰る：回去）

美耶（みや）：そう？ …どうするの？* 太郎（たろう）くんのこと。
（そう？：是嗎？／どうするの？：打算怎麼做呢？「の？」表示「關心好奇、期待回答」）

花子（はなこ）：それは…、自分（じぶん）でも よくわからないの*。
（自分でも：即使是我自己，也…／よくわからないの：不太知道；「の」表示「強調」）

使用文型

動詞／い形容詞／な形容詞＋な／名詞＋な

［ 普通形 ］＋の？　關心好奇、期待回答

※ 此為「普通體文型」，「丁寧體文型」為「～んですか」。
※「な形容詞」、「名詞」的「普通形-現在肯定形」，需要有「な」再接續。

動	どうします（怎麼做）	→ どうするの？*	（要怎麼做呢？）
い	悲しい（悲傷的）	→ 悲（かな）しいの？	（悲傷嗎？）
な	大切（な）（重要）	→ 大切（たいせつ）なの？	（重要嗎？）
名	元カノ（前女友）	→ 元（もと）カノなの？	（是前女友嗎？）

動詞／い形容詞／な形容詞＋な／名詞＋な

［ 普通形 ］＋の　強調

※ 此為「口語説法」，「普通體文型」為「～んだ」，「丁寧體文型」為「～んです」。
※「な形容詞」、「名詞」的「普通形-現在肯定形」，需要有「な」再接續。

動	わかります（知道）	→ よくわからないの*	（不太知道）
い	痛い（疼痛的）	→ 痛（いた）いの	（很痛）
な	貴重（な）（珍貴）	→ 貴重（きちょう）なの	（很珍貴）
名	一目惚れ（一見鍾情）	→ 一目惚（ひとめぼ）れなの	（是一見鍾情）

中譯
美耶：花子，今天很晚了，要不要留在我這裡過夜？
花子：不，我還是回去好了。
美耶：是嗎？…你打算怎麼辦？關於太郎的事情。
花子：那件事…，即使是我自己，也不太知道應該怎麼辦。

 MP3 072

你要先吃飯？還是先洗澡？

ご飯（はん）にする？　それともお風呂（ふろ）？

助詞：表示決定結果

動詞：做（します⇒辭書形）

接續詞：還是（二選一）

接頭辭：表示美化、鄭重

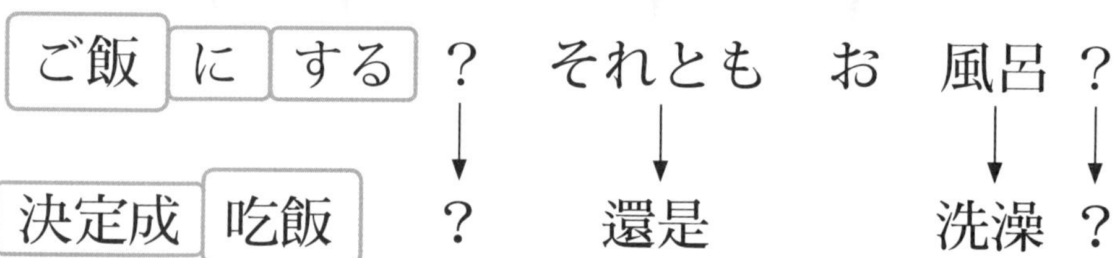

使用文型

動詞　い形容詞　な形容詞

[辭書形＋ように／－~~い~~＋く／－な＋に／名詞＋に]＋します

決定要～、做成～、決定成～

動　電話します（打電話）→毎日電話（まいにちでんわ）するようにします（決定要（盡量）每天打電話）

い　辛い（辣的）→辛（から）くします（要做成辣的）

な　楽（な）（輕鬆）→楽（らく）にします（放輕鬆）

名　ご飯（吃飯）→ご飯（はん）にします（決定成吃飯）

用法　準備好餐點和泡澡的熱水之後，可以用這句話詢問回來的人要先做哪一件事。這比較像是夫妻之間的對話。

會話練習

太郎（たろう）：ただいま～。ああ、疲（つか）れた。
我回來了　疲累

花子（はなこ）：太郎（たろう）、おかえりなさい。ご飯（はん）にする？　それともお風呂（ふろ）？
歡迎回家

太郎（たろう）：はっは、なんだか、夫婦（ふうふ）の会話（かいわ）みたい*だなあ。
總覺得　好像夫妻間的對話；「なあ」表示「感嘆」

じゃ、ご飯（はん）にするよ。
決定成先吃飯；「よ」表示「提醒」

使用文型

動詞／い形容詞／な形容詞／名詞
[　普通形　]＋みたい　（推斷、舉例、比喻）好像～

動	持っています（拿著）	→ あなたが持（も）っているみたいなかばんが欲（ほ）しい （我想要一個像你拿的那樣的包包）〈舉例〉
い	寒い（寒冷的）	→ 寒（さむ）いみたい〈推斷〉 （好像很冷）
な	複雑（な）（複雜）	→ 複雑（ふくざつ）みたい〈推斷〉 （好像很複雜）
名	会話（對話）	→ 夫婦（ふうふ）の会話（かいわ）みたい*〈比喻〉 （好像夫妻之間的對話）

中譯

太郎：我回來了～。啊～，好累。
花子：太郎，歡迎回家。你要先吃飯？還是先洗澡？
太郎：哈哈，總覺得好像夫妻之間的對話喔。那麼，我先吃飯吧。

讚美 073

MP3 073

你的笑容真的是很棒。

あなたの笑顔（えがお）って素敵（すてき）だね。

助詞：表示所屬

助詞：表示主題（＝は）

な形容詞：很棒

な形容詞語尾：表示斷定（現在肯定形）

助詞：表示感嘆

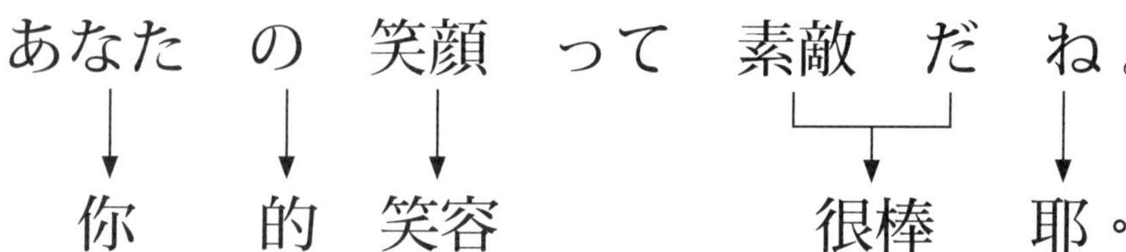

相關表現

讚美情人的話

女生對男生 → あなたの笑顔（えがお）って素敵（すてき）だね。
（你的笑容很棒耶。）

男生對女生 → 今日（きょう）はいつにも増（ま）してきれいだね。
（（平常已經很漂亮）你今天比平常更漂亮耶。）

男女皆適用 → その髪型（かみがた）すごく似合（にあ）ってるね。
（那個髮型很適合你耶。）

用法 讚美對方的笑容時，可以說這句話。對方聽到自己的笑容受到稱讚，一定會很高興。（此句為女性用語，只有女性會稱呼情人「あなた」。）

會話練習

太郎：はっはは。それは面白い話だね。
有趣的故事耶；「ね」表示「表示同意」

花子：でしょう。　……太郎さん、あなたの笑顔って素敵だね。
對不對？

太郎：そうかな？　僕も花子さんの笑顔に癒されるよ。
是嗎？「かな」表示「一半疑問、加上一半自言自語的疑問語氣」
被療癒囉；「よ」表示「提醒」

花子：そう言ってくれる＊と＊うれしいわ。
你為我那樣說的話，就…
好高興啊；「わ」表示「女性語氣」

使用文型

動詞

[て形] ＋ くれる　　別人為我 [做] ～

※ 此為「普通體文型」用法，「丁寧體文型」為「動詞て形 ＋ くれます」。

言います（說）	→ そう言ってくれる＊	（別人為我那樣說）
慰めます（安慰）	→ 慰めてくれる	（別人安慰我）
貸します（借出）	→ 鉛筆を貸してくれる	（別人借我鉛筆）

動詞／い形容詞／な形容詞＋だ／名詞＋だ

[　普通形（限：現在形）　] ＋ と、～　　條件表現

※「な形容詞」、「名詞」的「普通形-現在肯定形」，需要有「だ」再接續。

動	言ってくれます（為我說）	→ そう言ってくれると＊	（別人為我那樣說的話，就～）
い	寒い（寒冷的）	→ 寒いと	（冷的話，就～）
な	嫌い（な）（討厭）	→ 嫌いだと	（討厭的話，就～）
名	週末（周末）	→ 週末だと	（是周末的話，就～）

中譯
太郎：哈哈哈。那是個有趣的故事耶。
花子：對不對？……太郎，你的笑容真的是很棒。
太郎：是嗎？我也被花子的笑容療癒囉。
花子：聽你那樣說，我就覺得好高興啊。

MP3 074

看到你的笑容，我就覺得很療癒。

笑顔(えがお)を見(み)てると癒(いや)されるなあ。

笑顔	を	見て	[い]る	と	癒される	なあ。
	助詞：表示動作作用對象	動詞：看（見ます⇒て形）	補助動詞：（います⇒辭書形）（口語時可省略い）	助詞：表示條件表現	動詞：治療（癒します⇒受身形[癒されます]的辭書形）	助詞：表示感嘆

目前是看著（你的）笑容的狀態的話會被療癒啊。

使用文型

動詞

[て形]＋います　目前狀態

見ます（看）→ 見(み)ています　（目前是看著的狀態）

倒れます（倒塌）→ 建物(たてもの)が倒(たお)れています　（建築物目前是倒下的狀態）

届きます（送達）→ 届(とど)いています　（目前是已經送達的狀態）

動詞／い形容詞／な形容詞＋だ／名詞＋だ

[　普通形（限：現在形）　]＋と　條件表現

※「な形容詞」、「名詞」的「普通形-現在肯定形」需要有「だ」再接續。

動　見ています（看著的狀態）→ 見(み)ていると　（是看著的狀態的話，就～）

い　しょっぱい（鹹的）→ しょっぱいと　（鹹的話，就～）

な　不便（な）（不方便）→ 不便(ふべん)だと　（不方便的話，就～）

名　日曜日（星期日）→ 日曜日(にちようび)だと　（是星期日的話，就～）

用法　讚美對方笑容的說法之一。

會話練習

太郎：これ、花子に似合うと思って。

表示：方面 因為覺得適合；「と」表示「提示內容」；「て形」表示「原因」

花子：わあ、うれしい。可愛い髪飾りね。…どう、似合う？

可愛的髮飾；「ね」表示「再確認」 怎麼樣 適合嗎？

太郎：うん、とっても良く似合ってるよ。

非常 非常 適合喔；「似合っているよ」的省略說法；「よ」表示「提醒」

花子の笑顔を見てると癒されるなあ。

花子：じゃ、私のプリクラ写真あげるから、

會給你大頭貼照片；「プリクラ写真をあげるから」的省略說法；「から」表示「宣言」

お財布に貼っておいて*。

採取貼在皮夾上的措施；「お財布に貼っておきます＋てください」的用法，「おいて」後面省略了「ください」

使用文型

動詞

［て形］＋おきます　善後措施（為了以後方便）

貼ります（張貼） → 貼っておきます*　（採取張貼的措施）

捨てます（丟棄） → 捨てておきます　（採取丟棄的措施）

洗います（清洗） → 洗っておきます　（採取清洗的措施）

中譯

太郎：我覺得這個適合花子。

花子：哇～，我好高興。好可愛的髮飾耶。…怎麼樣？適合嗎？

太郎：嗯，實在非常適合喔。看到花子的笑容，我就覺得很療癒。

花子：那麼，我送你我的大頭貼照片，你把它貼在你的皮夾上。

MP3 075

你穿什麼都很好看。

どんな服(ふく)を着(き)ても似合(にあ)うね。

連體詞（疑問詞）：什麼樣的	助詞：表示動作作用對象	動詞：穿（着ます⇒て形）	助詞：表示逆接	動詞：適合（似合います⇒辭書形）	助詞：表示主張

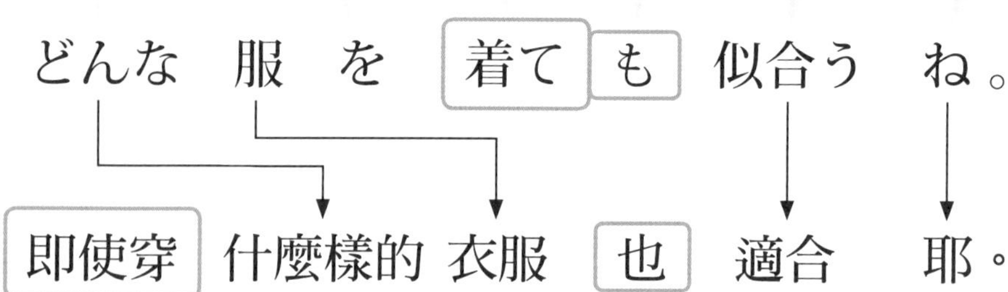

使用文型

動詞　い形容詞　な形容詞
［て形／－い＋くて／－な＋で／名詞＋で］＋も　即使～，也～

動	着ます（穿）	→ 着(き)ても	（即使穿，也～）
い	若い（年輕的）	→ 若(わか)くても	（即使年輕，也～）
な	上手（な）（擅長）	→ 上手(じょうず)でも	（即使擅長，也～）
名	プロ（專家）	→ プロでも	（即使是專家，也～）

用法　稱讚對方所穿的衣服很適合時，可以說這句話。

會話練習

拓也(たくや)：この服(ふく)なんて*花子(はなこ)さんに どうかな。

なんて：之類的
に：表示：方面
どうかな：怎麼樣呢？「かな」表示「一半疑問、加上一半自言自語的疑問語氣」

花子（はなこ）：…ちょっと 派手（はで）すぎない？*

有點　不會太花俏嗎？

拓也（たくや）：そんなことないよ。…ああ、やっぱりどんな服（ふく）を着（き）ても似合（にあ）うね。

沒有那種事啦；「そんなことはないよ」的省略說法；「よ」表示「看淡」　果然還是

花子（はなこ）：そうかなあ…。

不太確定是不是那樣啊…「かな」表示「不太確定是不是這樣呢…」，句尾的「あ」為「長音化」的表現

使用文型

「なんて」的用法

～之類的 → この服（ふく）なんて花子（はなこ）さんにどうかな。*
（這件衣服之類的，給花子你穿，覺得怎麼樣呢？）

不屑 → あなたなんて大嫌（だいきら）い。
（你這種人，超討厭的。）

怎麼可能／竟然 → 東京（とうきょう）で家（いえ）を買（か）うなんて、無理（むり）だ。
（怎麼可能在東京買房子，不可能的。）

→ あの人（ひと）がノーベル賞（しょう）を取（と）ったなんて、信（しん）じられない。
（那個人竟然得到諾貝爾獎，無法相信。）

動詞　い形容詞　な形容詞

[~~ます~~形／－~~い~~／－~~な~~／名詞]＋すぎない？　不會太～嗎？

動	疲れます（疲累）	→ 疲（つか）れすぎない？	（不會太疲累嗎？）
い	安い（便宜的）	→ 安（やす）すぎない？	（不會太便宜嗎？）
な	派手（な）（花俏）	→ 派手（はで）すぎない？*	（不會太花俏嗎？）
名	いい人（好人）	→ いい人（ひと）すぎない？	（不會人太好嗎？）

中譯
拓也：花子覺得這件衣服怎麼樣？
花子：…不覺得有點太花俏嗎？
拓也：沒有那種事啦。…啊～，果然你穿什麼都很好看。
花子：我不太確定是不是那樣耶…。

MP3 076

我會保護妳的。

僕(ぼく)が守(まも)ってあげる。

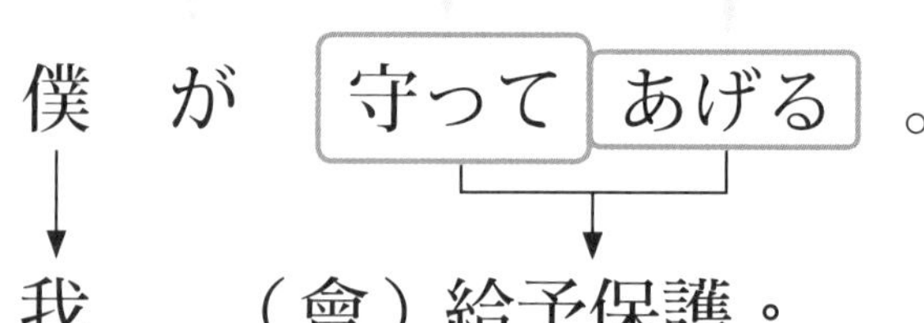

僕　が　守って　あげる　。

我　（會）給予保護。

使用文型

動詞

[て形] ＋ あげます　　為別人 [做] ～

守ります（保護）	→ 守(まも)ってあげます	（保護你）
持ちます（拿）	→ 持(も)ってあげます	（為你拿）
連れて行きます（帶去）	→ 連(つ)れて行(い)ってあげます	（帶你去）

用法 這是男性對女性說的話。女性聽到這句話會覺得很有安全感。

會話練習

花子（はなこ）：ねえ、もし私（わたし）が誰（だれ）かにいじめられたら*、助（たす）けてくれる*？

もし：如果　誰か：某個人；「か」表示「不特定」　にいじめられたら：被…欺負的話；「に」表示「動作的對方」　助けてくれる？：你會幫我嗎？

太郎（たろう）：もちろんだよ。僕（ぼく）が守（まも）ってあげる。

もちろんだよ：當然啊；「よ」表示「提醒」

花子（はなこ）：ありがとう太郎（たろう）。これからもずっと一緒（いっしょ）ね。

これからも：以後也…　ずっと一緒ね：要永遠在一起喔；「ね」表示「再確認」

使用文型

動詞／い形容詞／な形容詞／名詞

[た形／なかった形]＋ら　如果～的話

動	いじめられます（被～欺負）	→ いじめられたら*	（如果被欺負的話）
い	悲しい（悲傷的）	→ 悲（かな）しかったら	（如果悲傷的話）
な	元気（な）（有精神）	→ 元気（げんき）だったら	（如果有精神的話）
名	友達（朋友）	→ 友達（ともだち）だったら	（如果是朋友的話）

動詞

[て形]＋くれる　別人為我 [做] ～

※ 此為「普通體文型」，「丁寧體文型」為「動詞て形 ＋ くれます」。

助けます（幫忙）	→ 助（たす）けてくれる*	（別人幫忙我）
手伝います（幫忙）	→ 手伝（てつだ）ってくれる	（別人幫忙我）
います（在）	→ そばにいてくれる	（別人陪在我身邊）

中譯

花子：ㄟ，如果我被誰欺負的話，你會幫我嗎？
太郎：當然啊。我會保護妳的。
花子：謝謝你，太郎。我們以後也要永遠在一起喔。

承諾
077

MP3 077

我一定會讓妳幸福。

僕（ぼく）はきっとあなたを幸（しあわ）せにします。

僕　は　きっと　あなた　を　幸せ　に　します　。

我　一定　會讓　妳　幸福　。

※ 原本只有女性會稱呼情人「あなた」，但此句是發誓的感覺，用「あなた」比較正式。

使用文型

動詞　い形容詞　な形容詞

[辭書形＋ように／－い＋く／－な＋に／名詞＋に]＋します

決定要～、做成～、決定成～

動　書きます（寫）→ 日記（にっき）を書（か）くようにします（決定要（盡量）寫日記）

い　甘い（甜的）→ 甘（あま）くします（要做成甜的）

な　幸せ（な）（幸福）→ 幸（しあわ）せにします（決定讓人幸福）

名　秘密（祕密）→ 秘密（ひみつ）にします（決定當成祕密）

用法　準備求婚時，可以跟對方說這句話。

會話練習

太郎（たろう）：花子（はなこ）さん、僕（ぼく）はきっとあなたを幸（しあわ）せにします。

だから 僕（ぼく）と結婚（けっこん）してください*。

所以 請和我結婚；「と」表示「動作夥伴」

花子（はなこ）：太郎（たろう）さん…私（わたし）もあなたと一緒（いっしょ）に 幸（しあわ）せな家庭（かてい）を作（つく）りたい*わ…。

和你一起 想要組成幸福的家庭；「わ」表示「女性語氣」

太郎（たろう）：……な～んちゃって。嘘（うそ）だよ～。

開玩笑 是謊話啦；「よ」表示「提醒」

花子（はなこ）：ひ、ひどい！ ……はっ、……夢（ゆめ）か…。

重覆「ひどい」的的「ひ」，表示「心裡的動搖」 過分 是夢啊；「か」表示「感嘆」

使用文型

動詞

[て形] ＋ ください　　請 [做] ～

※ 丁寧體會話時為「動詞て形 ＋ ください」。
※ 普通體、口語會話時，省略「ください」。

結婚します（結婚）	→ 僕（ぼく）と結婚（けっこん）してください*	（請和我結婚）
付き合います（交往）	→ 僕（ぼく）と付（つ）き合（あ）ってください	（請和我交往）
開けます（打開）	→ 開（あ）けてください	（請打開）

動詞

[ます形] ＋ たい　　想要 [做] ～

作ります（組織）	→ 作（つく）りたい*	（想要組織）
変わります（改變）	→ 変（か）わりたい	（想要改變）
知ります（知道）	→ 知（し）りたい	（想要知道）

中譯

太郎：花子，我一定會讓妳幸福。所以，請妳和我結婚。
花子：太郎…我也想要和你一起共組幸福的家庭…。
太郎：……開玩笑的啦。是騙妳的啦～。
花子：過…過分！……啊……原來是夢啊…。

承諾
078

MP3 078

我一有時間，就馬上去看你。

時間（じかん）ができたら、すぐ会（あ）いに行（い）くから。

助詞：表示焦點

動詞：有、出現
（できます⇒た形＋ら）

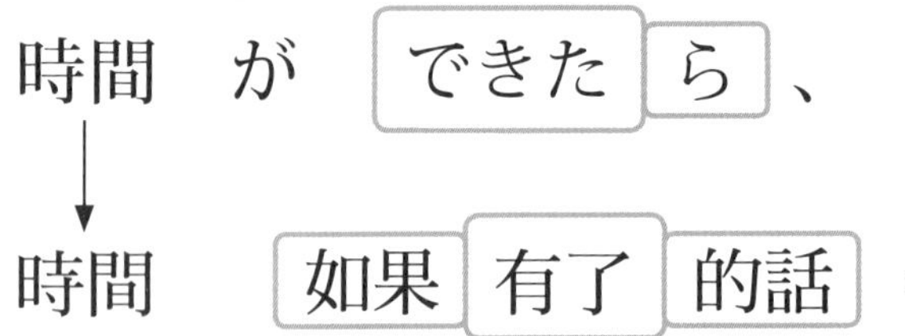

時間　が　できた　ら　、
↓
時間　如果　有了　的話　，

副詞：
馬上

動詞：見面
（会います
⇒ます形除去［ます］）

助詞：
表示目的

動詞：去
（行きます
⇒辭書形）

助詞：
表示宣言

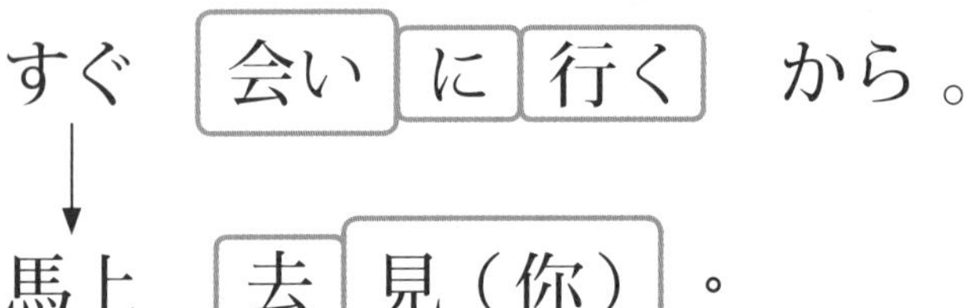

すぐ　会い　に　行く　から　。
↓
馬上　去　見（你）　。

使用文型

動詞／い形容詞／な形容詞／名詞

［　た形／なかった形　］＋ら　　如果～的話

動	できます（有）	→ 時間（じかん）ができたら	（如果有時間的話）
い	眠い（想睡的）	→ 眠（ねむ）かったら	（如果想睡的話）
な	地味（な）（樸素）	→ 地味（じみ）だったら	（如果樸素的話）
名	外国人（外國人）	→ 外国人（がいこくじん）だったら	（如果是外國人的話）

動詞

[ます形／動作性名詞]＋に＋行きます／来ます／帰ります　去／來／回去[做]～

動	会います（見面）	→ 会いに行きます	（去見面）
動	取ります（拿）	→ お金を取りに帰ります	（回去拿錢）
名	旅行（旅行）	→ 旅行に来ます	（來旅行）

用法　告訴對方，雖然現在沒有時間，但是一有空就會立刻去找他時，可以說這句話。

會話練習

花子：私、来週は学園祭の準備があるんだ。
（来週：下星期／学園祭の準備：學校文化節的準備／んだ：表示：強調）

太郎：へえ、そっか。じゃ、忙しくなりそう*だね。
（へえ：哦／そっか：這樣子啊／忙しくなりそうだね：好像會變忙的樣子耶；「ね」表示「再確認」）

花子：うん、でも準備に来られる人が多ければ、早く終わると思う。
（準備に来られる人：能來準備的人／多ければ：如果多的話／早く：很快地／終わると思う：猜想會結束；「と」表示「提示內容」）

早く終わって時間ができたら、すぐ会いに行くから。
（早く：早一點／終わって：結束；「て形」表示「動作順序」）

使用文型

動詞　い形容詞　な形容詞

[ます形／－い／－な]＋そう　（看起來）好像～

動	なります（變成）	→ 忙しくなりそう*	（看起來好像會變忙）
い	優しい（溫柔的）	→ 優しそう	（看起來好像很溫柔）
な	大切（な）（重要）	→ 大切そう	（看起來好像很重要）

中譯　花子：我下星期有學校文化節的事情要準備。
太郎：哦，這樣子啊。那麼，好像會變忙的樣子耶。
花子：嗯，但是，我想能來做準備的人如果很多的話，很快就會結束了。早一點結束，我一有時間，就馬上去看你。

承諾
079

MP3 079

（對花子說）我願意為你做任何事。

花子（はなこ）のためなら、何（なん）でもするよ。

助詞：表示所屬（屬於文型上的用法）	形式名詞：為了～	助動詞：表示斷定（だ⇒條件形）	名詞（疑問詞）：什麼、任何	助詞：表示全肯定	動詞：做（します⇒辭書形）	助詞：表示提醒

花子 の ため なら 、 何 でも する よ。

要是 為了花子 的話 ， 什麼 都 做 喔。

使用文型

動詞

[辭書形 ／ 名詞 ＋ の] ＋ ため、～　為了～

動	買います（買）	→ 車（くるま）を買（か）うため	（為了買車）
名	花子（花子）	→ 花子（はなこ）のため	（為了花子）

動詞／い形容詞／な形容詞／名詞

[　普通形　] ＋ なら、～　要是～的話，～
如果～的話，～

動	知っています（知道）	→ 知（し）っているなら	（要是知道的話，～）
い	安い（便宜的）	→ 安（やす）いなら	（要是便宜的話，～）
な	不便（な）（不方便）	→ 不便（ふべん）なら	（要是不方便的話，～）
名	ため（為了～）	→ 花子（はなこ）のためなら	（要是為了花子的話，～）

[疑問詞] ＋ でも ＋ 肯定句　表示全肯定

何（什麼）→ 何(なん)でもする　（什麼都做）

誰（誰）→ 誰(だれ)でもいい　（誰都可以）

いつ（什麼時候）→ いつでも家(うち)にいる　（隨時都在家）

用法　「你說什麼，我都會照辦」的愛的宣言。代表真的是那麼地喜歡你的意思。

會話練習

花子(はなこ)：太郎(たろう)は私(わたし)の言(い)うこと何(なん)でも 聞(き)いてくれる*？
（何でも：什麼都…；聞いてくれる：願意聽我說）

太郎(たろう)：もちろん。花子(はなこ)のためなら、何(なん)でもするよ。
（もちろん：當然）

花子(はなこ)：そう。じゃあ、土曜日(どようび)、私(わたし)の父(ちち)に 会(あ)ってくれる*？
（そう：是這樣子喔；に：表示：接觸點；会ってくれる：為我跟…見面）

お父(とう)さんが会(あ)ってみたい って言(い)うのよ。
（会ってみたい：想要見面；って言うのよ：說…喔；「って」等同「と」，表示「提示內容」；「の」表示「強調」；「よ」表示「感嘆」）

太郎(たろう)：え？ いいけど、まだ 心(こころ)の準備(じゅんび)が…。
（いいけど：可以，但是…；「けど」表示「逆接」；まだ：還沒；心の準備：心理準備）

使用文型

動詞

[て形] ＋ くれる　別人為我 [做] ～

※ 此為「普通體文型」用法，「丁寧體文型」為「動詞て形 ＋ くれます」。

聞きます（聽）→ 聞(き)いてくれる*　（別人聽我說）

会います（見面）→ 会(あ)ってくれる*　（別人為我跟…見面）

持ちます（拿）→ 持(も)ってくれる　（別人幫我拿）

中譯
花子：我說什麼太郎都願意聽嗎？
太郎：當然。我願意為你做任何事。
花子：是這樣子喔，那麼，你星期六願意跟我爸爸見面嗎？爸爸說他想要見你。
太郎：咦？好是好，但是我的心理準備還沒…。

承諾
080

MP3 080

我願意為你付出一切。

あなたに尽(つ)くします。

助詞：表示動作的對方

動詞：貢獻力量

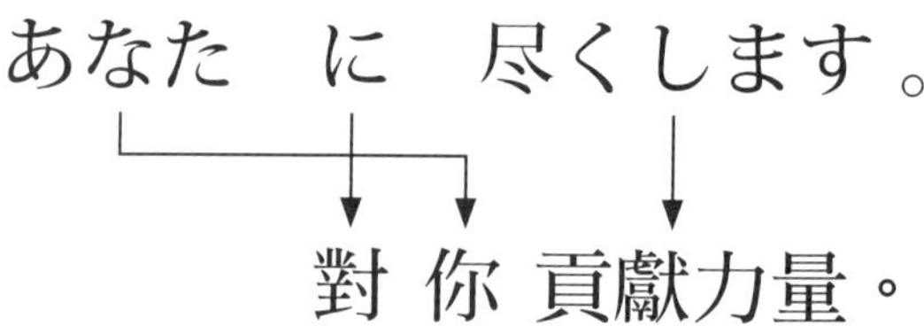

相關表現

「承諾」的說法

男女皆適用 → あなたのためなら、何(なん)でもします。
（為了你，我什麼都願意做。）

女生對男生 → あなたに一生(いっしょう)ついていきます。
（我會一輩子跟隨著你。）

男生對女生 → これからは僕(ぼく)が○○の支(ささ)えになって助(たす)けていきます。
（從現在起，我會成為○○的支柱，一直幫著你。）

用法 宣告自己為了對方，什麼事情都願意做時，可以說這句話。（此句為女性用語，只有女性會稱呼情人「あなた」）。

會話練習

（花子(はなこ)の夢(ゆめ)の中(なか)）
夢裡

司会(しかい)：それでは誓(ちか)いの言葉(ことば)をどうぞ！
那麼　誓言　請說

太郎：あなたを一生 愛し続けます*。
一輩子 持續愛著

花子：…あなたに尽くします。

司会：それでは、誓いのキスをお二人に してもらいましょう*！
誓約之吻 表示：動作的對方 請為我們做吧

使用文型

動詞
[~~ます~~形] + 続けます　持續 [做] ～、[做] ～下去

※ 也有 [動詞~~ます~~形 + 続きます] 的說法，但此種情形較少。

愛します（愛）+ 続けます

→ 一生 愛し続けます。*（持續愛你一輩子。）

使います（使用）+ 続けます

→ 私は２０年前に買った腕時計を使い続けています。
（我持續使用著 20 年前買的手錶。）

降ります（下（雨））+ 続きます

→ 昨日からずっと雨が降り続いています。（從昨天開始一直持續下著雨。）

動詞
動作對方 + に + [て形] + もらいましょう　請某人（為我們）[做] ~吧

します（做）	→ お二人にしてもらいましょう*	（請兩個人（為我們）做吧）
預かります（保管）	→ 友達に預かってもらいましょう	（請朋友（為我們）保管吧）
買います（買）	→ 友達に買ってもらいましょう	（請朋友（為我們）買吧）

中譯　（花子的夢裡）
司儀：那麼，請說出誓言！
太郎：我會愛你一生一世。
花子：…我願意為你付出一切。
司儀：那麼，請兩位為我們進行誓約之吻吧！

承諾
081

MP3 081

我是相信你的。

信(しん)じてるから…。

動詞：相信（信じます⇒て形）

補助動詞：（います⇒辭書形）（口語時可省略い）

助詞：表示宣言

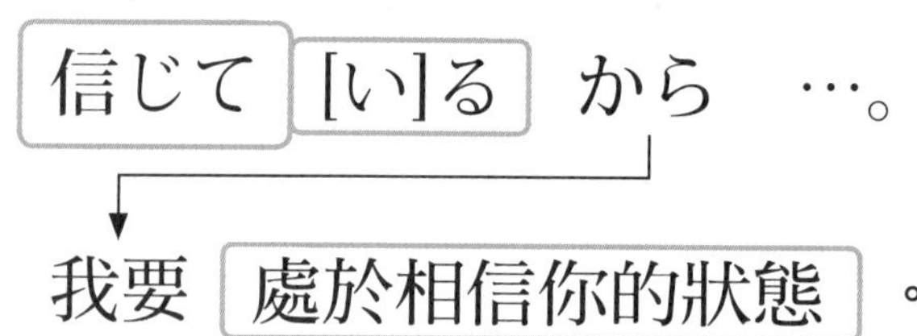

我要 處於相信你的狀態 。

使用文型

動詞

[て形] ＋ います　　目前狀態

信じます（相信）→ 信(しん)じています　　（目前是相信的狀態）

知ります（知道）→ 知(し)っています　　（目前是知道的狀態）

疑います（懷疑）→ 疑(うたが)っています　　（目前是懷疑的狀態）

用法 告訴對方，「我相信你」的表現方式。這樣一說的話，對方應該就不敢背叛了吧。

會話練習

隆夫（たかお）：実（じつ）は来年（らいねん）の一月（いちがつ）から、一年間（いちねんかん）留学（りゅうがく）することになった*んだ…。

其實 ／ 從一月開始 ／ 一年 ／ 決定要留學了；「…ことになった」表示「（非自己一個人）決定…了」；「んだ」表示「強調」

美耶（みや）：え？　どうして そんな急（きゅう）に？

為什麼 ／ 那麼突然

隆夫（たかお）：教授（きょうじゅ）が海外（かいがい）で 見聞（けんぶん）を広（ひろ）めて来（こ）い って言（い）うんだ。

在國外 ／ 增廣見聞，再回來 ／ 說了…；「って」表示「提示內容」；「んだ」表示「強調」

美耶（みや）、僕（ぼく）のこと待（ま）っててくれる*よね？

會為我處於等待的狀態嗎？「僕のことを待っていてくれるよね？」的省略說法

「よ」表示「提醒」；「ね」表示「再確認」

美耶（みや）：…うん。待（ま）ってる。私（わたし）、どんな事（こと）あっても隆夫（たかお）を信（しん）じてるから…。

等著你；「待っている」的省略說法 ／ 即使發生什麼事，也…

使用文型

動詞

[辭書形] ＋ ことになった　決定 [做] ～了（非自己一個人意志所決定的）

留学します（留學）	→ 留学（りゅうがく）することになった*	（決定要留學了）
付き合います（交往）	→ 付（つ）き合（あ）うことになった	（決定要交往了）
働きます（工作）	→ 働（はたら）くことになった	（決定要工作了）

動詞

[て形] ＋ くれる　別人為我 [做] ～

※ 此為「普通體文型」用法，「丁寧體文型」為「動詞て形 ＋ くれます」。

待って[い]ます（處於等待的狀態）	→ 待（ま）って[い]てくれる*	（別人為我處於等待的狀態）
持ちます（拿）	→ 持（も）ってくれる	（別人幫我拿）
撮ります（拍攝）	→ 写真（しゃしん）を撮（と）ってくれる	（別人幫我拍照）

中譯

隆夫：其實從明年一月開始，我要去留學一年的時間…。

美耶：咦？為什麼那麼突然？

隆夫：教授說要我到國外增廣見聞再回來。美耶，你願意等我回來嗎？

美耶：…嗯。我等你。不管發生什麼事，我是相信隆夫的…。

承諾
082

MP3 082

這是我們兩個人的秘密喔。

これは二人（ふたり）だけの秘密（ひみつ）ね。

助詞：表示主題	助詞：只是～而已、只有	助詞：表示所屬	助詞：表示期待同意

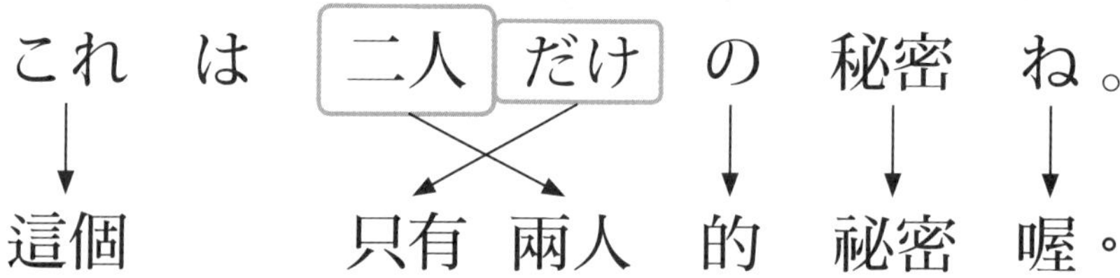

使用文型

動詞／い形容詞／な形容詞＋な／名詞

［　普通形　］＋だけ　只是～而已、只有

※「な形容詞」的「普通形-現在肯定形」，需要有「な」再接續。

動	見ます（看）	→ 見（み）ただけ	（只是看了而已）
い	安い（便宜的）	→ 安（やす）いだけ	（只是便宜而已）
な	親切（な）（親切）	→ 親切（しんせつ）なだけ	（只是親切而已）
名	二人（兩個人）	→ 二人（ふたり）だけ	（只有兩個人）

用法 決定將事情當作只屬於兩人之間的祕密時，可以說這句話。

會話練習

（温泉旅行（おんせんりょこう）に来（き）た二人（ふたり））
來溫泉旅行

花子：太郎、今日のこと、誰にも言ってないよね？

沒有對任何人說吧？「誰にも言っていないよね？」的省略說法
「に」表示「動作的對方」；「も」表示「也」；
「よ」表示「提醒」；「ね」表示「再確認」

太郎：うん、知られたら*まずいの？

被知道的話　很糟糕嗎？「の？」表示「關心好奇、期待回答」

花子：うちの親が厳しいから。今回は美耶ちゃんと

我的父母親　因為很嚴格　和美耶

旅行に行くって言って、なんとか許可してもらった*の。

說是要去旅行；「行くって」的「って」表示「提示內容」　總算　給我許可；「の」表示「強調」

私たちの旅行、これは二人だけの秘密ね。

使用文型

動詞／い形容詞／な形容詞／名詞

［ た形／なかった形 ］＋ら　如果～的話

動	知られます（被～知道）	→ 知られたら*	（如果被知道的話）
い	高い（貴的）	→ 高かったら	（如果貴的話）
な	有名（な）（有名）	→ 有名だったら	（如果有名的話）
名	小学生（小學生）	→ 小学生だったら	（如果是小學生的話）

動詞

［て形］＋もらった　請別人（為我）［做］～了

許可します（許可）	→ 許可してもらった*	（請別人為了我的方便給我許可）
直します（修改）	→ 直してもらった	（請別人為了我的方便（為我）修改）
掃除します（打掃）	→ 掃除してもらった	（請別人為了我的方便（為我）打掃）

中譯　（來做溫泉之旅的兩個人）

花子：太郎，今天的事情你沒有對任何人說吧？

太郎：嗯，被知道的話會很糟糕嗎？

花子：因為我的父母親管教很嚴格。我告訴他們，我這次是和美耶去旅行，總算得到他們的許可。我們的旅行，這是我們兩個人的祕密喔。

MP3 083

我不可能還有其他喜歡的人吧。

他（ほか）に好（す）きな人（ひと）がいるわけないじゃないか。

助詞：表示累加

な形容詞：喜歡（好き⇒名詞接續用法）

助詞：表示焦點

動詞：有、在（います⇒辭書形）

連語：不可能（口語時可省略が）

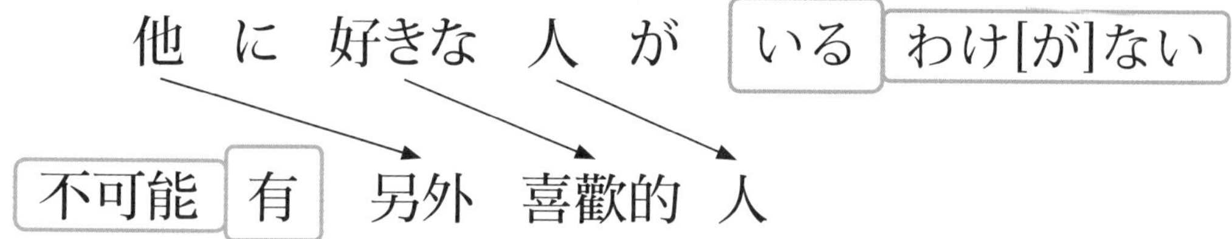

連語：不是～嗎（反問表現）

じゃないか。

↓

不是嗎？

使用文型

動詞／い形容詞／な形容詞+な／名詞+な

[　普通形　] ＋ わけがありません　　不可能～

※ 此為「丁寧體文型」，「普通體文型」為「～わけがない」。
※「な形容詞」、「名詞」的「普通形-現在肯定形」，需要有「な」再接續。

動	います（有）	→ いるわけがありません	（不可能有）
い	安い（便宜的）	→ 安（やす）いわけがありません	（不可能便宜）
な	静か（な）（安靜）	→ 静（しず）かなわけがありません	（不可能安靜）
名	独身（單身）	→ 独身（どくしん）なわけがありません	（不可能是單身）

用法　強烈否認自己還有其他喜歡的人時，可以說這句話。

會話練習

美耶（みや）：隆夫（たかお）さん、まさか 他（ほか）に好（す）きな人（ひと）が…？
難道　其他喜歡的人

隆夫（たかお）：他（ほか）に好（す）きな人（ひと）がいるわけないじゃないか。

美耶（みや）：ならいいんだけど…。
要是那樣的話，就好了；「んだ」表示「強調」；
「けど」表示「前言」，是一種緩折的語氣

隆夫（たかお）：心配性（しんぱいしょう）だなあ。
愛操心；「なあ」表示「感嘆」

使用文型

「わけ」的相關用法

1 [動詞／い形容詞／な形容詞+な／名詞+な 普通形] ＋ わけ[が]ない　不可能～

2 [動詞／い形容詞／な形容詞+な／名詞+な 普通形] ＋ わけじゃない　並不是～

3 [動詞 辭書形／動詞 ない形] ＋ わけにはいかない　（道義上）不能[做]／不[做]～

1 昇ります（升起） → 太陽（たいよう）が西（にし）から昇（のぼ）るわけ[が]ない。
（太陽不可能從西邊升起。）

2 好き（な）（喜歡） → 日本人（にほんじん）がみんな納豆（なっとう）が好（す）きなわけじゃない。
（日本人並不是全部都喜歡納豆。）

3 飲みます（喝） → 先輩（せんぱい）に飲（の）めと言（い）われたら、飲（の）まないわけにはいかない。
（被前輩說喝下去的話，就不能不喝。）

中譯
美耶：隆夫，難道你還有其他喜歡的人…？
隆夫：我不可能還有其他喜歡的人吧。
美耶：那樣的話就好了…。
隆夫：你真是愛操心啊。

認識家人 084

MP3 084

下次要不要和我父母親一起吃個飯？

今度(こんど)うちの両親(りょうしん)と一緒(いっしょ)に食事(しょくじ)でもどうかな？

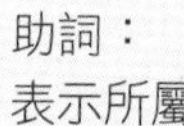

助詞：表示所屬

助詞：表示動作夥伴

今度　うち　の　両親　と

下次 和 我家　的　父母親

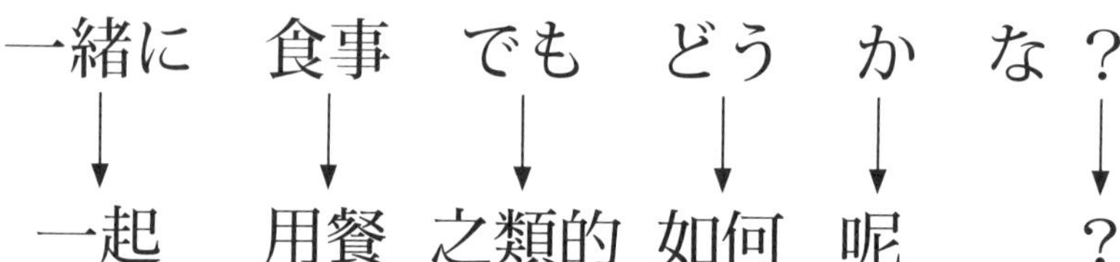

副詞：一起

助詞：表示舉例

副詞（疑問詞）：怎麼樣、如何

助詞：表示疑問

助詞：表示感嘆（自言自語）

一緒に　食事　でも　どう　か　な　？

一起　用餐　之類的　如何　呢　？

使用文型

一緒に ＋ [名詞] ＋ でも ＋ どうかな？　一起～之類的，如何呢？

- **食事**（用餐）→ 一緒(いっしょ)に食事(しょくじ)でもどうかな？（一起用餐之類的，如何呢？）
- **映画**（電影）→ 一緒(いっしょ)に映画(えいが)でもどうかな？（一起看電影之類的，如何呢？）
- **買い物**（購物）→ 一緒(いっしょ)に買(か)い物(もの)でもどうかな？（一起購物之類的，如何呢？）

用法 想要介紹男女朋友和自己的父母親認識時，可以跟對方說這句話。

會話練習

太郎（たろう）：ねえ、ちょっと 話（はなし）がある んだ*けど。

ちょっと：稍微　話がある：有事情　んだ*けど：「んだ」表示「強調」；「けど」表示「前言」，是一種緩折的語氣

花子（はなこ）：何（なに）？

何？：什麼事？

太郎（たろう）：今度（こんど）うちの両親（りょうしん）と一緒（いっしょ）に食事（しょくじ）でもどうかな？

花子（はなこ）：えっ、いいの？* でも、なんか 恥（は）ずかしいな…。

えっ：咦？　いいの？：（這樣）好嗎？　でも：可是　なんか：總覺得　恥ずかしいな：好害羞喔；「な」表示「感嘆」

使用文型

動詞／い形容詞／な形容詞＋な／名詞＋な

［　普通形　］＋んだ　強調

※此為「普通體文型」用法，「丁寧體文型」為「～んです」，口語説法為「～の」。
※「な形容詞」、「名詞」的「普通形-現在肯定形」，需要有「な」再接續。

動	あります（有）	→ 話（はなし）があるんだ*	（有事情）
い	重い（重的）	→ 重（おも）いんだ	（很重）
な	優秀（な）（優秀）	→ 優秀（ゆうしゅう）なんだ	（很優秀）
名	美人（美女）	→ 美人（びじん）なんだ	（是美人）

動詞／い形容詞／な形容詞＋な／名詞＋な

［　普通形　］＋の？　關心好奇、期待回答

※此為「普通體文型」用法，「丁寧體文型」為「～んですか」。
※「な形容詞」、「名詞」的「普通形-現在肯定形」，需要有「な」再接續。

動	帰ります（回去）	→ 帰（かえ）るの？	（要回去嗎？）
い	いい（好的）	→ いいの？*	（好嗎？）
な	複雑（な）（複雜）	→ 複雑（ふくざつ）なの？	（複雜嗎？）
名	冗談（玩笑）	→ 冗談（じょうだん）なの？	（是玩笑嗎？）

中譯

太郎：ㄟ，我有點事情要跟你說。
花子：什麼事？
太郎：下次要不要和我父母親一起吃個飯？
花子：咦？這樣好嗎？可是，總覺得好害羞喔…。

MP3 085

下次能不能和我的父母見個面呢？

今度(こんど)うちの両親(りょうしん)と会(あ)ってくれないかな。

助詞：表示所屬	助詞：表示動作夥伴	動詞：見面（会います⇒て形）	補助動詞：（くれます⇒ない形）	助詞：表示疑問	助詞：表示感嘆（自言自語）

今度　うち　の　両親　と　会って　くれない　か　な。

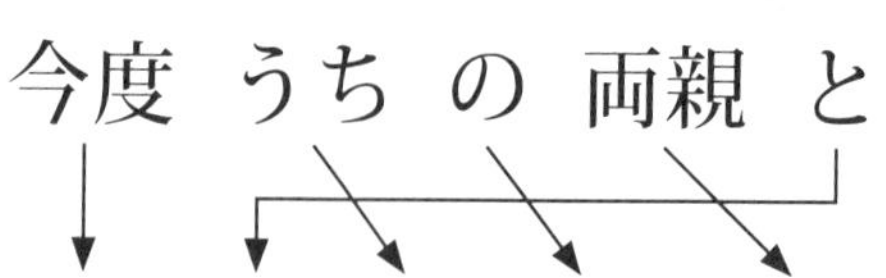

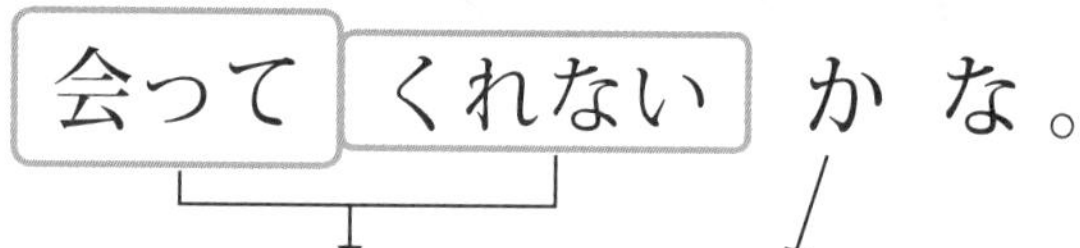

下次　和　我家　的　父母親　不願意為我見面　嗎？

使用文型

動詞

[て形] ＋ くれます　　別人為我 [做] ～

会います（見面）	→ 会(あ)ってくれます	（別人為我見面）
買います（買）	→ 買(か)ってくれます	（別人為我買）
直します（修改）	→ 直(なお)してくれます	（別人為我修改）

用法　想安排男女朋友和自己的父母親見面時，可以說這句話。

會話練習

拓也(たくや)：あの、花子(はなこ)さん。突然(とつぜん)なんだけど。

あの：喚起別人注意，開啟對話的發語詞

突然なんだけど：很突然；「んだ」表示「強調」，前面是「名詞的普通形-現在肯定形」，需要有「な」再接續；「けど」表示「前言」，是一種緩折的語氣

花子(はなこ)：うん。どうしたんですか*。

どうしたんですか：怎麼了嗎？

拓也（たくや）：今度（こんど）うちの両親（りょうしん）と会（あ）ってくれないかな？

花子（はなこ）：え*、でも、それは…。
　　　　咦？　但是　　表示：主題

使用文型

動詞／い形容詞／な形容詞+な／名詞+な

[　普通形　] + んですか　關心好奇、期待回答

※ 此為「丁寧體文型」用法，「普通體文型」為「～の？」。
※「な形容詞」、「名詞」的「普通形-現在肯定形」，需要有「な」再接續。

動	どうします（怎麼了）	→ どうしたんですか*	（怎麼了嗎？）
い	悔しい（後悔的）	→ 悔（くや）しいんですか	（後悔嗎？）
な	地味（な）（樸素）	→ 地味（じみ）なんですか	（樸素嗎？）
名	外国人（外國人）	→ 外国人（がいこくじん）なんですか	（是外國人嗎？）

感嘆詞「え」的各種用法

え！：驚訝+意外 → え、でも、それは…。*
（咦？但是，那個…。）

え！　もう別（わか）れたの？
（什麼，已經分手了嗎？）

ええ：是 → A：そちらは山田（やまだ）さんのお宅（たく）ですか。
（A：你那邊是山田先生的家嗎？）

山田（やまだ）：ええ、そうです。
（山田：是的，沒錯。）

え～：（不滿） → A：今晩（こんばん）の花火大会（はなびたいかい）は中止（ちゅうし）になったよ。
（A：今天的煙火大會停辦囉。）

B：え～、楽（たの）しみにしていたのに。
（B：吼～，我一直期待著，卻…。）

中譯
拓也：那個…，花子，事出突然…。
花子：嗯，怎麼了嗎？
拓也：下次能不能和我的父母見個面呢？
花子：咦？但是，那個…。

MP3 086

我希望你差不多該要跟我爸爸見面了。

そろそろ私(わたし)のお父(とお)さんに会(あ)ってほしいの。

副詞：差不多　助詞：表示所屬　接頭辭：表示美化、鄭重　助詞：表示接觸點

そろそろ　私　の　お　父さん　に

差不多　希望（你）　見到　我的父親　。

動詞：見面（会います⇒て形）　補助い形容詞：希望～　形式名詞：（～んです的口語說法）

会って　ほしい　の　。

※[形式名詞：の＝～んです]：請參考 P094

使用文型

動詞

[て形]＋ほしい　希望[做]～（非自己意志的動作）

会います（見面）	→ 会(あ)ってほしい	（希望會見面）
気付きます（注意到）	→ 気付(きづ)いてほしい	（希望別人會注意到）
晴れます（放晴）	→ 晴(は)れてほしい	（希望天氣放晴）

用法　女生要求男生跟自己的父親見面時，可以說這句話。如果是男生要求女生，則說「そろそろ私(わたし)のお父(とお)さんに会(あ)ってほしいんだ。」

會話練習

花子：そろそろ私(わたし)のお父(とう)さんに会(あ)ってほしいの。

太郎：ああ、そうだね。この前(まえ)は僕(ぼく)が急(きゅう)に腹痛(ふくつう)で

説得也是；「ね」表示「表示同意」／上次／突然／表示：原因

行(い)けなくなって 迷惑(めいわく)かけちゃったし。

因為變成不能去；「て形」表示「原因」／（所以）很遺憾造成麻煩了；「迷惑をかけちゃったし」的省略說法；「し」表示「列舉理由」

花子：そんな 緊張(きんちょう)しなくても だいじょうぶよ。

那樣／即使不要緊張，也…／沒關係喔；「よ」表示「提醒」

太郎：そうは言(い)っても、やっぱり 緊張(きんちょう)しちゃう*なあ。

即使那樣說，也…；「は」表示「對比（區別）」／還是／不得不緊張／表示：感嘆

使用文型

動詞

[て形（～て／～で）]＋ちゃう／じゃう　無法抵抗、無法控制

※ 此為「動詞て形＋しまう」的「縮約表現」，口語時常使用「縮約表現」。
※ 屬於「普通體文型」，「丁寧體文型」為「動詞て形除去[て／で]＋ちゃいます／じゃいます」。

緊張します（緊張）→ 緊張(きんちょう)しちゃう*　（不由得緊張）

笑います（笑）→ 笑(わら)っちゃう　（不由得笑出來）

電話します（打電話）→ 電話(でんわ)しちゃう　（不由得打電話）

中譯
花子：我希望你差不多該要跟我爸爸見面了。
太郎：啊～。說的也是。上次因為突然肚子痛不能去，造成大家的麻煩。
花子：你不用那樣緊張也沒關係喔。
太郎：即使那樣說，也還是會緊張啊。

求婚
087

MP3 087

從現在起，請妳跟我在一起好嗎？

これから先（さき）、僕（ぼく）と一緒（いっしょ）になってくれませんか。

これから　先　、
↓　↓
從現在起　未來，

助詞：表示動作夥伴 ／ 助詞：表示變化結果 ／ 動詞：變成（なります⇒て形） ／ 補助動詞：（くれます⇒現在否定形） ／ 助詞：表示疑問

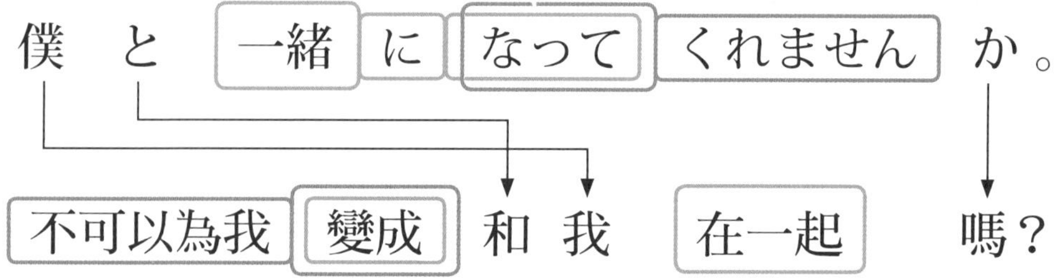

使用文型

[動詞]辭書形＋ように／[い形容詞]－い＋く／[な形容詞]－な＋に／名詞＋に]＋なります　變成

動	早起きします（早起）	→ 早起（はやお）きするようになります	（變成有早起的習慣）
い	暗い（暗的）	→ 暗（くら）くなります	（變暗）
な	元気（な）（有精神）	→ 元気（げんき）になります	（變有精神）
名	一緒（在一起）	→ 一緒（いっしょ）になります	（變成在一起）

動詞

[て形]＋くれます　別人為我[做]～

なります（變成）→一緒（いっしょ）になってくれます　（別人為我變成在一起）

運びます（搬運）→運（はこ）んでくれます　（別人為我搬運）

消します（關掉）→消（け）してくれます　（別人幫我關掉）

用法　請求對方和自己結婚時，可以說這句話。這句話算是「求婚」的台詞。

會話練習

花子（はなこ）：話（はなし）って　何（なに）？
事情…；「って」表示「主題」（＝は）　什麼事？

太郎（たろう）：花子（はなこ）、これから先（さき）、僕（ぼく）と一緒（いっしょ）になってくれませんか。

花子（はなこ）：それって、もしかして　プロポーズ？
那個…；「って」表示「主題」（＝は）　難道　是求婚？

太郎（たろう）：うん。僕（ぼく）は真剣（しんけん）なんだ*よ。
很認真喔；「んだ」表示「強調」；「よ」表示「提醒」

使用文型

動詞／い形容詞／な形容詞＋な／名詞＋な

[　普通形　]＋んだ　強調

※此為「普通體文型」用法，「丁寧體文型」為「～んです」，口語說法為「～の」。
※「な形容詞」、「名詞」的「普通形-現在肯定形」，需要有「な」再接續。

動　買います（買）→買（か）ったんだ　（買了）

い　高い（貴的）→高（たか）いんだ　（很貴）

な　真剣（な）（認真）→真剣（しんけん）なんだ*　（很認真）

名　一目惚れ（一見鍾情）→一目惚（ひとめぼ）れなんだ　（是一見鍾情）

中譯
花子：有事情…，是什麼事？
太郎：花子，從現在起，請妳跟我在一起好嗎？
花子：那個…，難道是在跟我求婚？
太郎：嗯。我是很認真的喔。

求婚

088

MP3 088

（對女友的父母）
請您把女兒嫁給我好嗎？

娘（むすめ）さんと結婚（けっこん）させてください。

接尾辭：敬稱、愛稱	助詞：表示動作夥伴	動詞：結婚（結婚します⇒使役形 [結婚させます] 的て形）	補助動詞：請（くださいます⇒命令形 [くださいませ] 除去 [ませ]）

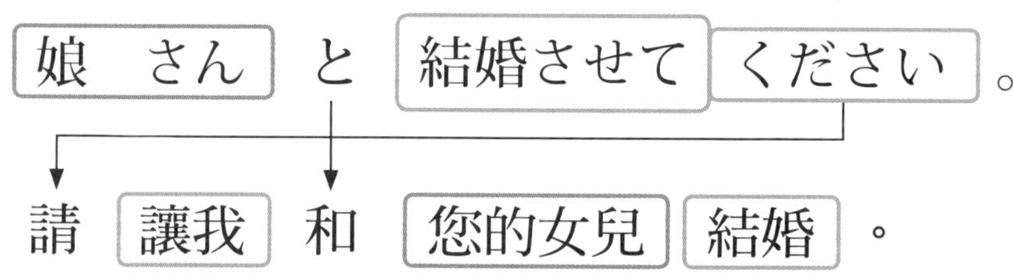

※ 另一種說法是「娘（むすめ）さんを僕（ぼく）にください」（請把您的女兒交給我）。

使用文型

動詞

[て形] ＋ ください　　請 [做] ～

- 結婚させます（讓～結婚） → 結婚（けっこん）させてください　（請讓～結婚）
- 待ちます（等待） → もう少（すこ）し待（ま）ってください　（請再稍微等待）
- 選びます（選擇） → 選（えら）んでください　（請選擇）

用法 告訴女朋友的父母親，自己想跟他們的女兒結婚，所使用的一句話。建議大家考慮清楚後再說這句話會比較好，不宜輕易使用。

會話練習

太郎：お父(とう)さん、娘(むすめ)さんと結婚(けっこん)させてください。

父親(ちちおや)：なんだと？　お前(まえ)なんか　に娘(むすめ)をやれるものか*、

什麼？「と」表示「提示內容」
你這種人；「なんか」表示「不屑、看不起」
怎麼可能把女兒嫁給…；「に」表示「動作的對方」

出(で)ていけ！

滾出去

太郎(たろう)：絶対(ぜったい)に花子(はなこ)さんを幸(しあわ)せにしますから…、痛(いた)っ！

一定
會讓…幸福；「を」表示「動作作用對象」；「から」表示「宣言」
好痛

ぼ、暴力(ぼうりょく)は…。……はっ、……夢(ゆめ)か…。

重覆「暴力」的「ぼ」，表示「心裡的動搖」
是做夢啊；「か」表示「感嘆」

使用文型

動詞／い形容詞／な形容詞＋な／名詞＋な

[普通形]＋ものか　怎麼可能～

※「な形容詞」、「名詞」的「普通形-現在肯定形」，需要有「な」再接續。

動	やれます（能嫁給）	→ お前(まえ)なんかに娘(むすめ)をやれるものか* （怎麼可能把女兒嫁給你這種人）	
い	安い（便宜的）	→ 安(やす)いものか	（怎麼可能便宜）
な	簡単（な）（簡單）	→ 簡単(かんたん)なものか	（怎麼可能簡單）
名	お金持ち（有錢人）	→ お金持(かねも)ちなものか	（怎麼可能是有錢人）

中譯

太郎：花子的爸爸，請您把女兒嫁給我好嗎？
父親：什麼？我怎麼可能把女兒嫁給你這種人。你給我滾出去！
太郎：我一定會讓花子小姐幸福的…好痛！暴、暴力…。
……啊……原來是夢啊…。

愛你一生一世。

あなたを一生(いっしょう)愛(あい)し続(つづ)けます。

助詞：表示動作作用對象

副詞：一輩子

動詞：愛下去

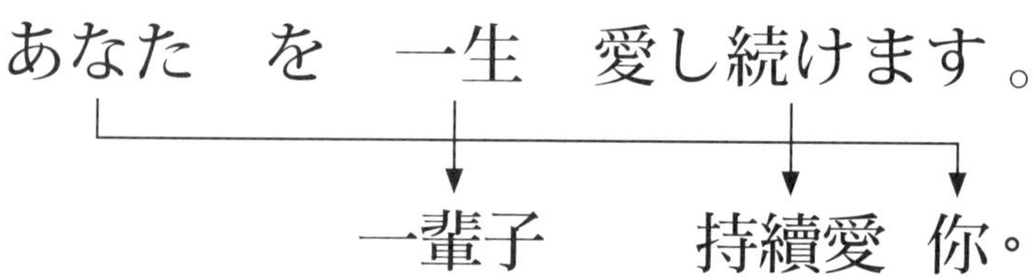

※ 原本只有女性會稱呼情人「あなた」，但此句是發誓的感覺，用「あなた」比較正式。

相關表現

複合動詞的種類

（1）前面和後面都保有原來的意思

焼きます（燒烤）＋切ります（切斷） ⇒ 焼(や)き切(き)ります （燒斷）

（2）前面保有原來的意思，後面是輔助的意思

愛します（愛）＋続けます（持續） ⇒ 愛(あい)し続(つづ)けます （愛下去）

走ります（跑）＋出します（出來） ⇒ 走(はし)り出(だ)します （開始跑）

（3）前面和後面都沒有保有原來的意思，形成新的意思

落ちます（掉落）＋着きます（抵達） ⇒ 落(お)ち着(つ)きます （冷靜）

用法 求婚或婚禮上使用的誓言之一。

會話練習

花子（はなこ）：結婚（けっこん）する時（とき）は、どんな誓（ちか）いの言葉（ことば）を言（い）うの？*
結婚時／什麼樣的／誓言／要說呢？

太郎（たろう）：う～ん、そうだな…「あなたを一生愛（いっしょうあい）し続（つづ）けます」とか？
這個啊；「な」表示「感嘆」／之類的

花子（はなこ）：早（はや）く ほんとに 聞（き）きたい*なあ、その言葉（ことば）。
盡快／真的／想要聽／表示：感嘆

使用文型

動詞／い形容詞／な形容詞+な／名詞+な

[普通形] + の？　關心好奇、期待回答

※ 此為「普通體文型」，「丁寧體文型」為「～んですか」。
※「な形容詞」、「名詞」的「普通形-現在肯定形」，需要有「な」再接續。

動	言います（說）	→ 言（い）うの？*	（要說嗎？）
い	高い（貴的）	→ 高（たか）いの？	（貴嗎？）
な	静か（な）（安靜）	→ 静（しず）かなの？	（安靜嗎？）
名	本音（真心話）	→ 本音（ほんね）なの？	（是真心話嗎？）

動詞

[~~ます~~形] + たい　想要 [做] ～

聞きます（聽）	→ 聞（き）きたい*	（想要聽）
行きます（去）	→ 行（い）きたい	（想要去）
結婚します（結婚）	→ 結婚（けっこん）したい	（想要結婚）

中譯
花子：結婚的時候，要說什麼樣的誓言呢？
太郎：嗯～這個啊…譬如「愛你一生一世」之類的？
花子：真的很想盡快聽到那句話啊。

求婚

090

MP3 090

我要當你的老婆！

あなたのお嫁(よめ)さんになる！

あなたの	お	嫁	さん	に	なる
助詞：表示所屬	接頭辭：表示美化、鄭重		接尾辭：敬稱、愛稱	助詞：表示變化結果	動詞：變成（なります⇒辭書形）

あなた の お 嫁 さん ｜ に ｜ なる ！

（我）要成為 ｜ 你的太太 ！

使用文型

動詞　い形容詞　な形容詞

[辭書形＋ように／－い＋く／－な＋に／名詞＋に]＋なります　變成

動	予習します（預習）	→ 予習(よしゅう)するようになります	（變成有預習的習慣）
い	短い（短的）	→ 短(みじか)くなります	（變短）
な	有名（な）（有名）	→ 有名(ゆうめい)になります	（變有名）
名	お嫁さん（太太）	→ お嫁(よめ)さんになります	（變成太太）

用法　女朋友告訴男朋友想要結婚的可愛說法。（此句為女性用語，只有女性會稱呼情人「あなた」。）

會話練習

桃子(ももこ)：やっくんはほんとに研究(けんきゅう)に熱心(ねっしん)だね。

ほんとに：真的　研究に熱心だね：對研究熱心耶；「に」表示「方面」；「ね」表示「感嘆」

康博（やすひろ）：うん、今（いま）やってる*研究（けんきゅう）は将来（しょうらい）すごく
正在做的研究；「やっている研究」的省略說法　非常

役（やく）に立（た）つかもしれない*んだ。
或許有幫助；「んだ」表示「強調」

桃子（ももこ）：ふ～ん。…決（き）めた！　将来（しょうらい）あなたのお嫁（よめ）さんになる！
哦～　決定了

やっくんを陰（かげ）で支（ささ）える妻（つま）になるわ。
在背後　成為支撐（やっくん）的老婆；「わ」表示「女性語氣」

康博（やすひろ）：はっは、気（き）が早（はや）いなあ。
真性急啊；「なあ」表示「感嘆」

使用文型

動詞

[て形]＋いる　　正在[做]～

※ 此為「普通體文型」，「丁寧體文型」為「動詞て形 ＋ います」。
※ 口語時，通常採用「普通體文型」說法，並可省略「動詞て形 ＋ いる」的「い」。

やります（做）	→ やって[い]る*	（正在做）
書きます（寫）	→ 書（か）いて[い]る	（正在寫）
食べます（吃）	→ 食（た）べて[い]る	（正在吃）

動詞／い形容詞／な形容詞／名詞

[　　普通形　　]＋かもしれない　　或許～、有可能～

※ 此為「普通體文型」用法，「丁寧體文型」為「～かもしれません」；口語時為「～かも」。

動	役に立ちます（有幫助）	→ 役（やく）に立（た）つかもしれない*	（或許有幫助）
い	面白い（有趣的）	→ 面白（おもしろ）いかもしれない	（或許很有趣）
な	便利（な）（方便）	→ 便利（べんり）かもしれない	（或許很方便）
名	子供（小孩子）	→ 子供（こども）かもしれない	（有可能是小孩子）

中譯
桃子：小康真的對研究很熱心耶。
康博：嗯，我現在正在進行的研究將來或許會非常有幫助。
桃子：哦～。…我決定了！將來我要當你的老婆！我要成為一個在背後支撐小康的老婆。
康博：哈哈，你還真性急啊。

你喜歡哪一種類型的呢？

どんなタイプの人(ひと)が好(す)きなの？

連體詞（疑問詞）：什麼樣的

助詞：表示所屬

助詞：表示焦點

な形容詞：喜歡（好き⇒名詞接續用法）

形式名詞：（～んですか的口語說法）

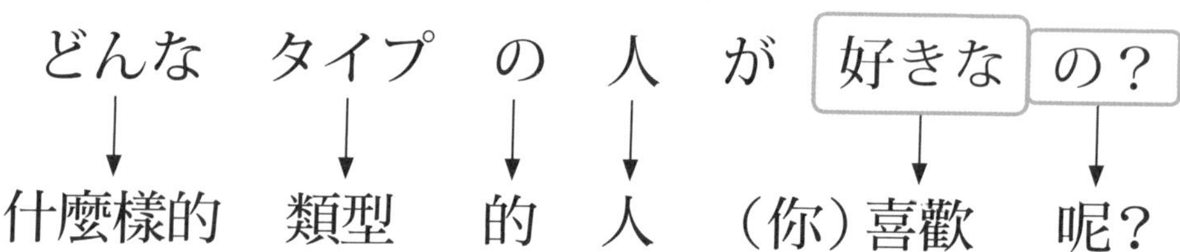

どんな　タイプ　の　人　が　好きな　の？

什麼樣的　類型　的　人　（你）喜歡　呢？

使用文型

動詞／い形容詞／な形容詞+な／名詞+な

[　普通形　]＋んですか　關心好奇、期待回答

※ 此為「丁寧體文型」用法，「普通體文型」為「～の？」。

※「な形容詞」、「名詞」的「普通形-現在肯定形」，需要有「な」再接續。

動	使います（使用）	→ 使(つか)うんですか	（要使用嗎？）
い	正しい（正確的）	→ 正(ただ)しいんですか	（正確嗎？）
な	好き（な）（喜歡）	→ 好(す)きなんですか	（喜歡嗎？）
名	怪我（受傷）	→ 怪我(けが)なんですか	（是受傷嗎？）

用法 直接詢問對方喜歡的類型是哪一種時，可以說這句話。

會話練習

隆夫(たかお)：ところで拓也(たくや)はどんなタイプの人(ひと)が好(す)きなの？

ところで：對了；轉移話題的接續詞

拓也（たくや）：優（やさ）しくて*、可愛（かわい）くて*、料理（りょうり）が上手（じょうず）で*…、

溫柔又可愛；「て形」表示「連接」　擅長；「で」表示「連接」

それから、頭（あたま）が良（よ）くて*…

還有　頭腦聰明；「て形」表示「連接」

隆夫（たかお）：高望（たかのぞ）みしすぎなんだよ。　無理無理（むりむり）、紹介（しょうかい）できないよ。

太奢望；「んだ」表示「強調」，前面是「名詞的普通形-現在肯定形」，需要有「な」再接續；「よ」表示「感嘆」

不行不行

沒辦法介紹；「よ」表示「看淡」

使用文型

動詞　い形容詞　な形容詞

[て形／－い＋くて／－な＋で／名詞＋で]、～　～，而且～

動	あります（有）	→ お金（かね）があって	（有錢，而且～）
い	優しい（溫柔的）	→ 優（やさ）しくて*	（溫柔，而且～）
い	可愛い（可愛的）	→ 可愛（かわい）くて*	（可愛，而且～）
い	良い（好的）	→ 頭（あたま）が良（よ）くて*	（頭腦聰明，而且～）
な	上手（な）（擅長）	→ 上手（じょうず）で*	（擅長，而且～）
名	社会人（社會人士）	→ 社会人（しゃかいじん）で	（是社會人士，而且～）

動詞　い形容詞　な形容詞

[ます形／－い／－な／名詞]＋すぎ　太～、過於～

動	高望みします（奢望）	→ 高望（たかのぞ）みしすぎ*	（太奢望）
い	可愛い（可愛的）	→ 可愛（かわい）すぎ	（太可愛）
な	下手（な）（笨拙）	→ 下手（へた）すぎ	（太笨拙）
名	いい人（好人）	→ いい人（ひと）すぎ	（太好的人）

中譯

隆夫：對了，拓也你喜歡哪一種類型的呢？
拓也：溫柔又可愛、又會做料理…還有，腦袋聰明，而且…
隆夫：你太奢求了啦。不行不行，我沒辦法介紹。

疑惑&懷疑

092

現在有交往的對象嗎？

今(いま)、付(つ)き合(あ)ってる人(ひと)いるんですか？

動詞：交往
（付き合います
⇒て形）

補助動詞：
（います⇒辭書形）
（口語時可省略い）

助詞：表示焦點
（口語時可省略）

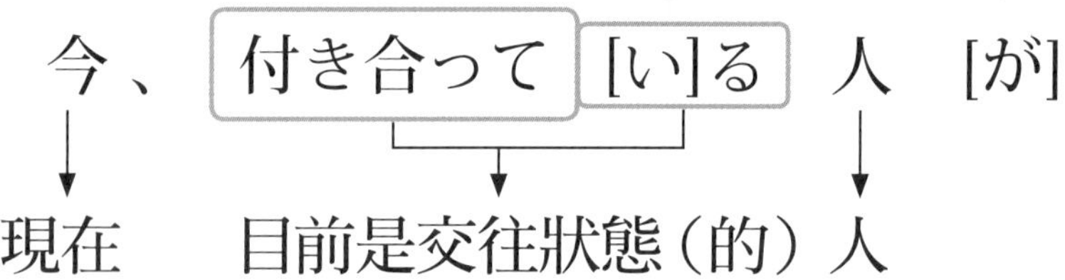

補助動詞：有、在
（います
⇒辭書形）

連語：ん＋です
ん…形式名詞（の⇒縮約表現）
です…助動詞：表示斷定
（現在肯定形）

助詞：
表示疑問

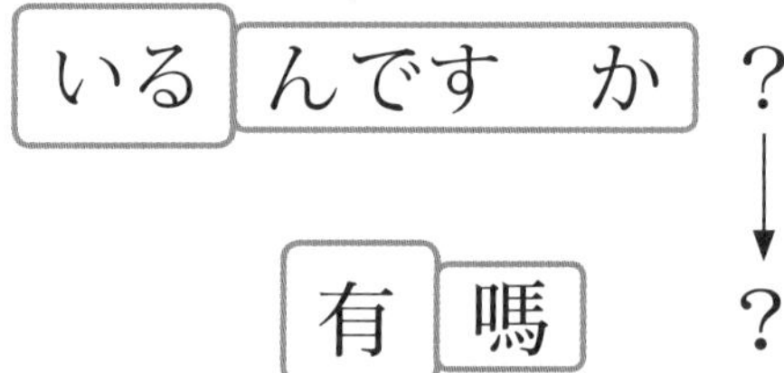

使用文型

動詞

［て形］＋います　　目前狀態

付き合います（交往）	→ 付(つ)き合(あ)っています	（目前是交往的狀態）
続きます（持續）	→ 続(つづ)いています	（目前是持續的狀態）
通います（通勤）	→ 通(かよ)っています	（目前是通勤的狀態）

動詞／い形容詞／な形容詞＋な／名詞＋な

[普通形]＋んですか　關心好奇、期待回答

※ 此為「丁寧體文型」用法，「普通體文型」為「～の？」。
※「な形容詞」、「名詞」的「普通形-現在肯定形」，需要有「な」再接續。

動　います（有）→ いるんですか（有嗎？）

い　怖い（害怕的）→ 怖（こわ）いんですか（害怕嗎？）

な　特別（な）（特別）→ 特別（とくべつ）なんですか（特別嗎？）

名　親友（好朋友）→ 親友（しんゆう）なんですか（是好朋友嗎？）

用法　想知道對方目前有沒有正在交往的對象時，可以直接用這句話詢問。

會話練習

桃子（ももこ）：じゃ、拓也（たくや）さんは今（いま）、付（つ）き合（あ）ってる人（ひと）いるんですか。

拓也（たくや）：いや、今（いま）は特（とく）に いないけど…。
特別　沒有；「けど」表示「前言」，是一種緩折的語氣

桃子（ももこ）：私（わたし）、拓也（たくや）さんの彼女（かのじょ）になりたい んです。
想成為女朋友　表示：強調

付（つ）き合（あ）ってもらえませんか*。
可以請你和我交往嗎？

拓也（たくや）：ぼ、僕（ぼく）とですか。じゃあ、お友達（ともだち）から…。
重覆「僕」的「ぼ」，表示「心裡的動搖」　和我嗎？　從朋友開始

使用文型

動詞

[て形]＋もらえませんか　可以請你（為我）[做]～嗎？

付き合います（交往）→ 付（つ）き合（あ）ってもらえませんか*（可以請你和我交往嗎？）

貸します（借出）→ お金（かね）を貸（か）してもらえませんか（可以請你借我錢嗎？）

中譯　桃子：那麼，拓也先生現在有交往的對象嗎？
拓也：不，現在沒有特別的對象…。
桃子：我想要成為拓也先生的女朋友。可以請你和我交往嗎？
拓也：我、和我嗎？那麼，我們從朋友做起…。

MP3 093

你是不是有其他喜歡的人？

他(ほか)に好(す)きな人(ひと)がいるの？

助詞：表示累加

な形容詞：喜歡（好き⇒名詞接續用法）

助詞：表示焦點

動詞：有、在（います⇒辭書形）

形式名詞：（～んですか的口語說法）

他 に 好きな 人 が いる の？

↓ 另外 ↓ 喜歡的 ↓ 人 ↓ 有 ↓ 嗎？

使用文型

動詞／い形容詞／な形容詞+な／名詞+な

[普通形]＋んですか　關心好奇、期待回答

※ 此為「丁寧體文型」用法，「普通體文型」為「～の？」。
※「な形容詞」、「名詞」的「普通形-現在肯定形」，需要有「な」再接續。

動	います（有）	→ いるんですか	（有嗎？）
い	危ない（危險的）	→ 危(あぶ)ないんですか	（危險嗎？）
な	変（な）（奇怪的）	→ 変(へん)なんですか	（奇怪嗎？）
名	留学生（留學生）	→ 留学生(りゅうがくせい)なんですか	（是留學生嗎？）

用法 直接詢問對方是否有其他喜歡的人時，可以說這句話。

會話練習

桃子：拓也さんもしかして他に好きな人がいるの？
難不成

拓也：…実は花子さんっていう人に最近ふられたんだ。
其實　叫做「花子」的人　表示：動作的對方　被甩了；「んだ」表示「強調」

桃子：え？　彼女は二年間いないって言ってなかったっけ？*
咦？　兩年　沒有說了…來著嗎？「って言っていなかったっけ？」的省略說法；第一個「って」表示「提示內容」

拓也：ああ、あの時は…、何というか、その場の雰囲気で*…。
當時　該怎麼說呢？「か」表示「不確定」　是因為當場的氣氛；「で」表示「原因」

使用文型

動詞／い形容詞／な形容詞+だ／名詞+だ

[普通形]＋っけ？　是不是～來著？

※「な形容詞」、「名詞」的「普通形-現在肯定形」，需要有「だ」再接續。

動	言って[い]ます（說了的狀態）	→ 言って[い]なかったっけ？*	（沒有說了～來著嗎？）
い	面白い（有趣的）	→ 面白かったっけ？	（是不是很有趣來著？）
な	有名（な）（有名）	→ 有名だったっけ？	（是不是很有名來著？）
名	独身（單身）	→ 独身だったっけ？	（是不是單身來著？）

動詞　い形容詞　な形容詞

[て形／-~~い~~＋くて／-~~な~~＋で／名詞＋で]、～　因為～，所以～

動	降ります（下（雨））	→ 雨が降って	（因為下雨，所以～）
い	辛い（痛苦的）	→ 辛くて	（因為很痛苦，所以～）
な	地味（な）（樸素）	→ 地味で	（因為很樸素，所以～）
名	雰囲気（氣氛）	→ その場の雰囲気で*	（因為是當場的氣氛，所以～）

中譯
桃子：拓也先生，難不成你是不是有其他喜歡的人？
拓也：…其實，我最近被一個叫做「花子」的人甩了。
桃子：咦？你不是說過2年沒有女朋友了嗎？
拓也：啊～，當時…該怎麼說呢？是因為當場的氣氛…。

疑惑&懷疑 094

你喜歡我對不對？

私（わたし）のことが好（す）きなんでしょ？

の	が	好きな	んでしょ
助詞： 表示所屬	助詞： 表示焦點	な形容詞：喜歡 （好き ⇒名詞接續用法）	連語：ん+でしょう ん…形式名詞（の⇒縮約表現） でしょう…助動詞：表示斷定 （です⇒意向形） （口語時可省略う）

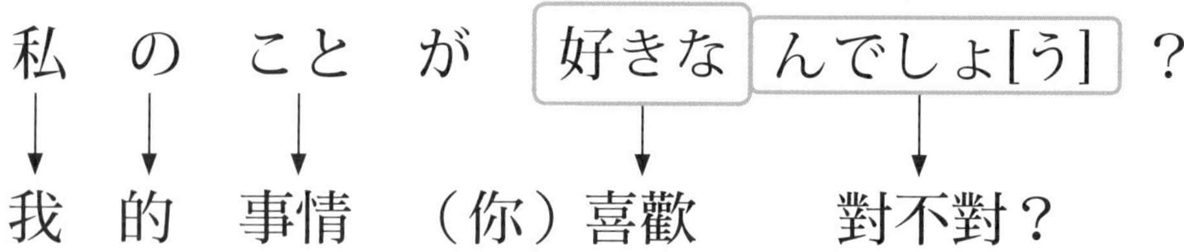

使用文型

動詞／い形容詞／な形容詞+な／名詞+な

[普通形]+んです 強調

※ 此為「丁寧體文型」用法，「普通體文型」為「～んだ」，口語說法為「～の」。
※「な形容詞」、「名詞」的「普通形-現在肯定形」，需要有「な」再接續。

動	行きます（去）	→ 行（い）くんです	（要去）
い	狭い（狹窄的）	→ 狭（せま）いんです	（很狹窄）
な	好き（な）（喜歡）	→ 好（す）きなんです	（很喜歡）
名	危険物（危險物）	→ 危険物（きけんぶつ）なんです	（是危險物品）

動詞／い形容詞／な形容詞+な／名詞+な

[普通形]+んでしょう？ ～對不對？（強調語氣）

動	行きます（去）	→ 行（い）くんでしょう？	（要去對不對？）
い	軽い（輕的）	→ 軽（かる）いんでしょう？	（很輕對不對？）
な	好き（な）（喜歡）	→ 好（す）きなんでしょう？	（很喜歡對不對？）
名	嘘（謊言）	→ 嘘（うそ）なんでしょう？	（是謊言對不對？）

用法 詢問對方是否對自己有好感時的表現方式。萬一會錯意的話，會很難為情對吧。

會話練習

桃子（ももこ）：康博（やすひろ）さん、話（はなし）って*何（なに）？

話って：事情…；「って」表示「主題」（＝は）　何？：是什麼？

康博（やすひろ）：実（じつ）は、その…。僕（ぼく）は…、何（なん）て言（い）うか…。

実は：其實　その：那個　何て言うか：該怎麼說呢？「か」表示「不確定」

桃子（ももこ）：わかった！　私（わたし）のことが好（す）きなんでしょ？

わかった：我知道了

康博（やすひろ）：えっ？　どうして　わかったの？

えっ？：咦？　どうして：為什麼　わかったの？：知道呢？「の？」表示「關心好奇、期待回答」

使用文型

「って」的各種用法

＝と：提示內容
→ 鈴木（すずき）さんが明日（あした）は来（こ）られないって言（い）っていました。（鈴木先生說明天不能來。）

＝とは／というのは：所謂的
→ 草食系（そうしょくけい）ってどんな人（ひと）のことを指（さ）すの？
（所謂的「草食系」是指什麼樣的人？）

＝は：主題
→ 話（はなし）って何（なに）？*
（事情…，是什麼事呢？）

→ あなたってほんとうに優（やさ）しいのね。
（你真的很溫柔耶。）

＝という：叫做
→ 岸谷（きしたに）って人（ひと）から電話（でんわ）があったよ。
＝ 岸谷（きしたに）っていう人（ひと）から電話（でんわ）があったよ。
（叫做「岸谷」的人有來電喔。）

中譯
桃子：康博先生，有事情…，是什麼事呢？
康博：其實，那個…。我…該怎麼說呢…？
桃子：我知道了！你喜歡我對不對？
康博：咦？你為什麼知道呢？

疑惑&懷疑
095

你喜歡我什麼？

私（わたし）のどこが好（す）き？

助詞：表示所屬	名詞（疑問詞）：哪裡	助詞：表示焦點	な形容詞：喜歡

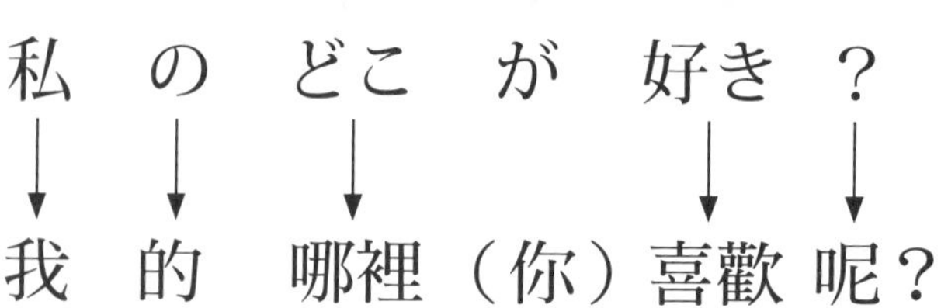

使用文型

[名詞] ＋ が＋ 好き　　喜歡～

どこ（哪裡）	→ どこが好（す）き	（喜歡哪裡）
旅行（旅行）	→ 旅行（りょこう）が好（す）き	（喜歡旅行）
夏（夏天）	→ 夏（なつ）が好（す）き	（喜歡夏天）

用法 想知道對方喜歡自己什麼地方時，可以用這句話詢問。

會話練習

花子（はなこ）：ねえねえ、太郎（たろう）は私（わたし）のどこが好（す）き？
（ねえねえ：ㄟㄟ）

太郎（たろう）：う～ん、全部（ぜんぶ）！
（う～ん：嗯～）

花子（はなこ）：特（とく）にどこ？
（特に：特別）

太郎（たろう）：う～ん、明（あか）るくて*前向（まえむ）きなところ かな*。

開朗，而且積極的部分　表示：不太確定是不是這樣呢…

使用文型

動詞　い形容詞　な形容詞

[て形／－い＋くて／－な＋で／名詞 ＋ で]、～　～，而且～

動　振られます（被甩）→ 彼女（かのじょ）に振（ふ）られて、友達（ともだち）に笑（わら）われた
（被女朋友甩，而且被朋友笑）

い　明るい（開朗的）→ 明（あか）るくて、前向（まえむ）きなところ*
（開朗，而且積極的部分）

な　親切（な）（親切）→ 親切（しんせつ）で、頭（あたま）がいい
（親切，而且聰明）

名　美人（美女）→ 美人（びじん）で、優（やさ）しい
（是美女，而且溫柔）

動詞／い形容詞／な形容詞／名詞

[　普通形　]＋かな　不太確定是不是這樣呢…
（猶豫不決的語氣）

動　食べられます（能吃）→ こんなに食（た）べられるかな
（能不能吃這麼多呢…）

い　いい（好的）→ こっちの方（ほう）がいいかな
（是不是這個比較好呢…）

な　だいじょうぶ（な）（沒問題）→ だいじょうぶかな
（是不是沒問題呢…）

名　ところ（部分）→ 明（あか）るくて前向（まえむ）きなところかな*
（是開朗而且積極的部分吧…）

中譯
花子：ㄟㄟ，太郎，你喜歡我什麼？
太郎：嗯～，全部都喜歡！
花子：哪個地方特別喜歡？
太郎：嗯～，是個性開朗而且積極的這個部分吧…。

MP3 096

你記不記得今天是什麼日子？

ねえ、今日(きょう)は何(なん)の日(ひ)か覚(おぼ)えてる？

感嘆詞：喂　助詞：表示主題　名詞（疑問詞）：什麼、任何　助詞：表示所屬　助詞：表示疑問

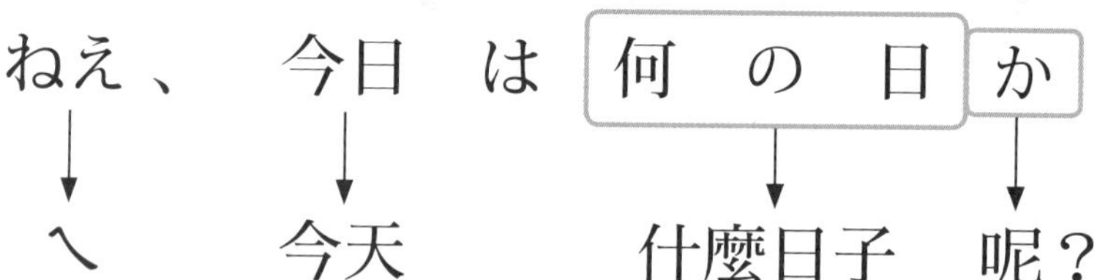

動詞：記住（覚えます⇒て形）　補助動詞：（います⇒辭書形）（口語時可省略い）

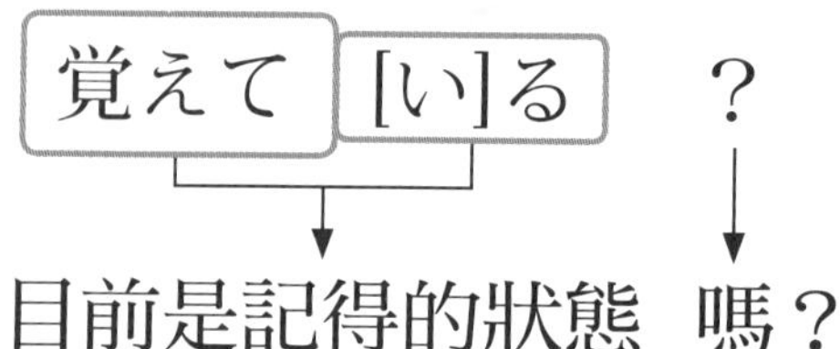

使用文型

動詞／い形容詞／な形容詞／名詞

疑問詞＋[　普通形　]
[　疑問詞　]　＋か～　疑問句的名詞節

- 動　到着します（抵達）→何時(なんじ)に到着(とうちゃく)するかわかりません（不知道幾點會抵達。）
- い　寒い（寒冷的）→何月(なんがつ)が一番寒(いちばんさむ)いか知(し)っていますか（知道幾月是最冷的嗎？）
- な　きれい（な）（漂亮）→誰(だれ)が一番(いちばん)きれいか投票(とうひょう)します（投票誰是最漂亮的。）
- 名　日（日子）→今日(きょう)は何(なん)の日(ひ)か覚(おぼ)えて[い]ますか（記得今天是什麼日子嗎？）
- 疑　誰（誰）→浮気相手(うわきあいて)は誰(だれ)か正直(しょうじき)に言(い)いなさい（請老實說出外遇對象是哪一位。）

動詞

[て形] + います　目前狀態

覚えます（記住）	→ 覚えています	（目前是記住的狀態）
住みます（居住）	→ 東京に住んでいます	（目前是住在東京的狀態）
知ります（知道）	→ 知っています	（目前是知道的狀態）

用法 想要詢問男女朋友是否記得紀念日時，可以說這句話。

會話練習

花子：ねえ、今日は何の日か覚えてる？

太郎：えっと…、何だったかな…。

嗯…　不太確定是什麼日子呢…；「かな」表示「不太確定是不是這樣呢…」

花子：今日は私たちが付き合って、ちょうど一年*だよ。

交往後；「て形」表示「動作順序」　正好是一年喔；「よ」表示「提醒」

太郎：あ、そっか。そう言えばそうだったね。じゃ、今日は何かおいしい物でも食べに行こう。

這樣子啊　你那樣一說的話，沒錯耶；「ね」表示「表示同意」　那麼

什麼好吃的東西之類的；「か」表示「不特定」；「でも」表示「舉例」　去吃吧

使用文型

ちょうど + [數量詞]　正好～、整整～

一年（一年）	→ ちょうど一年*	（正好一年）
二万円（兩萬日圓）	→ ちょうど二万円	（整整兩萬日圓）
一週間（一星期）	→ ちょうど一週間	（正好一星期）

中譯

花子：你記不記得今天是什麼日子？

太郎：嗯…，不太確定是什麼日子呢…。

花子：今天正好是我們交往滿一年的日子喔。

太郎：啊，這樣子啊。你那樣一說的話，沒錯耶。那麼，今天我們去吃些好吃的東西吧。

我真的可以把自己託付給你嗎？

本当(ほんとう)にあなたを信(しん)じてもいいの？

副詞：真的 ／ 助詞：表示動作作用對象 ／ 動詞：相信（信じます⇒て形） ／ 助詞：表示逆接 ／ い形容詞：好、良好 ／ 形式名詞：（～んですか的口語說法）

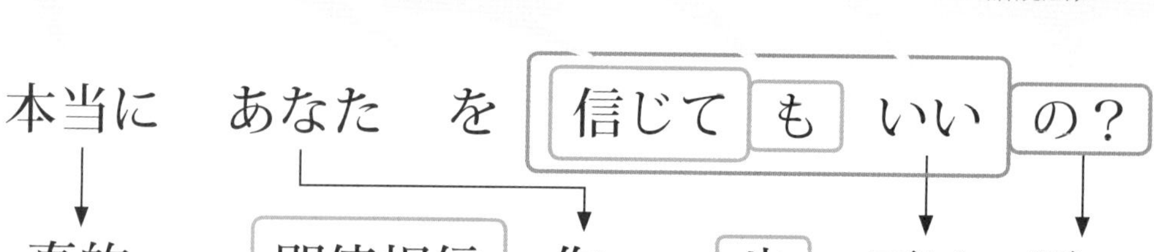

使用文型

動詞 ／ い形容詞 ／ な形容詞

[て形／－い＋くて／－な＋で／名詞＋で]＋も　即使～，也～

動	信じます（相信）	→ 信(しん)じても	（即使相信，也～）
い	難しい（困難的）	→ 難(むずか)しくても	（即使困難，也～）
な	大変（な）（辛苦）	→ 大変(たいへん)でも	（即使辛苦，也～）
名	彼女（女朋友）	→ 彼女(かのじょ)でも	（即使是女朋友，也～）

動詞／い形容詞／な形容詞+な／名詞+な

[　　普通形　　]＋んですか　關心好奇、期待回答

※此為「丁寧體文型」用法，「普通體文型」為「～の？」。
※「な形容詞」、「名詞」的「普通形-現在肯定形」，需要有「な」再接續。

動	出張します（出差）	→ 出張(しゅっちょう)するんですか	（要出差嗎？）
い	いい（好的）	→ 信(しん)じてもいいんですか	（即使相信也可以嗎？）
な	有名（な）（有名）	→ 有名(ゆうめい)なんですか	（有名嗎？）
名	元彼（前男友）	→ 元彼(もとかれ)なんですか	（是前男友嗎？）

用法　信任對方，卻又覺得有點不安時，可以用這句話詢問對方。（此句為女性用語，只有女性會稱呼情人「あなた」。）

會話練習

花子：ねえ、本当(ほんとう)にあなたを信(しん)じてもいいの？

太郎：もちろんだよ。
當然啊；「よ」表示「感嘆」

花子：じゃあ 誓(ちか)って*。
那麼　請發誓；「誓ってください」的省略說法

太郎：はい、僕(ぼく)は一生(いっしょう)花子(はなこ)のことを大切(たいせつ)にしま～す。
一輩子　珍惜

使用文型

動詞

[て形]＋ください　　請[做]～

※ 丁寧體會話時為「動詞て形 ＋ ください」。
※ 普通體、口語會話時，省略「ください」。

誓います（發誓）	→ 誓(ちか)って[ください]*	（請發誓）
答えます（回答）	→ 答(こた)えて[ください]	（請回答）
許します（原諒）	→ 許(ゆる)して[ください]	（請原諒）

要求發誓、承諾的說法

誓います（發誓）	→ じゃあ、誓(ちか)って[ください]	（那麼，請發誓）
約束します（承諾）	→ じゃあ、約束(やくそく)して[ください]	（那麼，請承諾）
指切りします（打勾勾約定）	→ じゃあ、指切(ゆびき)りして[ください]	（那麼，請打勾勾約定）

中譯
花子：ㄟ，我真的可以把自己託付給你嗎？
太郎：當然啊。
花子：那麼，請你發誓。
太郎：好的，我一輩子都會珍惜花子。

疑惑&懷疑

098

MP3 098

我只是你的備胎嗎？

私（わたし）は都合（つごう）のいい女（おんな）ってわけ？

助詞：表示主題	名詞：方便	助詞：表示焦點（の＝が）	い形容詞：好、良好	連語：就是說（＝というわけ）

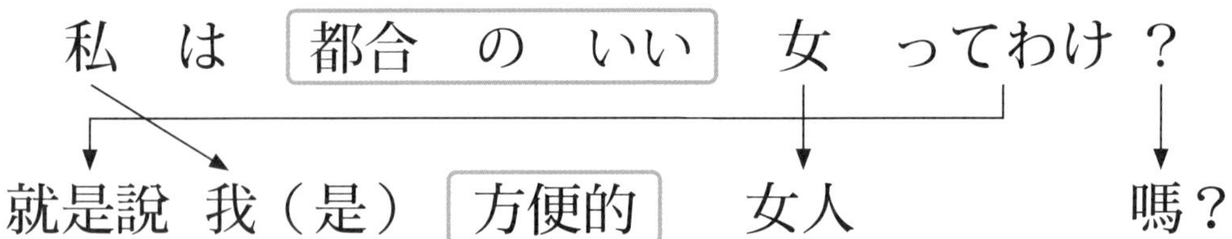

使用文型

動詞／い形容詞／な形容詞＋[だ]／名詞＋[だ]

[　普通形　]＋ってわけ？（＝というわけ？）

就是說～嗎？

※「な形容詞」、「名詞」的「普通形-現在肯定形」，有沒有「だ」都可以。

動	嘘をついています（說謊的狀態）	→ じゃ、嘘（うそ）をついていたってわけ？ （那麼，就是說當初有說謊是嗎？）
い	安い（便宜的）	→ 逆（ぎゃく）に日本製（にほんせい）の方（ほう）が安（やす）いってわけ？ （就是說日本製造的反而比較便宜嗎？）
な	にぎやか（な）（熱鬧）	→ 大昔（おおむかし）は九州（きゅうしゅう）が日本（にほん）で一番（いちばん）にぎやかだったってわけ？ （就是說很久以前九州在日本是最熱鬧的嗎？）
名	女（女人）	→ 私（わたし）は都合（つごう）のいい女（おんな）[だ]ってわけ？ （就是說我是方便的女人嗎？）

用法 責怪對方和自己交往只是抱著玩玩的心態時，可以說這句話。如果是男生問女生「我只是妳的備胎嗎？」，則說「僕（ぼく）は都合（つごう）のいい男（おとこ）ってわけ？」

會話練習

太郎（たろう）：静香（しずか）ちゃん、ごめん！　やっぱり付（つ）き合（あ）うことはできないよ…。

ごめん：對不起　やっぱり：還是　付き合うことはできないよ：無法交往；「は」表示「對比（區別）」；「よ」表示「感嘆」

静香（しずか）：どういうこと？　私（わたし）は都合（つごう）のいい女（おんな）ってわけ？

どういうこと？：什麼意思？

太郎（たろう）：いや、そんなつもりじゃないんだけど…。

いや：不　そんなつもりじゃないんだけど：不是那樣的意思；「んだ」表示「強調」；「けど」表示「前言」，是一種緩折的語氣

静香（しずか）：やっぱり花子（はなこ）さんのこと、忘（わす）れられないの*ね。

やっぱり：還是　忘れられないのね：無法忘記對吧？「の」表示「強調」；「ね」表示「再確認」

使用文型

動詞　動詞

[た形／て形＋いる／名詞＋の／連體詞]＋つもり　視為、認為、以為～

動-た形	死にます（死亡）	→ 死（し）んだつもりで一（いち）からやり直（なお）したい。（認為以前的自己已經死掉，想要從頭開始。）
動-て形	頑張ります（加油）	→ それで頑張（がんば）っているつもりですか。（你那樣就以為是認真做嗎？）
名	冗談（玩笑）	→ 冗談（じょうだん）のつもりで言（い）ったら怒（おこ）られた。（自以為是開玩笑說出來，結果被罵了。）
連體	そんな（那樣的）	→ そんなつもりじゃないんだけど…。*（不是那樣的意思…。）

動詞／い形容詞／な形容詞＋な／名詞＋な

[　普通形　]＋の　強調

※此為「口語說法」，「普通體文型」為「～んだ」，「丁寧體文型」為「～んです」。
※「な形容詞」、「名詞」的「普通形-現在肯定形」，需要有「な」再接續。

動	忘れられます（能夠忘記）	→ 忘（わす）れられないの*	（無法忘記）
い	小さい（小的）	→ 小（ちい）さいの	（很小）
な	便利（な）（方便）	→ 便利（べんり）なの	（很方便）
名	独身（單身）	→ 独身（どくしん）なの	（是單身）

中譯　太郎：靜香，對不起！我還是沒辦法跟你交往…。
靜香：這是什麼意思？我只是你的備胎嗎？
太郎：不是，我不是那樣的意思…。
靜香：你還是忘不了花子小姐對吧？

MP3 099

如果我跟你媽媽一起掉到水裡，你先救哪一個？

もし私(わたし)とあなたのお母(かあ)さんが溺(おぼ)れてたら、どっちを先(さき)に助(たす)けるの？

副詞：如果 / 助詞：表示並列 / 助詞：表示所屬 / 接頭辭：表示美化、鄭重 / 助詞：表示主格

もし　私　と　あなた　の　お　母さん　が

如果　我　和　你　的　母親

動詞：溺水（溺れます⇒て形） / 補助動詞：（います⇒た形＋ら）（口語時可省略い） / 名詞（疑問詞）：哪一個 / 助詞：表示動作作用對象

溺れて　[い]た　ら　、　どっち　を

正溺水　的話　哪一個

副詞：先 / 動詞：救（助けます⇒辭書形） / 形式名詞：（～んですか的口語說法）

使用文型

動詞

[て形]＋います　正在[做]～

溺れます（溺水）	→ 溺(おぼ)れています	（正在溺水）
言います（說）	→ 言(い)っています	（正在說）
書きます（寫）	→ 書(か)いています	（正在寫）

動詞／い形容詞／な形容詞／名詞

[　た形／なかった形　]＋ら　如果～的話

動	溺れて[い]ます（正溺水）	→ 溺(おぼ)れて[い]たら	（如果正溺水的話）
い	眠い（想睡的）	→ 眠(ねむ)かったら	（如果想睡的話）
な	簡単（な）（簡單）	→ 簡単(かんたん)だったら	（如果簡單的話）
名	半額（半價）	→ 半額(はんがく)だったら	（如果是半價的話）

動詞／い形容詞／な形容詞+な／名詞+な

[　　普通形　　]＋んですか　關心好奇、期待回答

※ 此為「丁寧體文型」用法，「普通體文型」為「～の？」。
※「な形容詞」、「名詞」的「普通形-現在肯定形」，需要有「な」再接續。

動	助けます（救）	→ 先(さき)に助(たす)けるんですか	（會先救呢？）
い	太い（肥胖的）	→ 太(ふと)いんですか	（胖嗎？）
な	きれい（な）（漂亮）	→ きれいなんですか	（漂亮嗎？）
名	お見合い（相親）	→ お見合(みあ)いなんですか	（是相親嗎？）

用法 這是讓男友倍感困擾的問題之一。可以用這句話確認一下他的反應。

會話練習

桃子（ももこ）：もし私（わたし）とあなたのお母（かあ）さんが溺（おぼ）れてたら、どっちを先（さき）に助（たす）けるの？

康博（やすひろ）：そんな状況（じょうきょう）あり得（え）ない*よ。
（そんな：那種；あり得ないよ：不可能有啦；「よ」表示「看淡」）

桃子（ももこ）：もし、の話（はなし）よ。ねえ、どうする？
（もし：如果；話よ：事情；「よ」表示「看淡」；どうする？：要怎麼做？）

康博（やすひろ）：う～ん、僕（ぼく）も泳（およ）げないから*、浮（う）き輪（わ）を二（ふた）つ探（さが）すかな…。
（も：也；泳げないから：因為不會游泳；浮き輪：救生圈；探す：尋找；かな：表示：不太確定是不是這樣呢…）

使用文型

動詞

[~~ます~~形] ＋ 得る ／ 得ない　可能、能夠 ／ 不可能、不能 [做] ～

※「得（え）る」也可以唸成「得（う）る」。

※ 除了「あり得（え）る、あり得（え）ない」之外，其他用法較常用於書面用語。

ありますㅤ(有) → そんな状況（じょうきょう）あり得（え）ないよ。*
（不可能有那種狀況啦。）

考えます（想） → 考（かんが）え得（う）るデートプランをノートに書（か）きます。
（把能夠想到的約會計畫寫在筆記本裡。）

起こります（發生） → あの芸能人（げいのうじん）にスキャンダルは起（お）こり得（え）ない。
（那個藝人不可能發生醜聞。）

動詞 ／ い形容詞 ／ な形容詞＋だ ／ 名詞＋だ

[　　普通形　　] ＋ から　因為

※「な形容詞」、「名詞」的「普通形-現在肯定形」，需要有「だ」再接續。

動	泳げます（會游泳）	→ 泳（およ）げないから*	（因為不會游泳）
い	涼しい（涼爽的）	→ 涼（すず）しいから	（因為涼爽）
な	優秀（な）（優秀）	→ 優秀（ゆうしゅう）だから	（因為優秀）
名	限定品（限量商品）	→ 限定品（げんていひん）だから	（因為是限量商品）

中譯

桃子：如果我跟你媽媽一起掉到水裡，你先救哪一個？

康博：不可能有那種狀況啦。

桃子：我是說如果的事情。ㄟ，你會怎麼做？

康博：嗯～，因為我也不會游泳，所以我會去找兩個救生圈吧…。

筆記頁

空白一頁，讓你記錄學習心得，也讓下一個單元，能以跨頁呈現，方便於對照閱讀。

がんばってください。

（請加油！）

疑惑&懷疑 100

啊～，為什麼我會喜歡上你（妳／他／她）啊…。

ああ、どうして好(す)きになっちゃったんだろう…。

感嘆詞：啊～	副詞（疑問詞）：為什麼	な形容詞：喜歡	助詞：表示變化結果	動詞：變成（なります⇒て形）	補助動詞：無法抵抗、無法控制（しまいます⇒た形）

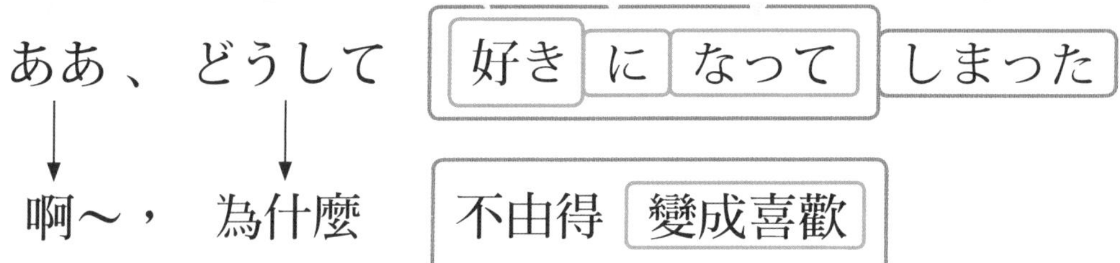

連語：ん＋だろう
（此處＝んでしょうか，因為有「どうして」，所以不用加「か」即能表示疑問）
ん…形式名詞（の⇒縮約表現）
だろう…助動詞：表示斷定（だ⇒意向形）

んだろう　…。

※「好きになってしまったんだろう」的「縮約表現」是「好きになっちゃったんだろう」，口語時常使用「縮約表現」。

使用文型

動詞　い形容詞　な形容詞

[辭書形＋ように／－い＋く／－な＋に／名詞＋に]＋なります　變成

動	貯金します（儲蓄）	→ 貯金(ちょきん)するようになります	（變成有儲蓄的習慣）
い	強い（強的）	→ 強(つよ)くなります	（變強）
な	好き（な）（喜歡）	→ 好(す)きになります	（變喜歡）
名	一人（一個人）	→ 一人(ひとり)になります	（變成一個人）

動詞

[て形]＋しまいます　無法抵抗、無法控制

なります（變成）→好(す)きになってしまいます（不由得變喜歡）

笑います（笑）→笑(わら)ってしまいます（不由得笑出來）

緊張します（緊張）→緊張(きんちょう)してしまいます（不由得緊張）

動詞／い形容詞／な形容詞+な／名詞+な

どうして＋[　普通形　]＋んだろう　到底為什麼~呢？

※「な形容詞」的「普通形-現在肯定形」，需要有「な」；「名詞」需要有「の」再接續。

動　～なってしまいます（不由得變成～）

→どうして好(す)きになってしまったんだろう？
（到底為什麼會不由得變成喜歡呢？）

い　高い（貴的）

→どうしてこんなに高(たか)いんだろう？
（到底為什麼這麼貴呢？）

な　きれい（な）（漂亮）

→高橋(たかはし)さんはどうしていつまでもきれいなんだろう？
（高橋小姐到底為什麼永遠是漂亮的呢？）

名　独身（單身）

→彼(かれ)はどうしてまだ独身(どくしん)なんだろう？
（到底為什麼他還是單身呢？）

用法　連自己也不懂為什麼會喜歡上對方時，可以說這句話。

會話練習

美耶（みや）：ねえ、太郎（たろう）さんと ディズニーランドへ行（い）ったって* 本当？

和太郎　聽說是去了迪士尼樂園；「って」等同「というのは」，表示「提示內容＋主題」　真的嗎？

静香（しずか）：うん。先週（せんしゅう）の日曜日（にちようび）に…。

在上個星期日；「に」表示「動作進行時點」

美耶（みや）：太郎（たろう）さんの彼女（かのじょ）は花子（はなこ）よ。あなたも知（し）ってるでしょう？*

表示：提醒　知道，對不對？「知っているでしょう？」的省略說法

静香（しずか）：うん、知（し）ってるけど…。

知道，但是…「知っているけど」的省略說法；「けど」表示「逆接」

ああ、どうして好（す）きになっちゃったんだろう…。

使用文型

動詞／い形容詞／な形容詞+[だ]／名詞+[だ]

[　普通形　]＋って（＝というのは）　提示內容＋主題

※「な形容詞」、「名詞」的「普通形-現在肯定形」，有沒有「だ」都可以。

動	行きます（去）	→ 行（い）ったって*	（聽說是去了…）
い	暑い（炎熱的）	→ 暑（あつ）いって	（聽說很熱…）
な	優秀（な）（優秀）	→ 優秀（ゆうしゅう）[だ]って	（聽說很優秀…）
名	独身（單身）	→ 独身（どくしん）[だ]って	（聽說是單身…）

動詞／い形容詞／な形容詞／名詞

[　普通形　]＋でしょう？　～對不對？

※ 此為「丁寧體文型」用法，「普通體文型」為「～だろう？」。
※「～でしょう」表示「應該～吧」的「推斷語氣」時，語調要「下降」。
「～でしょう」表示「～對不對？」的「再確認語氣」時，語調要「提高」。

動	知って[い]ます（目前是知道的狀態）	→ 知（し）って[い]るでしょう？*	（目前是知道的狀態對不對？）
い	面白い（有趣的）	→ 面白（おもしろ）いでしょう？	（很有趣對不對？）
な	安全（な）（安全）	→ 安全（あんぜん）でしょう？	（很安全對不對？）
名	台湾人（台灣人）	→ 台湾人（たいわんじん）でしょう？	（是台灣人對不對？）

中譯 美耶：ㄟ，有人說你和太郎先生去了迪士尼樂園，是真的嗎？
靜香：嗯。在上個星期日…。
美耶：太郎先生的女朋友是花子耶。你也知道的，對不對？
靜香：嗯，我知道啊，但是…。啊～，為什麼我會喜歡上他啊…。

寂寞&煩惱 101

MP3 101

就因為人家很寂寞啊。

だって、寂(さび)しかったんだもん。

接續詞：因為

い形容詞：寂寞（寂しい⇒た形）

連語：ん＋だ＝んです的普通體
ん…形式名詞（の⇒縮約表現）
だ…助動詞：表示斷定
（です⇒普通形-現在肯定形）

形式名詞：表示原因（＝もの）

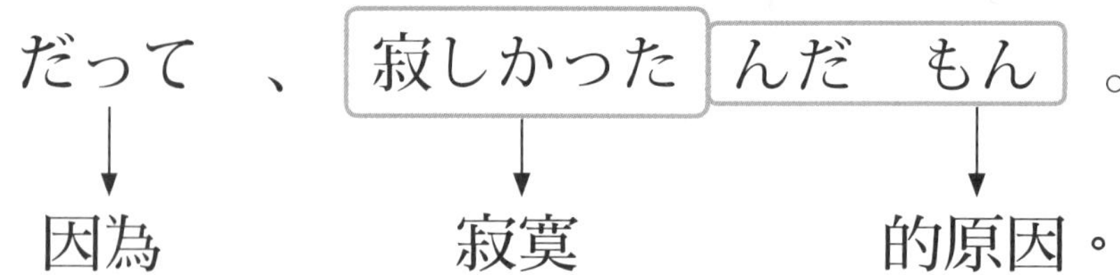

使用文型

動詞／い形容詞／な形容詞＋な／名詞＋な

[普通形]＋んだもん　因為＋強調

※ 此文型具有「因為～，所以不得不～」的語感。適用於親密關係。
※「な形容詞」、「名詞」的「普通形-現在肯定形」，需要有「な」再接續。

動	食べています（有吃的狀態）	→ 昨日(きのう)の晩(ばん)から何(なに)も食(た)べていなかったんだもん。（因為從昨晚就沒有吃任何東西。）
い	寂しい（寂寞的）	→ 寂(さび)しかったんだもん。（因為很寂寞。）
な	便利（な）（方便）	→ 便利(べんり)なんだもん。（因為很方便。）
名	子供（小孩子）	→ 子供(こども)なんだもん。（因為是小孩子。）

用法　對對方做了某件事，告訴對方自己是因為寂寞才這樣做時，可以說這句話。

會話練習

（太郎(たろう)が雨(あめ)の中(なか) うちに帰(かえ)る）
下雨時　回家

太郎（たろう）：はあ、やっと（終於）うちに着（つ）いた（到家了）…あれ！　花子（はなこ）どうして（為什麼）ここに？（在這裡？「ここに」後面省略了「いるの」）

花子（はなこ）：だって、寂（さび）しかったんだもん。

太郎（たろう）：ずぶ濡（ぬ）れじゃないか（全身溼透了，不是嗎？）、さあ（表示：呼籲、催促的語氣）、早（はや）く（趕快）うちに上（あ）がって（進來家裡；「うちに上がってください」的省略說法；「に」表示「進入點」）。

花子（はなこ）：うん…。

相關表現

五種「終於」的相關表現

	始終～	好不容易才	最後不好結果	將面臨重要時刻
ついに	○	○	○	○
やっと	×	○	×	×
ようやく	×	○	×	×
とうとう	○	×	○	×
いよいよ	×	×	×	○

始終～　3時間（さんじかん）待（ま）ったが、{ついに／とうとう}彼女（かのじょ）は来（こ）なかった。

（等了三個小時，她始終沒有來。）

好不容易才　{ついに／やっと、／ようやく}検定試験（けんていしけん）に合格（ごうかく）できた。

（檢定考好不容易才合格了。）

最後不好結果　あの二人（ふたり）は{ついに／とうとう}別（わか）れてしまった。

（那兩個人最後終於分手了。）

將面臨重要時刻　明日（あした）は{ついに／いよいよ}私（わたし）の修士論文発表（しゅうしろんぶんはっぴょう）の日（ひ）だ。

（明天終於將是我的碩士論文發表日了。）

中譯　（太郎在下雨時回家）

太郎：啊～，終於到家了…咦！花子你為什麼在這裡？

花子：就因為人家很寂寞啊。

太郎：你全身都濕透了，不是嗎？來，趕快進來家裡。

花子：嗯…。

寂寞&煩惱
102

因為寂寞所以我打了這個電話…。

寂(さび)しくて電話(でんわ)しちゃった…。

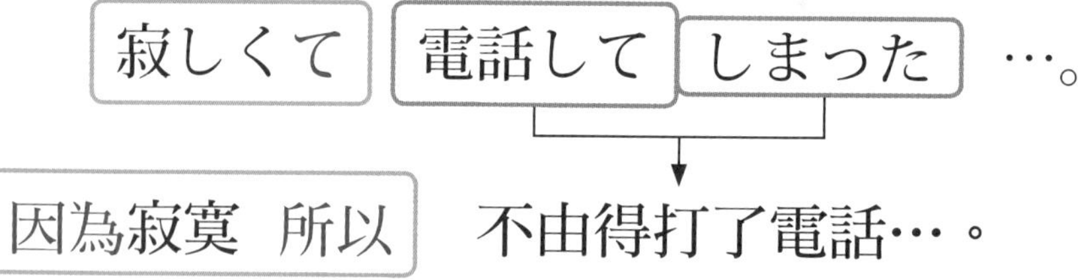

寂しくて　電話して　しまった　…。

因為寂寞　所以　不由得打了電話…。

※「電話してしまった」的「縮約表現」是「電話しちゃった」，口語時常使用「縮約表現」。

使用文型

動詞　い形容詞　な形容詞

[て形／－い＋くて／－な＋で／名詞＋で]、～　因為～，所以～

動	あります（有）	→ 用事(ようじ)があって	（因為有事情，所以～）
い	寂しい（寂寞）	→ 寂(さび)しくて	（因為寂寞，所以～）
な	にぎやか（な）（熱鬧）	→ にぎやかで	（因為熱鬧，所以～）
名	独身（單身）	→ 独身(どくしん)で	（因為是單身，所以～）

動詞

[て形]＋しまいます　無法抵抗、無法控制

電話します（打電話）	→ 電話(でんわ)してしまいます	（不由得打電話）
笑います（笑）	→ 笑(わら)ってしまいます	（不由得笑出來）
怒ります（生氣）	→ 怒(おこ)ってしまいます	（不由得生氣）

用法　沒有重要的事情，只是因為寂寞而打電話給男女朋友時，可以說這句話。

會話練習

太郎：もしもし、ああ、花子さん、どうしたの？* こんな遅くに。
（もしもし：喂喂；どうしたの？：怎麼了嗎？；こんな遅くに：在這麼晚的時候；「に」表示「動作進行時點」）

花子：寂しくて電話しちゃった…。

太郎：そうか。僕もちょうど花子さんのことを考えてたんだ*。
（そうか：這樣子啊；ちょうど：剛好；考えてたんだ：想著的狀態；「考えていたんだ」的省略說法；「んだ」表示「強調」）

花子：ほんと？　ねえ、私のどんなことを考えていたの？*
（ほんと？：真的嗎？；どんなこと：什麼樣的事情；考えていたの？：那時正在想呢？）

使用文型

動詞／い形容詞／な形容詞+な／名詞+な

[　普通形　]＋の？　關心好奇、期待回答

※ 此為「普通體文型」用法，「丁寧體文型」為「～んですか」。
※「な形容詞」、「名詞」的「普通形-現在肯定形」，需要有「な」再接續。

動	どうします（怎麼了）	→ どうしたの？*	（怎麼了嗎？）
動	考えています（那時正在想）	→ 考えていたの*	（那時正在想嗎？）
い	楽しい（快樂的）	→ 楽しいの？	（快樂嗎？）
な	不便（な）（不方便）	→ 不便なの？	（不方便嗎？）
名	彼氏（男朋友）	→ 彼氏なの？	（是男朋友嗎？）

動詞／い形容詞／な形容詞+な／名詞+な

[　普通形　]＋んだ　強調

※ 此為「普通體文型」用法，「丁寧體文型」為「～んです」，口語說法為「～の」。
※「な形容詞」、「名詞」的「普通形-現在肯定形」，需要有「な」再接續。

動	考えて[い]ます（想著的狀態）	→ 考えて[い]たんだ*	（想著的狀態）
い	優しい（溫柔的）	→ 優しいんだ	（很溫柔）
な	親切（な）（親切）	→ 親切なんだ	（很親切）
名	冗談（玩笑）	→ 冗談なんだ	（是玩笑）

中譯
太郎：喂喂，啊～，花子，怎麼了嗎？在這麼晚的時候。
花子：因為寂寞所以我打了這個電話…。
太郎：這樣子啊。我剛好也在想花子。
花子：真的嗎？ㄟ，你正在想我的什麼事情呢？

MP3 103

我只是想聽聽你的聲音而已。

声(こえ)が聞(き)きたかっただけなの。

助詞：表示焦點	動詞：聽、問（聞きます⇒ます形除去［ます］）	助動詞：表示希望（たい⇒た形）	助詞：只是～而已、只有	助動詞：表示斷定（だ⇒名詞接續用法）	形式名詞：（～んです的口語說法）

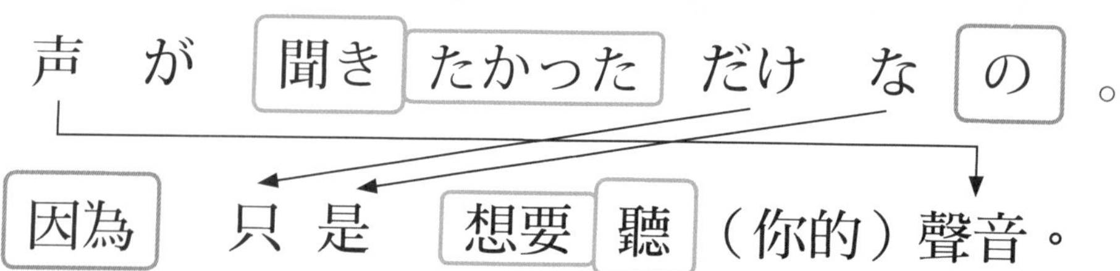

※［動詞ます形 ＋ たい］：請參考P022

使用文型

動詞／い形容詞／な形容詞＋な／名詞＋な
［　普通形　］＋んです　理由

※ 此為「丁寧體文型」用法，「普通體文型」為「～んだ」，口語説法為「～の」。
※「な形容詞」、「名詞」的「普通形-現在肯定形」，需要有「な」再接續。
※「だけ」是「助詞」，變化上與「名詞」相同。

動	負けます（輸）	→ 負(ま)けたんです	（因為輸了）
い	優しい（溫柔的）	→ 優(やさ)しいんです	（因為溫柔）
な	きれい（な）（漂亮）	→ きれいなんです	（因為漂亮）
名	家族（家人）	→ 家族(かぞく)なんです	（因為是家人）
助	だけ（只是～而已）	→ だけなんです	（因為只是～而已）

用法 想透過電話聽聽對方的聲音而打了電話時，可以說這句話。

會話練習

太郎(たろう)：もしもし、どうしたの？
　　喂喂　　怎麼了嗎？「の？」表示「關心好奇、期待回答」

花子（はなこ）：ううん、何（なん）でもないんだけど…。声（こえ）が聞（き）きたかっただけなの。

不　沒什麼事；「んだ」表示「強調」；「けど」表示「前言」，是一種緩折的語氣

太郎（たろう）：そっか、最近（さいきん）なかなか会（あ）えない*よね*。

這樣子啊；「そっか」是「そうか」的縮約表現　一直無法見面對吧？「よ」表示「提醒」；「ね」表示「期待同意」

花子（はなこ）：うん、早（はや）く太郎（たろう）に会（あ）いたい。

趕快　想要見面

使用文型

動詞

なかなか ＋ [ない形]　　不容易 [做] ～、一直不 [做] ～

会えます（可以見面）	→ なかなか会（あ）えない*	（一直無法見面）
売れます（賣出去）	→ なかなか売（う）れない	（不容易賣出去）
来ます（來）	→ なかなか来（こ）ない	（一直不來）

動詞／い形容詞／な形容詞＋だ／名詞＋だ

[普通形] ＋ よね　　(1) 提醒又期待同意
　　　　　　　　　　(2) 提醒又再確認

※「な形容詞」、「名詞」的「普通形-現在肯定形」，需要有「だ」再接續。

動	あります（有）	→ ビール、まだ冷蔵庫（れいぞうこ）にあったよね？ ※ 屬於用法（2）	（冰箱裡還有啤酒對不對？）
動	会えます（可以見面）	→ 最近（さいきん）なかなか会（あ）えないよね* ※ 屬於用法（1）	（最近一直無法見面對吧？）
い	寂しい（寂寞的）	→ 一人（ひとり）の生活（せいかつ）は寂（さび）しいよね ※ 屬於用法（1）	（一個人的生活很寂寞對吧？）
な	暇（な）（空閒）	→ 明日（あした）、暇（ひま）だよね？ ※ 屬於用法（2）	（明天有空對吧？）
名	独身（單身）	→ 田中（たなか）さんはまだ独身（どくしん）だよね？ ※ 屬於用法（2）	（田中先生還是單身對吧？）

中譯

太郎：喂喂，怎麼了嗎？
花子：不，沒什麼事…。我只是想聽聽你的聲音而已。
太郎：這樣子啊，最近一直無法見面對吧？
花子：嗯，好想趕快見到太郎。

MP3 104

不要放我一個人好嗎？

私(わたし)を一人(ひとり)にしないで。

助詞：表示動作作用對象

助詞：表示決定結果

動詞：做（します⇒ない形）

助詞：表示樣態

補助動詞：請（くださいます⇒命令形［くださいませ］除去［ませ］）（口語時可省略）

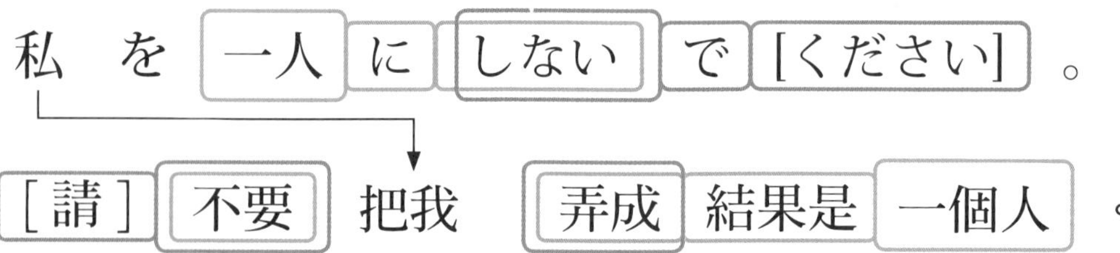

使用文型

動詞　い形容詞　な形容詞

［辭書形＋ように／－い＋く／－な＋に／名詞＋に］＋します
決定要～、做成～、決定成～

動	書きます（寫）	→ 手紙(てがみ)を書(か)くようにします	（決定要（盡量）寫信）
い	甘い（甜的）	→ 甘(あま)くします	（要做成甜的）
な	静か（な）（安靜）	→ 静(しず)かにします	（要安靜）
名	一人（一個人）	→ 一人(ひとり)にします	（弄成一個人）

動詞

［ない形］＋で＋ください　請不要［做］～

～にします（決定成～）	→ 一人(ひとり)にしないでください	（請不要弄成一個人）
聞きます（問）	→ 聞(き)かないでください	（請不要問）
言います（說）	→ 言(い)わないでください	（請不要說）

用法 因為覺得寂寞、或害怕，希望對方能待在自己身邊時，可以說這句話。

會話練習

太郎：ちょっと トイレ行ってくる*。
一下　去廁所再回來；「トイレに行ってくる」的省略說法

花子：ああ、だめ。私を一人にしないで。
不行

太郎：ええ、そんなこと言ったって*、トイレには一緒に行けないでしょ…。
咦？　即使說出那種話也…　廁所；「に」表示「到達點」；「は」表示「對比（區別）」
不能一起去廁所，對不對？

花子：はは、太郎の困った顔が見たかっただけ。
困擾的表情　只是想看而已

使用文型

動詞

[て形] ＋ くる　動作和移動（做～，再回來）

※ 此為「普通體文型」，「丁寧體文型」為「動詞て形 ＋ きます」。

行きます（去）	→ 行ってくる*	（去，再回來）
着替えます（換衣服）	→ 着替えてくる	（換衣服，再回來）
買います（買）	→ ジュースを買ってくる	（買果汁，再回來）

動詞　い形容詞　な形容詞

[た形 ／ ーい ＋ く ／ ーな ／ 名詞] ＋ たって ／ だって　即使～也

※「動詞濁音的た形」、「な形容詞」、「名詞」要接續「だって」。

動	言います（說）	→ 言ったって*	（即使說也～）
動-濁	読みます（讀）	→ 読んだって	（即使讀也～）
い	高い（貴的）	→ 高くたって	（即使貴也～）
な	きれい（な）（漂亮）	→ きれいだって	（即使漂亮也～）
名	大人（大人）	→ 大人だって	（即使是大人也～）

中譯

太郎：我去一下廁所。
花子：啊～，不行。不要放我一個人好嗎？
太郎：咦？即使你說出那種話，也不能跟我一起去廁所，對不對？
花子：哈哈，我只是想看太郎困擾的表情而已。

MP3 105

那個還沒有來…。

あれがまだ来(こ)ないの…。

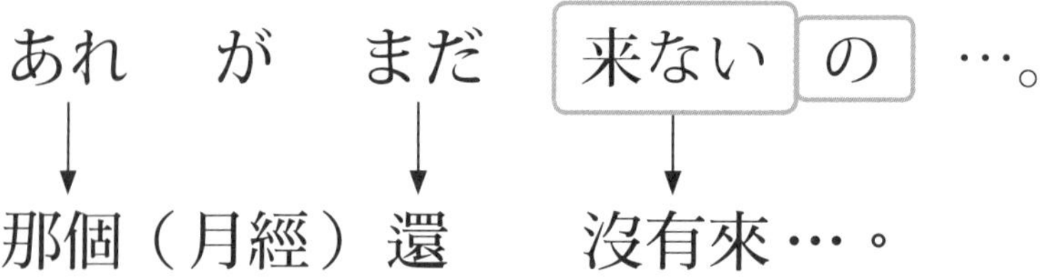

助詞：表示主格

副詞：還、尚未

動詞：來（来ます⇒ない形）

形式名詞：（～んです的口語説法）

あれ　が　まだ　来ない　の　…。

那個（月經）還　沒有來…。

使用文型

動詞／い形容詞／な形容詞+な／名詞+な

[　普通形　]＋んです　強調

※ 此為「丁寧體文型」用法，「普通體文型」為「～んだ」，口語説法為「～の」。
※「な形容詞」、「名詞」的「普通形-現在肯定形」，需要有「な」再接續。

動	来ます（來）	→ 来(こ)ないんです	（沒有來）
い	痛い（疼痛的）	→ 痛(いた)いんです	（很痛）
な	複雑（な）（複雜）	→ 複雑(ふくざつ)なんです	（很複雜）
名	勘違い（誤會）	→ 勘違(かんちが)いなんです	（是誤會）

用法 告訴對方生理期還沒來時的表現方式。如果彼此還沒結婚，那就令人煩惱了。

會話練習

花子：太郎、あのさ…、あれがまだ来ないの…。
喚起別人注意，開啟對話的發語詞；「さ」的功能為「調整語調」

太郎：あれって？
所謂的「那個」？「って」等同「というのは」，表示「所謂的…」

花子：あれって言ったら*あれに決まってる*でしょ。生理よ。
說「那個」的話；「って」等同「と」，表示「提示內容」
肯定是那個，對不對？
生理期啊；「よ」表示「提醒」

太郎：えっ、まさか妊娠！？
咦　難不成　懷孕了！？

使用文型

動詞／い形容詞／な形容詞／名詞
[た形／なかった形]＋ら　如果～的話

動	言います（說）	→言ったら*	（如果說的話）
い	優しい（溫柔）	→優しかったら	（如果溫柔的話）
な	有名（な）（有名）	→有名だったら	（如果有名的話）
名	外国人（外國人）	→外国人だったら	（如果是外國人的話）

動詞／い形容詞／な形容詞／名詞
[普通形]＋に決まってる　肯定是～

動	来ます（來）	→来るに決まってる	（肯定會來）
い	悔しい（不甘心的）	→悔しいに決まってる	（肯定不甘心）
な	にぎやか（な）（熱鬧）	→にぎやかに決まってる	（肯定很熱鬧）
名	あれ（那個）	→あれに決まってる*	（肯定是那個）

中譯
花子：太郎，有件事…，那個還沒有來…。
太郎：所謂的「那個」？
花子：我說「那個」的話，肯定就是「那個」啊，對不對？生理期啊。
太郎：咦？難不成懷孕了！？

MP3 106

你最近對我比較冷淡哦？

最近（さいきん）なんか冷（つめ）たくない？

名詞：最近	副詞：總覺得、好像	い形容詞：冷淡（冷たい⇒現在否定形-くない）

最近　なんか　冷たくない？

↓　↓　↘

最近　總覺得（對我）冷淡不是嗎？

相關表現

「なんか」的用法

※「なんか」可以當作「副詞」及「助詞」，上方主題句是「副詞」用法，「助詞」用法如下：

舉例（～之類的） → これなんかあなたに似合（にあ）うと思（おも）う。
（這個東西，我覺得很適合你。）

輕蔑／輕視 → こんな問題（もんだい）なんか小学生（しょうがくせい）でも答（こた）えられるよ。
（這種問題連小學生都能回答啊。）

怎麼可能 → 私（わたし）が社長（しゃちょう）になんかなれるわけがありません。
（我不可能成為總經理。）

用法　覺得對方最近對自己很冷淡時，可以用這句話詢問對方。

會話練習

隆夫（たかお）：……そしたら、何（なん）と さあ。

結果呢…　竟然　「さあ」的功能為「調整語調」

美耶（みや）：うん…。

隆夫（たかお）：…美耶（みや）、最近（さいきん）なんか冷（つめ）たくない？

美耶（みや）：え？ …そんなことないよ。気（き）のせいじゃない？*

咦？　沒有那種事情啦；「そんなことはないよ」的省略說法；「よ」表示「看淡」　不是錯覺嗎？

使用文型

動詞／い形容詞／な形容詞／名詞

[普通形]＋じゃない？　不是～嗎？

動	来ます（來）	→来（き）たじゃない？	（不是來了嗎？）
い	面白い（有趣的）	→面白（おもしろ）いじゃない？	（不是很有趣嗎？）
な	静か（な）（安靜）	→静（しず）かじゃない？	（不是很安靜嗎？）
名	気のせい（錯覺）	→気（き）のせいじゃない？*	（不是錯覺嗎？）

會話中常見的「気～」的表現

気（き）になる（在意）、気（き）が早（はや）い（性急）、気（き）をつける（小心）、～気（き）がする（感覺好像～）、気（き）がつく（發現）、気（き）が短（みじか）い（沒耐心）、気（き）を持（も）たせる（故意有某種言行，讓對方有所期待）、気（き）を揉（も）む（忐忑不安）

中譯

隆夫：……結果呢…竟然…。
美耶：嗯…。
隆夫：…美耶，你最近對我比較冷淡哦？
美耶：咦？…沒有那種事啦。不是你的錯覺嗎？

MP3 107

感覺你最近都不打電話給我…。

なんだか最近(さいきん)電話(でんわ)してくれないね…。

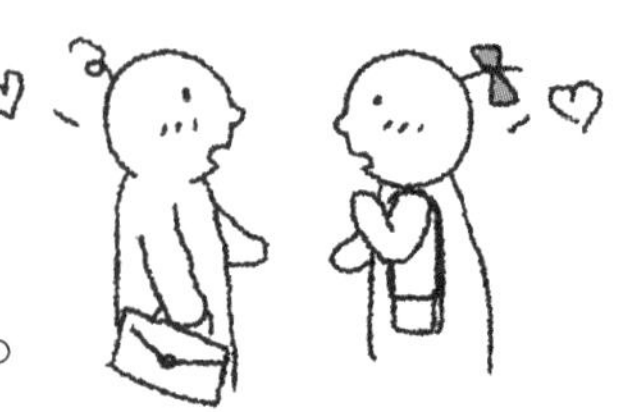

副詞：總覺得、不知道為什麼　名詞：最近　動詞：打電話（電話します⇒て形）　補助動詞：（くれます⇒ない形）　助詞：表示留住注意

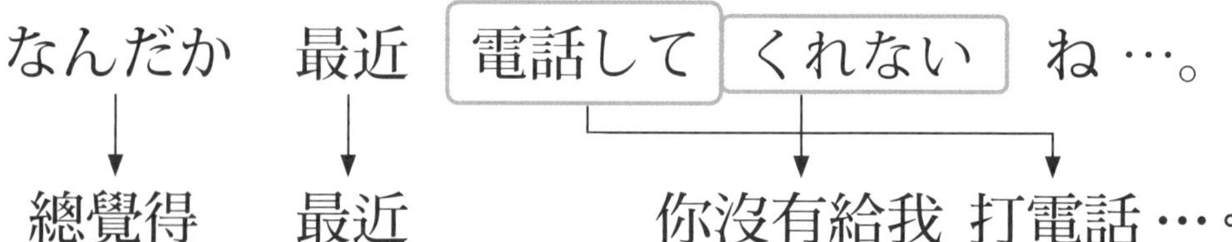

使用文型

動詞

[て形] ＋ くれます　別人為我 [做] ～

- 電話します（打電話）→ 電話(でんわ)してくれます　（別人打電話給我）
- 話します（說）→ 話(はな)してくれます　（別人說給我聽／別人告訴我）
- 考えます（考慮）→ 考(かんが)えてくれます　（別人為我考慮）

用法　對方很少來電，希望對方常打電話過來時，可以說這句話。

會話練習

花子(はなこ)：ねえねえ。

太郎(たろう)：うん？
嗯？

花子（はなこ）：なんだか最近（さいきん）電話（でんわ）してくれないね…。もしかして私（わたし）のこと嫌（きら）いになった*の？*
（もしかして：難道；嫌いになったの？：不喜歡了嗎？）

太郎（たろう）：そんなわけないよ。ごめんね。これから もっと電話（でんわ）するから。
（そんなわけないよ：沒有那種事啦；「よ」表示「看淡」／ごめんね：抱歉；「ね」表示「留住注意」／これから：以後／もっと：更加／から：表示：宣言）

使用文型

[辭書形＋ように（動詞）／−い＋く（い形容詞）／−な＋に（な形容詞）／名詞＋に]＋なった　變成~了

動	残業します（加班）	→ 残業（ざんぎょう）するようになった	（變成有加班的狀況了）
い	暑い（熱的）	→ 暑（あつ）くなった	（變熱了）
な	嫌い（な）（討厭）	→ 嫌（きら）いになった*	（變討厭了）
名	恋人（戀人）	→ 恋人（こいびと）になった	（變成戀人了）

[普通形（動詞／い形容詞／な形容詞+な／名詞+な）]＋の？　關心好奇、期待回答

※ 此為「普通體文型」用法，「丁寧體文型」為「～んですか」。
※「な形容詞」、「名詞」的「普通形-現在肯定形」，需要有「な」再接續。

動	なります（變成）	→ 嫌（きら）いになったの？*	（變討厭了嗎？）
い	忙しい（忙碌的）	→ 忙（いそが）しいの？	（忙碌嗎？）
な	簡単（な）（簡單）	→ 簡単（かんたん）なの？	（簡單嗎？）
名	二股（腳踏兩條船）	→ 二股（ふたまた）なの？	（是腳踏兩條船嗎？）

中譯
花子：ㄟㄟ。
太郎：嗯？
花子：感覺你最近都不打電話給我…。難道你不喜歡我了嗎？
太郎：沒有那種事啦。抱歉。以後我會多打電話給你。

MP3 108

你為什麼都不接我的電話？

何で電話に出てくれないの？
(なん・でんわ・で)

名詞（疑問詞）：什麼、任何	助詞：表示原因理由	助詞：表示出現點	動詞：接（出ます⇒て形）	補助動詞：（くれます⇒ない形）	形式名詞：（～んですか的口語說法）
何	で	電話	に	出て くれない	の？

何 で 電話 に 出て くれない の？

因為 什麼（事）（你）不願意接（我的）電話 呢？

使用文型

動詞

[て形] + くれます　別人為我 [做] ～

出ます（接（電話））→ 電話に出てくれます（でんわ・で）（別人願意接我電話）

運転します（駕駛）→ 運転してくれます（うんてん）（別人為我駕駛）

用意します（準備）→ 用意してくれます（ようい）（別人為我準備）

動詞／い形容詞／な形容詞+な／名詞+な

[　普通形　] + んですか　關心好奇、期待回答

※ 此為「丁寧體文型」用法，「普通體文型」為「～の？」。

※「な形容詞」、「名詞」的「普通形-現在肯定形」，需要有「な」再接續。

動　～てくれます（別人為我～）→ 電話に出てくれないんですか（でんわ・で）（不願意接我電話嗎？）

い　悪い（不好的）→ 悪いんですか（わる）（不好嗎？）

な　便利（な）（方便）→ 便利なんですか（べんり）（方便嗎？）

名　外国人（外國人）→ 外国人なんですか（がいこくじん）（是外國人嗎？）

用法　對方都不接自己的電話時，可以用這句話傳達不滿的情緒。

會話練習

（隆夫(たかお)が何度(なんど)も美耶(みや)に電話(でんわ)をかける）
好幾次　打電話

美耶(みや)：もしもし…。
喂喂

隆夫(たかお)：ああ、やっと出(で)た。何(なん)で電話(でんわ)に出(で)てくれないの？
終於　接電話了

美耶(みや)：…ごめんなさい。実(じつ)は私(わたし)、他(ほか)に好(す)きな人(ひと)ができたの*…。
抱歉　其實　另外；「に」表示「累加」　因為有喜歡的人了；「の」表示「理由」

隆夫(たかお)：え？　どうして…。僕(ぼく)が留学(りゅうがく)から帰(かえ)ってくるまで
為什麼　從留學到回來為止

待(ま)っていてくれるって約束(やくそく)したのに…。
約好要為我等待著，卻…；「くれるって」的「って」表示「提示內容」；「のに」表示「卻…」

使用文型

動詞／い形容詞／な形容詞＋な／名詞＋な

[　普通形　]＋の　理由

※此為「口語説法」，「普通體文型」為「～んだ」，「丁寧體文型」為「～んです」。
※「な形容詞」、「名詞」的「普通形-現在肯定形」，需要有「な」再接續。

動	できます（有）	→ 好(す)きな人(ひと)ができたの*	（因為有喜歡的人了）
い	おいしい（好吃的）	→ おいしいの	（因為很好吃）
な	必要（な）（必需）	→ 必要(ひつよう)なの	（因為是必需的）
名	学生（學生）	→ 学生(がくせい)なの	（因為是學生）

中譯　（隆夫打了好幾次電話給美耶）
美耶：喂喂…。
隆夫：啊～，終於接電話了。你為什麼都不接我的電話？
美耶：…抱歉。其實我有其他喜歡的人了…。
隆夫：咦？為什麼…。約好要等我從留學到回來的這段時間的，你卻…。

MP3 109

你為什麼都不老實說？

どうして本当(ほんとう)のことを言(い)ってくれなかったの？

副詞（疑問詞）：為什麼

助詞：表示所屬

助詞：表示動作作用對象

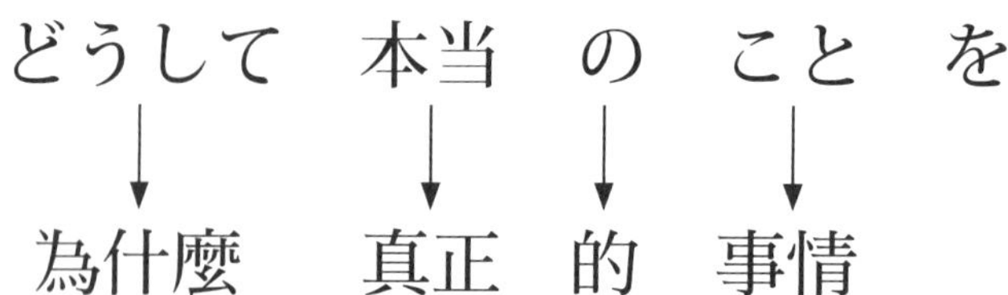

どうして　本当　の　こと　を

↓

為什麼　真正　的　事情

動詞：說（言います⇒て形）

補助動詞：（くれます⇒なかった形）

形式名詞：（～んですか的口語說法）

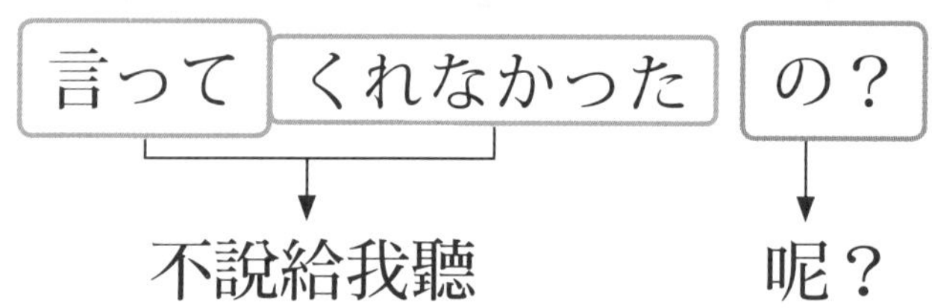

言って　くれなかった　の？

↓

不說給我聽　呢？

※[形式名詞：の？＝～んですか]：請參考 P066

使用文型

動詞

[て形] ＋ くれます　　別人為我 [做] ～

言います（說）→ 言(い)ってくれます　（別人說給我聽）

手伝います（幫忙）→ 手伝(てつだ)ってくれます　（別人幫忙我）

説明します（說明）→ 説明(せつめい)してくれます　（別人為我說明）

用法 生氣對方不為自己著想時，所說的一句話。

會話練習

花子（はなこ）：え、じゃあ、あの人（ひと）は従妹（いとこ）だったの？
咦？ 那麼 是表妹嗎？「の？」表示「關心好奇、期待回答」

太郎（たろう）：そうだよ。
對啊；「よ」表示「看淡」

花子（はなこ）：どうして本当（ほんとう）のことを言（い）ってくれなかったの？

誤解（ごかい）しちゃった*じゃない。
不小心誤會了，不是嗎？

太郎（たろう）：説明（せつめい）するのが面倒（めんどう）くさいから、黙（だま）ってたんだ。ごめんね。
說明；「の」表示「形式名詞」；「が」表示「焦點」
因為很麻煩
一直沉默著；「黙っていたんだ」的省略說法；「んだ」表示「強調」
抱歉啦；「ね」表示「留住注意」

使用文型

動詞

[て形（～て／～で）]＋ちゃった／じゃった　（無法挽回的）遺憾

※ 此為「動詞て形 ＋ しまった」的「縮約表現」，口語時常使用「縮約表現」。
※ 屬於「普通體文型」，「丁寧體文型」為「動詞て形除去[て／で]＋ちゃいました／じゃいました」。

- 誤解します（誤會）→ 誤解（ごかい）しちゃった*　（不小心誤會了）
- 飲みます（喝）→ 飲（の）んじゃった　（不小心喝了）
- 遅れます（遲到）→ 遅（おく）れちゃった　（不小心遲到了）

中譯

花子：咦？那麼，那個人是你表妹嗎？
太郎：對啊。
花子：你為什麼都不老實說？我不小心誤會了，不是嗎？
太郎：因為我覺得要說明好麻煩，所以就沒說了。抱歉啦。

吵架&抱怨 110

為什麼你都不了解我啊？
どうしてわかってくれないんだ。

副詞（疑問詞）：為什麼	動詞：懂（わかります⇒て形）	補助動詞：（くれます⇒ない形）	連語：ん＋だ（此處=んですか，因為有「どうして」，所以不用加「か」即能表示疑問）ん…形式名詞（の⇒縮約表現）だ…助動詞：表示斷定（です⇒普通形-現在肯定形）

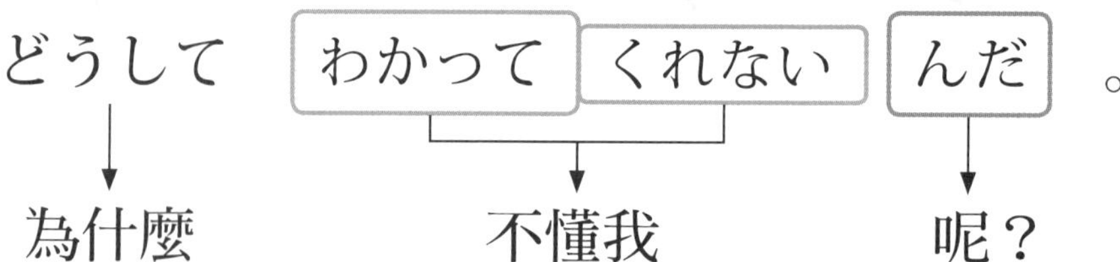

使用文型

動詞

[て形] ＋ くれます　　別人為我 [做] ～

- わかります（懂）→ わかってくれます　（別人懂我）
- 教えます（告訴）→ 教え（おし）てくれます　（別人告訴我）
- 作ります（製作）→ 料理（りょうり）を作（つく）ってくれます　（別人為我做菜）

動詞／い形容詞／な形容詞＋な／名詞＋な

[普通形] ＋ んですか　　關心好奇、期待回答

※ 此為「丁寧體文型」用法，「普通體文型」為「～の？」。
※「な形容詞」、「名詞」的「普通形-現在肯定形」，需要有「な」再接續。

- 動　わかってくれます（別人懂我）→ どうしてわかってくれないんですか（為什麼不懂我呢？）
- い　眠い（想睡覺的）→ 眠（ねむ）いんですか　（想睡覺嗎？）
- な　贅沢（な）（奢侈）→ 贅沢（ぜいたく）なんですか　（奢侈嗎？）
- 名　恋愛小説（戀愛小說）→ 恋愛小説（れんあいしょうせつ）なんですか　（是戀愛小說嗎？）

用法　對方不能了解我的想法、不替我著想時，可以說這句話。

會話練習

美耶（みや）：え、今晩（こんばん）も バイトが入（はい）った？ 私（わたし）との約束（やくそく）の方（ほう）が先（さき）でしょ！

咦？ / 也 / 打工的排班插進來了？ / 和我的約會…是比較先，對不對？

隆夫（たかお）：そうだけどさ、今（いま）、バイト先（さき）は繁忙期（はんぼうき）で*人手（ひとで）が足（た）りないんだよ。

是這樣沒錯，但是…；「けど」表示「逆接」；「さ」的功能為「調整語調」 / 打工的地方 / 因為是旺季 / 人手不足啊；「んだ」表示「強調」；「よ」表示「感嘆」

美耶（みや）：そんなの 会社（かいしゃ）の都合（つごう）でしょ。私達（わたしたち）には 関係（かんけい）ないでしょう。

那樣的「そんなのは」的省略說法；「の」表示「形式名詞」；「は」表示「主題」 / 是公司的情況，對不對？ / 「に」表示「方面」；「は」表示「對比（區別）」 / 沒有關係，對不對？「関係がないでしょう」的省略說法

隆夫（たかお）：どうしてわかってくれないんだ。頼（たの）むよ、次（つぎ）はちゃんと 断（ことわ）るから さ…。

拜託啦 / 下次 / 好好地 / 會拒絕；「から」表示「宣言」 / 表示：輕微斷定

使用文型

動詞　い形容詞　な形容詞

[て形／－い＋くて／－な＋で／名詞＋で]、～　因為～，所以～

動	寝坊します（睡過頭）	→ 寝坊（ねぼう）して	（因為睡過頭，所以～）
い	辛い（辣的）	→ 辛（から）くて	（因為很辣，所以～）
な	親切（な）（親切）	→ 親切（しんせつ）で	（因為很親切，所以～）
名	繁忙期（旺季）	→ 繁忙期（はんぼうき）で*	（因為是旺季，所以～）

中譯

美耶：咦？今天晚上也要打工？是先說要和我約會的，對不對？
隆夫：是這樣沒錯，但是因為現在公司那邊是旺季，人手不夠啊。
美耶：那是公司的情況，對不對？跟我們沒有關係對不對？
隆夫：為什麼你都不了解我啊？拜託啦，下一次我會好好地拒絕他們…。

吵架&抱怨
111

MP3 111

你不要找藉口了。

言(い)い訳(わけ)しないでよ。

動詞：辯解 （言い訳します ⇒ない形）	助詞： 表示樣態	補助動詞：請 （くださいます ⇒命令形[くださいませ] 除去[ませ]） （口語時可省略）	助詞： 表示感嘆

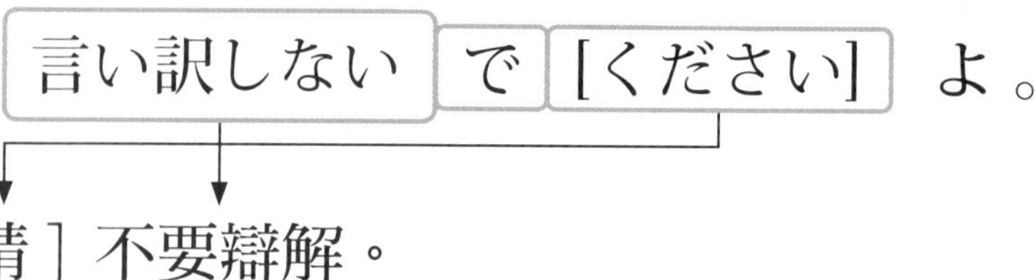

使用文型

動詞

[ない形] ＋ で ＋ ください　　請不要[做]～

言い訳します（辯解）	→ 言(い)い訳(わけ)しないでください	（請不要辯解）
書きます（寫）	→ 書(か)かないでください	（請不要寫）
喧嘩します（吵架）	→ 喧嘩(けんか)しないでください	（請不要吵架）

用法 對老是辯解的人，可以說這句話。

會話練習

美耶(みや)：ちょっと、昨日(きのう)も（也） 携帯(けいたい)がつながらなかったじゃない（手機打不通，不是嗎？）。

一体(いったい)（到底） どういうこと？（怎麼一回事？）

隆夫（たかお）：いや、なんか最近（さいきん）電波（でんぱ）の調子（ちょうし）が悪（わる）いみたい*で…。
不／不知道為何總會…／訊號的狀況不好／因為好像；「で」表示「原因」

美耶（みや）：言（い）い訳（わけ）しないでよ。一体（いったい）何（なに）してたの？*
到底／做了什麼呢？「何をしていたの？」的省略說法

隆夫（たかお）：いや、別（べつ）に何（なに）も…。
特別／什麼也…「何も」後面省略了「していません」

使用文型

動詞／い形容詞／な形容詞／名詞

[普通形] ＋ みたい　（推斷）好像～

動	降ります（下（雨））	→ 雨（あめ）が降（ふ）るみたい	（好像要下雨）
い	悪い（不好的）	→ 悪（わる）いみたい*	（好像不好）
な	有名（な）（有名）	→ 有名（ゆうめい）みたい	（好像很有名）
名	恋人同士（情侶關係）	→ 恋人同士（こいびとどうし）みたい	（好像是情侶關係）

動詞／い形容詞／な形容詞＋な／名詞＋な

[普通形] ＋ の？　關心好奇、期待回答

※ 此為「普通體文型」用法，「丁寧體文型」為「～んですか」。
※「な形容詞」、「名詞」的「普通形-現在肯定形」，需要有「な」再接續。

動	して[い]ます（正在做～）	→ 何（なに）[を]して[い]たの？*	（之前在做什麼呢？）
い	可愛い（可愛的）	→ 可愛（かわい）いの？	（可愛嗎？）
な	真剣（な）（認真）	→ 真剣（しんけん）なの？	（認真嗎？）
名	先生（老師）	→ 先生（せんせい）なの？	（是老師嗎？）

中譯
美耶：喂，你昨天手機也不通，不是嗎？到底是怎麼一回事？
隆夫：不，因為不知道為什麼，最近好像手機的訊號總是不好…。
美耶：你不要找藉口了。你到底在做什麼？
隆夫：不，沒什麼特別的…。

MP3 112

你不要那麼任性嘛。
そんなわがまま言(い)わないでよ。

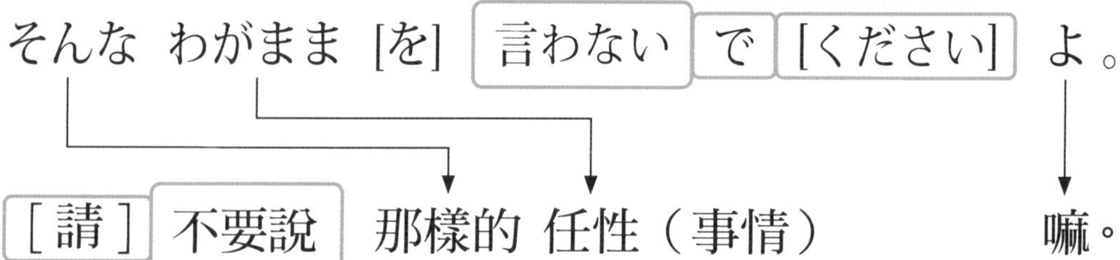

そんな わがまま [を] 言わない で [ください] よ。

[請] 不要說 那樣的 任性（事情） 嘛。

使用文型

動詞
[ない形] ＋ で ＋ ください　　請不要 [做] ～

言います（說） → 言(い)わないでください （請不要說）
笑います（笑） → 笑(わら)わないでください （請不要笑）
泣きます（哭泣） → 泣(な)かないでください （請不要哭）

用法 覺得對方的言行舉止很任性時，可以說這句話。

會話練習

花子：太郎、これからは毎日５回以上電話してきて*ね。
（これから：今後；５回以上：五次以上；電話してきてね：請打電話過來；「電話してきてくださいね」的省略用法；「ね」表示「留住注意」）

太郎：５回も？
（も：表示：強調）

花子：あと、私が電話したら*２コール以内に出てよ。
（あと：還有；電話したら：如果打電話的話；２コール以内に：兩個鈴聲以內；「に」表示「出現點」；出てよ：要接聽；「出てください」的省略說法）

太郎：そんなわがまま言わないでよ～。

使用文型

動詞

[て形] ＋ きてください　動作和移動（請做～，過來）

※ 丁寧體會話時為「動詞て形 ＋ きてください」。
※ 普通體、口語會話時，省略「ください」。

電話します（打電話）	→ 電話してきて[ください]*	（請打電話過來）
歩きます（走路）	→ 歩いてきて[ください]	（請走路過來）
食べます（吃）	→ 昼ご飯を食べてきて[ください]	（請吃午飯再過來）

動詞／い形容詞／な形容詞／名詞

[　た形／なかった形　] ＋ ら　如果～的話

動	電話します（打電話）	→ 電話したら*	（如果打電話的話）
い	寂しい（寂寞的）	→ 寂しかったら	（如果寂寞的話）
な	好き（な）（喜歡）	→ 好きだったら	（如果喜歡的話）
名	美人（美女）	→ 美人だったら	（如果是美女的話）

中譯
花子：太郎，今後每天要打五次以上的電話給我喔。
太郎：要打到五次？
花子：還有，我打電話給你的話，要在（電話響）兩聲之內接聽喔。
太郎：你不要那麼任性嘛。

MP3 113

工作跟我，哪一個重要？

仕事(しごと)と私(わたし)とどっちが大事(だいじ)なの？

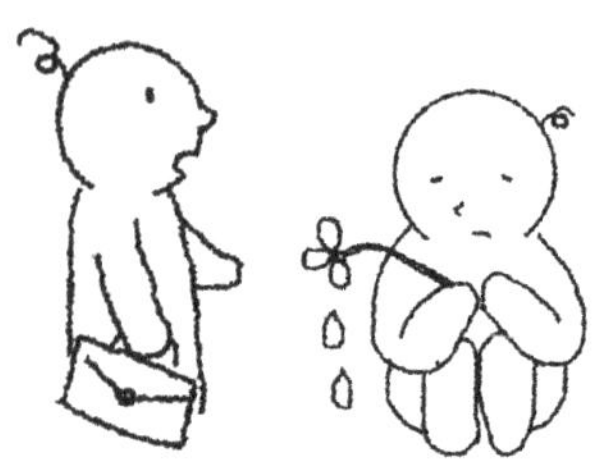

助詞：	助詞：	名詞（疑問詞）：	助詞：	な形容詞：重要	助詞：
表示並列	表示並列	哪一個	表示焦點	（大事⇒名詞接續用法）	（～んですか的口語説法）

仕事　と　私　と　どっちが　大事な　の？

工作　和　我　　哪一個　　重要　呢？

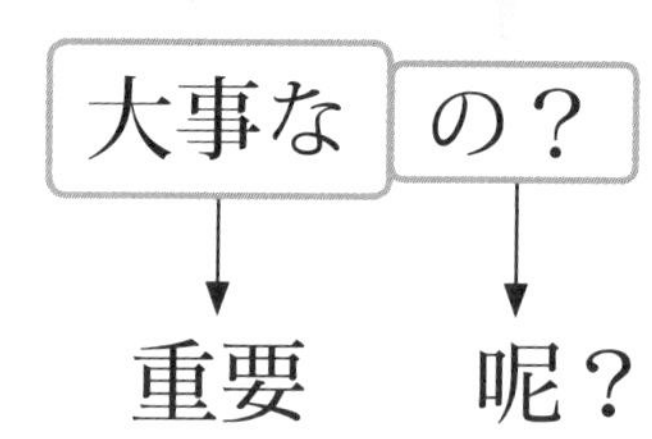

使用文型

[動詞／い形容詞／な形容詞+な／名詞+な　普通形]＋んですか　關心好奇、期待回答

※ 此為「丁寧體文型」用法，「普通體文型」為「～の？」。
※「な形容詞」、「名詞」的「普通形-現在肯定形」，需要有「な」再接續。

動	買います（買）	→ 買(か)うんですか	（要買嗎？）
い	忙しい（忙碌的）	→ 忙(いそが)しいんですか	（忙碌嗎？）
な	大事（な）（重要）	→ どっちが大事(だいじ)なんですか	（哪一個重要呢？）
名	秘密（祕密）	→ 秘密(ひみつ)なんですか	（是祕密嗎？）

用法　男女朋友老是以工作為優先考量時，可以用這句話來表達抗議。

會話練習

太郎：ごめん、週末急にバイトのシフトが入っちゃって*…。

（ごめん：對不起；急に：突然；バイト：打工；シフト：排班；入っちゃって：因為很遺憾插入了；「入っちゃって」是「入っちゃう」的「て形」，表示「原因」）

花子：えー、また？　…仕事と私とどっちが大事なの？

（えー：什麼～；表示「不滿」的語氣；また？：又來了？）

太郎：もちろん花子ちゃんだよ。この埋め合わせは必ずするから。

（もちろん：當然；よ：表示：提醒；埋め合わせ：補償；必ずするから：一定會做；「から」表示「宣言」）

花子：約束よ。来週は絶対空けておい*てよね。

（約束よ：約好囉；「よ」表示「提醒」；空けておいてよね：請事先空出來喔；「空けておく＋てください＋よね」的用法；「おいて」後面省略了「ください」；「よ」表示「提醒 」；「ね」表示「期待同意 」）

使用文型

動詞

[て形（～て／～で）]＋ちゃって／じゃって　因為～（無法挽回的）遺憾

※ 此為「動詞て形 ＋ しまって」的「縮約表現」，口語時常使用「縮約表現」。

※ 屬於「普通體文型」，「丁寧體文型」為「動詞て形除去 [て／で] ＋ ちゃいまして ／ じゃいまして」。

- 入ります（插入）→ バイトのシフトが入っちゃって*（因為很遺憾插入了打工的排班）
- 汚れます（弄髒）→ 汚れちゃって（因為不小心弄髒了）
- 忘れます（忘記）→ 忘れちゃって（因為不小心忘記了）

動詞

[て形]＋おく　事前準備

- 空けます（空出來）→ 空けておく*（事先空出來）
- 掃除します（打掃）→ 掃除しておく（事先打掃）
- コピーします（影印）→ コピーしておく（事先影印）

中譯

太郎：對不起，因為周末突然有打工的排班插進來…。

花子：什麼～，又來了？…工作跟我，哪一個重要？

太郎：當然是花子重要啊。我一定會補償你的。

花子：約好囉。下周一定要空出來喔。

吵架&抱怨
114

MP3 114

真不想看到你的臉。

あなたなんか顔（かお）も見（み）たくないわ。

助詞：表示輕視、輕蔑

動詞：看（見ます⇒ます形除去［ます］）

助動詞：表示希望（たい⇒現在否定形-くない）

助詞：表示感嘆（女性語氣）

あなた　なんか　顔　も　見　たくない　わ。

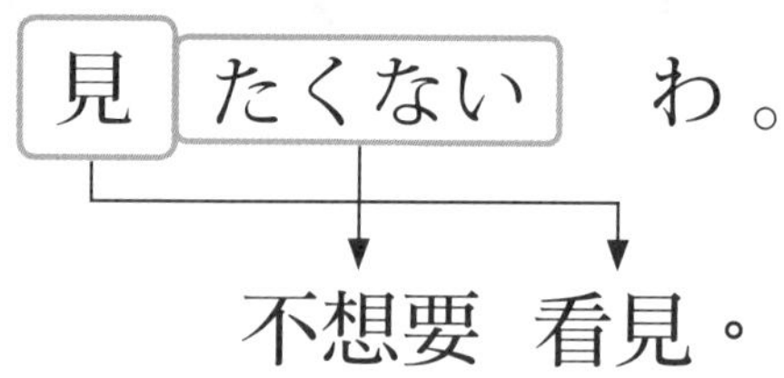

你　臉　都　不想要　看見。

使用文型

動詞［~~ます~~形］＋たい　想要［做］～

見ます（看）	→ 見（み）たい	（想要看）
勝ちます（贏）	→ 勝（か）ちたい	（想要贏）
告白します（告白）	→ 告白（こくはく）したい	（想要告白）

用法 吵架時所使用的一句話。這是非常嚴厲的表現方式。

會話練習

花子（はなこ）：昨日（きのう）、ご飯作（はんつく）って 待（ま）ってたのに*、バイト先（さき）の女（おんな）の子（こ）と

ご飯作って：做飯；「ご飯を作って」的省略說法；「て形」表示「附帶狀況」

待ってたのに：等待著，卻…；「待っていたのに」的省略說法

バイト先の女の子と：和打工地方的女孩子；「と」表示「動作夥伴」

食事（しょくじ）したって どういうこと！？

食事したって：聽說吃飯了；「って」等同「というのは」，表示「提示內容＋主題」

どういうこと！？：是怎麼一回事？

太郎：いや、それは…、話せば長くなるんだけど…。
不　說來話長；「んだ」表示「強調」；「けど」表示「輕微主張」

花子：あなたなんか顔も見たくないわ。もう電話して来ないでよ。さよなら！
再　不要打電話過來；「電話して来ないでくださいよ」的省略說法；「よ」表示「看淡」
再見

太郎：ちょ、ちょっと、僕の話も聞いてくれ*よ！
重覆「ちょっと」的「ちょ」，表示「心裡的動搖」　等一下　也　聽我說嘛；「よ」表示「感嘆」

使用文型

動詞／い形容詞／な形容詞＋な／名詞＋な

[普通形] ＋ のに　～，卻～

※「な形容詞」、「名詞」的「普通形-現在肯定形」，需要有「な」再接續。

動	待って[い]ます（等待著）	→ 待って[い]たのに*	（等待著，卻～）
い	面白い（有趣的）	→ 面白いのに	（有趣，卻～）
な	有名（な）（有名）	→ 有名なのに	（有名，卻～）
名	人妻（已婚婦女）	→ 人妻なのに	（是已婚婦女，卻～）

動詞

[て形] ＋ くれ　（命令別人）[做] ～

※ 此文型是「男性對同輩或晚輩」所使用的。

聞きます（聽）	→ 聞いてくれ*	（（你）聽我說）
持って来ます（拿來）	→ 持って来てくれ	（（你）給我拿來）
掃除します（打掃）	→ 掃除してくれ	（（你）給我去打掃）

中譯　花子：昨天我做了飯等你，聽說你卻和打工的女孩子一起吃飯，這是怎麼一回事！？
太郎：不，那個…說來話長…。
花子：真不想看到你的臉。不要再打電話來了。再見！
太郎：等、等一下，你也聽我說嘛！

MP3 115

我是不是哪裡讓你不高興了？

何（なに）か怒（おこ）らせちゃったかな？

名詞（疑問詞）：什麼、任何	助詞：表示不特定	動詞：生氣（怒ります⇒使役形[怒らせます]的て形）	補助動詞：無法挽回的遺憾（しまいます⇒た形）	助詞：表示疑問	助詞：表示感嘆（自言自語）

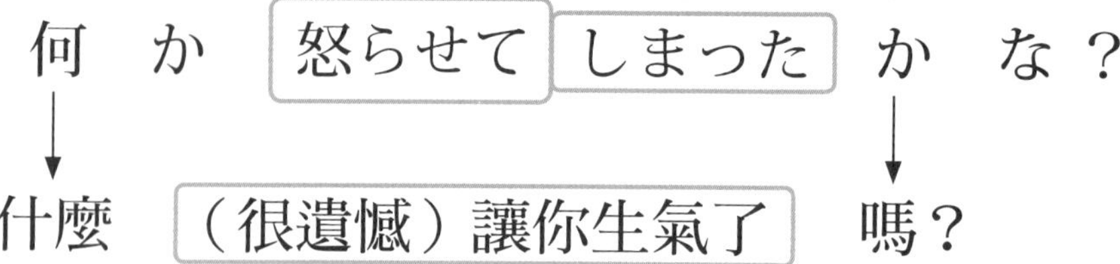

※「怒らせてしまった」的「縮約表現」是「怒らせちゃった」，口語時常使用「縮約表現」。

使用文型

動詞

［て形］＋しまいます　（無法挽回的）遺憾

怒らせます（讓～生氣）	→ 怒（おこ）らせてしまいます	（會不小心讓別人生氣）
間違います（搞錯）	→ 間違（まちが）ってしまいます	（會不小心搞錯）
傷みます（（食物等）腐敗）	→ 傷（いた）んでしまいます	（很遺憾會腐敗）

用法 對方似乎因為自己的言行舉止感到不悅時，可以用這句話跟對方確認。

會話練習

太郎：花子、ご飯でも食べに行こう*。
表示：舉例　去吃吧

花子：……。

太郎：あれ？　何か怒らせちゃったかな？
咦？

花子：…私、今日は料理作るって言った*でしょ。もうっ。
做菜；「料理を作る」的省略說法　說了…對不對？「って」表示「提示內容」　真是的

使用文型

動詞

[ます形／動作性名詞]＋に＋行こう　去[做]～吧

※此為「普通體文型」用法，「丁寧體文型」為「～に行きましょう」。

動	食べます（吃）	→ 食べに行こう*	（去吃吧）
動	会います（見面）	→ 会いに行こう	（去見面吧）
名	旅行（旅行）	→ 旅行に行こう	（去旅行吧）

動詞／い形容詞／な形容詞＋[だ]／名詞＋[だ]

[普通形]＋って言った　說了～

※此為「普通體文型」用法，「丁寧體文型」為「～って言いました」。
※「な形容詞」、「名詞」的「普通形-現在肯定形」，有沒有「だ」都可以。

動	作ります（製作）	→ 料理[を]作るって言った*	（說了「要做菜」）
い	おいしい（好吃的）	→ おいしいって言った	（說了「好吃」）
な	だめ（な）（不行）	→ だめ[だ]って言った	（說了「不行」）
名	秘密（秘密）	→ 秘密[だ]って言った	（說了「是秘密」）

中譯
太郎：花子，我們去吃飯吧。
花子：……。
太郎：咦？我是不是哪裡讓你不高興了？
花子：…我說過今天要做菜的，對不對？真是的。

MP3 116

很抱歉，讓你感到寂寞了。

寂(さび)しい思(おも)いをさせてごめんね。

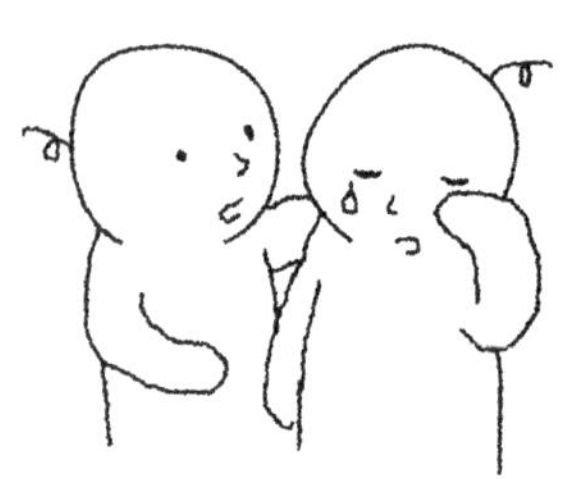

寂しい	思い	を	させて	ごめん	ね
い形容詞：寂寞	名詞：感覺、感受（動詞[思います]的名詞化）	助詞：表示動作作用對象	動詞：做（します的⇒使役形[させます]的て形）（て形表示原因）	招呼用語	助詞：表示留住注意

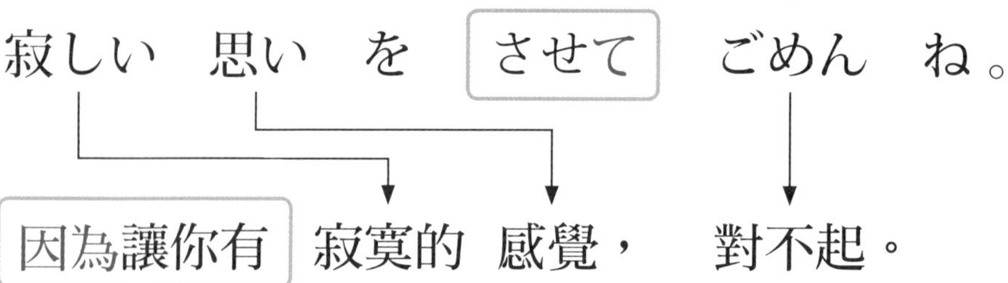

使用文型

動詞　い形容詞　な形容詞

[て形／－い＋くて／－な＋で／名詞＋で]、～　因為～，所以～

動	させます（讓～做）	→ 寂(さび)しい思(おも)いをさせて	（因為讓你感到寂寞，所以～）
い	優しい（溫柔）	→ 優(やさ)しくて	（因為溫柔，所以～）
な	重要（な）（重要）	→ 重要(じゅうよう)で	（因為重要，所以～）
名	記念日（紀念日）	→ 記念日(きねんび)で	（因為是紀念日，所以～）

用法　沒辦法一直陪在對方身邊，讓對方感到寂寞時，可以用這句話道歉。

會話練習

太郎：先週はごめんね。急に会えなくなっちゃって*。

抱歉；「ね」表示「留住注意 」　突然　因為很遺憾變成無法見面；「会えなくなっちゃって」是「会えなくなっちゃう」的「て形」，表示「原因」

花子：うん、…寂しかった。

好寂寞

太郎：寂しい思いをさせてごめんね。

花子：うん、でも今日会えたから*だいじょうぶ。

但是　因為能夠見面了　沒關係

使用文型

動詞

[て形（~て／~で）]＋ちゃって／じゃって　因為~（無法挽回的）遺憾

※ 此為「動詞て形 ＋ しまって」的「縮約表現」，口語時常使用「縮約表現」。

※ 屬於「普通體文型」，「丁寧體文型」為「動詞て形除去[て／で] ＋ ちゃいまして ／ じゃいまして」。

なります（變成） → 会えなくなっちゃって*　（因為很遺憾變成無法見面）

死にます（死亡） → 死んじゃって　（因為很遺憾死掉了）

遅れます（遲到） → 遅れちゃって　（因為不小心遲到了）

動詞／い形容詞／な形容詞＋だ／名詞＋だ

[普通形]＋から　因為~

※「な形容詞」、「名詞」的「普通形-現在肯定形」，需要有「だ」再接續。

動　会えます（可以見面） → 会えたから*　（因為可以見面了）

い　寂しい（寂寞的） → 寂しいから　（因為寂寞）

な　新鮮（な）（新鮮） → 新鮮だから　（因為新鮮）

名　一目惚れ（一見鍾情） → 一目惚れだから　（因為是一見鍾情）

中譯

太郎：上周真抱歉。突然沒辦法見面。

花子：嗯…我覺得好寂寞。

太郎：很抱歉，讓你感到寂寞了。

花子：嗯，但是，因為今天能夠見到面，所以沒關係。

道歉
117

是我的錯，不要再生氣了嘛。

僕（ぼく）が悪（わる）かったから、機嫌（きげん）を直（なお）してくれよ。

助詞：表示焦點
い形容詞：不好（悪い⇒た形）
助詞：表示原因理由

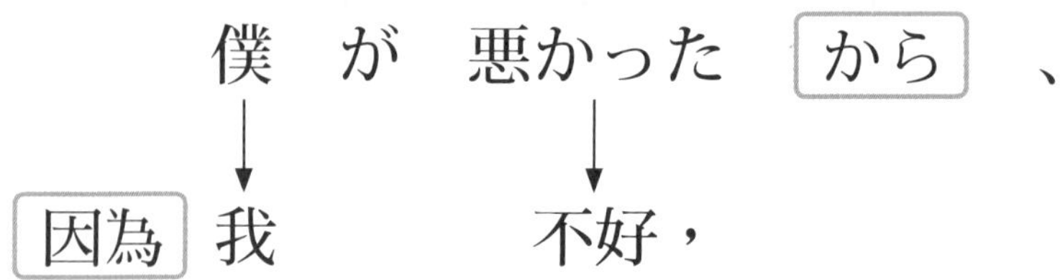

助詞：表示動作作用對象
動詞：恢復、復原（直します⇒て形）
補助動詞：（くれます⇒命令形）
助詞：表示感嘆

機嫌 を 直して くれ よ。

為我恢復 心情 嘛。

使用文型

動詞

[て形]＋くれ　（命令別人）[做]～

※ 此文型是「男性對同輩或晚輩」所使用的。

直します（恢復）→ 機嫌（きげん）を直（なお）してくれ　（（你）給我恢復心情）

持って来ます（拿來）→ 持（も）って来（き）てくれ　（（你）給我拿來）

用法 吵架時主動向正在生氣的對方道歉，所使用的一句話。

會話練習

花子：この前みたいに私がいない時に他の人とデートなんかしたら
像之前那樣；「に」是「みたい」的副詞用法　不在的時候　和別人約會之類的話；「なんか」表示「之類的」

許さないから*ね。
不會原諒；「から」表示「宣言」；「ね」表示「留住注意」

太郎：うん、わかってるよ。
我知道啦；「わかっているよ」的省略說法；「よ」表示「看淡」

花子：もう…、本当に悲しかったんだから*。
真是的　因為很悲傷

太郎：僕が悪かったから、機嫌を直してくれよ。

使用文型

動詞／い形容詞／な形容詞+だ／名詞+だ

[　普通形　]＋から　表示宣言

※「な形容詞」、「名詞」的「普通形-現在肯定形」，需要有「だ」再接續。

動	許します（原諒）	→ 許さないから*	（我不會原諒）
い	優しい（溫柔的）	→ 私の方が優しいから	（我比較溫柔）
な	ハンサム（な）（帥氣）	→ 僕はハンサムだから	（我是帥氣的）
名	俳優（演員）	→ 私はもう俳優だから	（我已經是演員了）

動詞／い形容詞／な形容詞+な／名詞+な

[　普通形　]＋んだから　因為＋強調

※ 此為「普通體文型」用法，「丁寧體文型」為「んですから」。
※「な形容詞」、「名詞」的「普通形-現在肯定形」，需要有「な」再接續。

動	勝ちます（贏）	→ 勝ったんだから	（因為贏了）
い	悲しい（悲傷的）	→ 悲しかったんだから*	（因為很悲傷）
な	有名（な）（有名）	→ 有名なんだから	（因為很有名）
名	友達（朋友）	→ 友達なんだから	（因為是朋友）

中譯
花子：如果你像之前那樣趁我不在的時候和別人約會的話，我不會原諒你的。
太郎：嗯，我知道啦。
花子：真是的…，因為我真的好傷心。
太郎：是我的錯，不要再生氣了嘛。

 MP3 118

我再也不敢外遇了。求求你原諒我。

もう二度(にど)と浮気(うわき)しませんから、許(ゆる)してください。

副詞：再 ｜ 副詞：再也（不）～ ｜ 動詞：花心、外遇（浮気します⇒現在否定形） ｜ 助詞：表示原因理由

もう　二度と　浮気しません　から、

因為　再也　不會外遇，

動詞：原諒（許します⇒て形）

補助動詞：請（くださいます⇒命令形［くださいませ］除去［ませ］）（口語時可省略）

許して　ください　。

［請］　原諒（我）　。

使用文型

動詞

［て形］＋ください　　請［做］～

許します（原諒） → 許(ゆる)してください　（請原諒）

落ち着きます（冷靜） → 落(お)ち着(つ)いてください　（請冷靜）

用法　劈腿時向對方道歉，並發誓自己不會再犯時，可以說這句話。

會話練習

桃子：じゃ、聞くけど、友達の桜子にもいろいろ最近
詢問；「けど」表示「前言」，是一種緩折的語氣　「に」表示「動作的對方」；「も」表示「也」　各個方面

声かけてるらしい*わね。
聽說好像有在搭訕喔；「声をかけているらしいわね」的省略說法；「わ」表示「女性語氣」；「ね」表示「再確認」

拓也：え、そんなことは…。
咦？　那種事情；「は」表示「主題」

桃子：桜子は親友なんだから私に嘘つくはずがない*わ。
因為是好朋友；「んだ」表示「強調」　不可能說謊；「嘘をつくはずがないわ」的省略說法；「わ」表示「女性語氣」

…覚悟はいい？
有心理準備嗎？

拓也：…も、もう二度と浮気しませんから、許してください。
重覆「もう」的「も」，表示「心裡的動搖」

使用文型

動詞／い形容詞／な形容詞／名詞

[　普通形　]＋らしい　（聽說）好像～

動	声[を]かけて[い]ます（搭訕的狀態）	→ 声[を]かけて[い]るらしい*	（聽說好像是搭訕的狀態）
い	暑い（炎熱的）	→ 暑いらしい	（聽說好像很熱）
な	親切（な）（親切）	→ 親切らしい	（聽說好像很親切）
名	晴れ（晴天）	→ 晴れらしい	（聽說好像是晴天）

動詞／い形容詞／な形容詞＋な／名詞＋の

[　普通形　]＋はずがない　不可能～

※「な形容詞」的「普通形-現在肯定形」需要有「な」；「名詞」需要有「の」再接續。

動	嘘[を]つきます（說謊）	→ 嘘[を]つくはずがない*	（不可能說謊）
い	頭がいい（聰明）	→ 頭がいいはずがない	（不可能聰明）
な	暇（な）（空閒）	→ 暇なはずがない	（不可能有空）
名	浮気（外遇）	→ 浮気のはずがない	（不可能外遇）

中譯
桃子：那麼，我問你，聽說你最近好像也有跟我的朋友櫻子搭訕。
拓也：咦？那種事情…。
桃子：因為櫻子是我的好朋友，不可能對我說謊。…你有心理準備了嗎？
拓也：…我再、我再也不敢外遇了。求求你原諒我。

MP3 119

你如果有小三的話，我會殺了你。

浮気(うわき)したら殺(ころ)すからね。

動詞：花心、外遇（浮気します⇒た形＋ら）	動詞：殺（殺します⇒辭書形）	助詞：表示宣言	助詞：表示留住注意

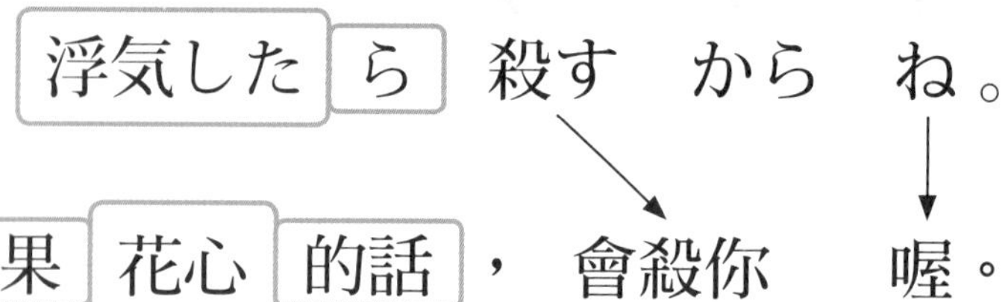

使用文型

動詞／い形容詞／な形容詞／名詞

[た形／なかった形]＋ら　如果～的話

動	浮気します（花心）	→ 浮気(うわき)したら	（如果花心的話）
い	怖い（害怕的）	→ 怖(こわ)かったら	（如果害怕的話）
な	好き（な）（喜歡）	→ 好(す)きだったら	（如果喜歡的話）
名	大学生（大學生）	→ 大学生(だいがくせい)だったら	（如果是大學生的話）

用法 強烈表達絕對不會原諒對方的劈腿行為時，可以說這句話。

會話練習

桃子（ももこ）：拓也（たくや）さん、わたしのこと好（す）き？
喜歡我嗎？

拓也（たくや）：もちろんだよ。
當然囉；「よ」表示「提醒」

桃子（ももこ）：ほんと？　じゃ、もし浮気（うわき）したら殺（ころ）すからね。
真的嗎？　如果

拓也（たくや）：……。

相關表現

如果情人花心的話，我…

分手 → 浮気（うわき）したら、別（わか）れるからね。
（你如果花心的話，我會分手喔。）

不原諒 → 浮気（うわき）したら、絶対（ぜったい）許（ゆる）さないからね。
（你如果花心的話，我絕對不會原諒你喔。）

我也… → 浮気（うわき）したら、私（わたし）も浮気（うわき）するからね。
（你如果花心的話，我也會花心喔。）

悲傷 → 浮気（うわき）したら、私（わたし）、悲（かな）しい…。
（你如果花心的話，我會很傷心…。）

中譯
桃子：拓也，你喜歡我嗎？
拓也：當然囉。
桃子：真的嗎？那麼，你如果有小三的話，我會殺了你。
拓也：……。

劈腿

120

MP3 120

我怎麼可能會有小三。

浮気(うわき)？　するわけないじゃん。

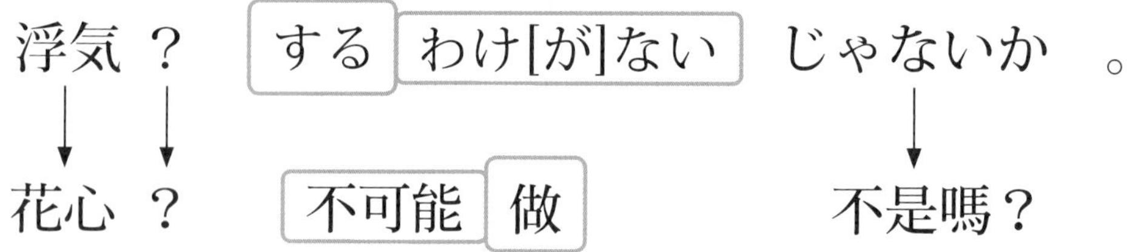

浮気 ？ する わけ[が]ない じゃないか 。

花心 ？ 不可能 做 不是嗎？

※「じゃないか」的「縮約表現」是「じゃん」，口語時常使用「縮約表現」。

使用文型

動詞／い形容詞／な形容詞+な／名詞+な

[　普通形　] ＋ わけがありません　不可能～

※ 此為「丁寧體文型」，「普通體文型」為「～わけがない」。
※「な形容詞」、「名詞」的「普通形-現在肯定形」，需要有「な」再接續。

動	します（做）	→ するわけがありません	（不可能做）
い	嬉しい（高興的）	→ 嬉(うれ)しくないわけがありません	（不可能不高興）
な	暇（な）（空閒）	→ 暇(ひま)なわけがありません	（不可能有空）
名	国産（國產）	→ 国産(こくさん)なわけがありません	（不可能是國產）

用法 表示「不可能有那種事」，堅決表明自己絕對不會劈腿。

會話練習

拓也（たくや）：う、浮気（うわき）？　するわけないじゃん。

重覆「浮気」的「う」，表示「心裡的動搖」

桃子（ももこ）：私（わたし）の目（め）を見（み）て もう一回（いっかい）言（い）って*。

看我的眼睛；「て形」表示「附帶狀況」　再說一次；「もう一回を言ってください」的省略說法

拓也（たくや）：浮気（うわき）なんか しません…。

劈腿之類的　不會去做

桃子（ももこ）：目（め）が泳（およ）いでる*わよ。

眼神在游移喔；「目が泳いでいるわよ」的省略說法；「わ」表示「女性語氣」；「よ」表示「提醒」

使用文型

動詞

[て形] ＋ ください　　請 [做] ～

※ 丁寧體會話時為「動詞て形 ＋ ください」。
※ 普通體、口語會話時，省略「ください」。

言います（說）	→ 言（い）って[ください]*	（請說）
頑張ります（加油）	→ 頑張（がんば）って[ください]	（請加油）
考えます（考慮）	→ 考（かんが）えて[ください]	（請考慮）

動詞

[て形] ＋ いる　　目前狀態

※ 此為「普通體文型」，「丁寧體文型」為「動詞て形 ＋ います」。
※ 口語時，通常採用「普通體文型」說法，並可省略「動詞て形 ＋ いる」的「い」。

泳ぎます（游移）	→ 目（め）が泳（およ）いで[い]る*	（目前是眼神游移的狀態）
故障します（故障）	→ 故障（こしょう）して[い]る	（目前是故障的狀態）
折れます（折斷）	→ 骨（ほね）が折（お）れて[い]る	（目前是骨折的狀態）

中譯　拓也：小、我怎麼可能會有小三？
桃子：看我的眼睛再說一次。
拓也：我不會劈腿…。
桃子：你的眼神在游移喔。

劈腿

121

MP3 121

那，就是說你腳踏兩條船？

じゃあ、二股（ふたまた）をかけてたってわけ？

接續詞：那麼

慣用語：腳踏兩條船（二股をかけます⇒て形）

補助動詞：（います⇒た形）（口語時可省略い）

連語：就是說（＝というわけ）

じゃあ、 二股 を かけて [い]た ってわけ ？

那麼 就是說 到目前是 腳踏兩條船 的狀態 嗎？

使用文型

動詞

[て形] ＋ います　　目前狀態

二股をかけます（腳踏兩條船）→ 二股（ふたまた）をかけています（目前是腳踏兩條船的狀態）

同居します（同居）→ 同居（どうきょ）しています　（目前是同居的狀態）

惚れます（迷戀）→ 惚（ほ）れています　（目前是迷戀的狀態）

用法　質問對方是否腳踏兩條船時，可以用這句話確認。

會話練習

美耶（みや）：じゃあ、太郎（たろう）さん、二股（ふたまた）をかけてたってわけ？

花子（はなこ）：それが…、私（わたし）の勘違（かんちが）いで、太郎（たろう）さんは梅子（うめこ）さんとは付（つ）き合（あ）ってなかったのよ。

那個 / 因為是誤會；「で」表示「原因」 / 和梅子小姐；「と」表示「動作夥伴」；「は」表示「對比（區別）」

沒有交往；「付き合っていなかったのよ」的省略說法；「の」表示「強調」；「よ」表示「感嘆」

美耶（みや）：ええ？　じゃあ花子（はなこ）のほうから ちゃんと謝（あやま）らないとだめ*だよ。

從花子這邊 / 好好地 / 一定要道歉啊

花子（はなこ）：うん…、太郎（たろう）さんにあんな ひどいこと言（い）っちゃって…。

那樣 / 因為很遺憾說了過分的話；「ひどいことを言っちゃって」的省略說法；「言っちゃって」是「言っちゃう」的「て形」，表示「原因」

ああ、合（あ）わせる顔（かお）がないわ…。

沒臉見人；「わ」表示「女性語氣」

使用文型

動詞

[ない形] ＋ ないとだめ　　一定要[做]～

謝ります（道歉）	→ 謝（あやま）らないとだめ*	（一定要道歉）
断ります（拒絕）	→ 断（ことわ）らないとだめ	（一定要拒絕）
帰ります（回去）	→ 帰（かえ）らないとだめ	（一定要回去）

動詞

[て形（～て／～で）] ＋ ちゃって／じゃって　因為～（無法挽回的）遺憾

※ 此為「動詞て形 ＋ しまって」的「縮約表現」，口語時常使用「縮約表現」。

言います（說）	→ 言（い）っちゃって*	（因為很遺憾說了）
故障します（故障）	→ 故障（こしょう）しちゃって	（因為很遺憾故障了）
寝坊します（睡過頭）	→ 寝坊（ねぼう）しちゃって	（因為不小心睡過頭了）

中譯
美耶：那，就是說，太郎腳踏兩條船？
花子：那件事…因為是我的誤會，太郎和梅子沒有交往啦。
美耶：咦～？那麼，花子你一定要好好地跟人家道歉啊。
花子：嗯…我對太郎說了那麼過分的話…。啊～我沒有臉見他了啦…。

（我們）還是回到朋友的關係好了…。

やっぱり友達(ともだち)に戻(もど)ろうよ…。

副詞：還是（＝やはり）

助詞：表示變化結果

動詞：返回（戻ります⇒意向形）

助詞：表示感嘆

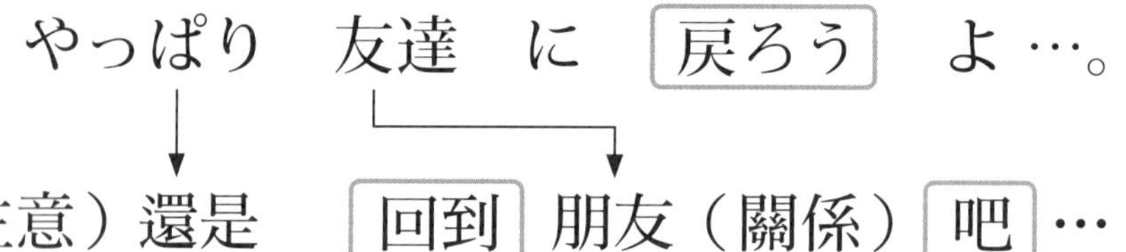

使用文型

「やっぱり」的用法

果然 → やっぱり浮気(うわき)していたのね！
（你果然有外遇。）

改變主意 → やっぱり友達(ともだち)に戻(もど)ろうよ…。
（還是回到朋友關係吧…。）

→ 映画(えいが)を見(み)に行(い)くのはやめて、やっぱり家(いえ)でＤＶＤを見(み)よう。
（不要去看電影，還是在家裡看DVD吧。）

仍然 → 今(いま)でもやっぱり君(きみ)が好(す)きだ。
（我到現在仍然喜歡妳。）

再重新認識 → やっぱりあなたが一番(いちばん)だよ。
（你果然還是最好的。）

用法 想要終止情人關係，回到朋友之間的交往時，可以說這句話。對方聽到這句話，也許會遭受打擊。

會話練習

太郎：花子、僕たち、やっぱり友達に戻ろうよ…。
（僕たち：我們）

花子：ええ！？
（ええ！？：咦！？）

太郎：ははは。冗談だよ冗談。反応が見てみたかった*だけ*。
（冗談だよ：開玩笑的啦；「よ」表示「看淡」）（見てみたかった：之前就有想要看一看）（だけ：只是…而已）

花子：もうっ！　嫌い！
（もうっ：真是的）（嫌い：討厭）

使用文型

動詞

[て形] ＋ みたかった　之前就有想要 [做] ～看看

見ます（看）	→ 見てみたかった*	（之前就有想要看一看）
使います（使用）	→ 使ってみたかった	（之前就有想要使用看看）
行きます（去）	→ 行ってみたかった	（之前就有想要去看看）

動詞／い形容詞／な形容詞＋な／名詞

[　普通形　] ＋ だけ　只是～而已、只有

※「な形容詞」的「普通形-現在肯定形」，需要有「な」再接續。
※「動詞ます形 ＋ たい」的「たい」是「助動詞」，變化上與「い形容詞」相同。

動	言います（說）	→ 言っただけ	（只是說而已）
い	見てみたい（想看一看）	→ 見てみたかっただけ*	（只是想看一看而已）
な	きれい（な）（漂亮）	→ きれいなだけ	（只是漂亮而已）
名	一日（一天）	→ 一日だけ	（只有一天而已）

中譯
太郎：花子，我們還是回到朋友的關係好了…。
花子：咦！？
太郎：哈哈哈。開玩笑的啦，開玩笑。我只是想看看你的反應而已。
花子：真是的！討厭！

分手&挽回
123

MP3 123

我們還是分手比較好吧。

別(わか)れた方(ほう)が二人(ふたり)のためだよ。

動詞：分手（別れます⇒た形）	助詞：表示焦點	助詞：表示所屬（屬於文型上的用法）	形式名詞：為了～	助動詞：表示斷定（です⇒普通形-現在肯定形）	助詞：表示感嘆

別れた　方　が　二人　の　ため　だ　よ。

分手（的那一個選擇）比較　為了兩個人好。

使用文型

動詞　動詞　動詞
[辭書形／た形／ない形]＋方が～　[做]／[不做]～比較～

辭書	出席します（出席）	→ 出席(しゅっせき)する方(ほう)がいいです	（出席比較好）
た形	別れます（分手）	→ 別(わか)れた方(ほう)が二人(ふたり)のためです	（分手比較為了兩個人好）
ない	吸います（抽（菸））	→ 吸(す)わない方(ほう)が体(からだ)にいいです	（不要抽（菸）對身體比較好）

動詞
[辭書形／名詞＋の]＋ため、～　為了～

動詞	生きます（生存）	→ 生(い)きるため	（為了生存）
名詞	二人（兩個人）	→ 二人(ふたり)のため	（為了兩個人）

用法　告訴對方，分手對雙方都好時，所使用的一句話。

會話練習

拓也（たくや）：桃子（ももこ）さん、なんとか考（かんが）え直（なお）してくれないかな*…。
想個辦法　會不會為我重新考慮呢？「かな」表示「一半疑問、加上一半自言自語的疑問語氣」

桃子（ももこ）：別（わか）れた方（ほう）が二人（ふたり）のためだよ。それに私（わたし）、
而且

もう好（す）きな人（ひと）ができたから*、ごめんね。
已經　因為有喜歡的人了　對不起啊；「ね」表示「感嘆」

拓也（たくや）：えっ？　そ、そうだったの？
重覆「そう」的「そ」，表示「心裡的動搖」　是那樣嗎？「の？」表示「關心好奇、期待回答」

使用文型

動詞

［て形］＋くれないかな　會不會（為我）［做］～呢？

考え直します（重新考慮）→考（かんが）え直（なお）してくれないかな*（會不會（為我）重新考慮呢？）
教えます（教導）→教（おし）えてくれないかな（會不會教我呢？）
取ります（拿）→取（と）ってくれないかな（會不會（為我）拿呢？）

動詞／い形容詞／な形容詞＋だ／名詞＋だ

［普通形］＋から　因為～

※「な形容詞」、「名詞」的「普通形-現在肯定形」，需要有「だ」再接續。

動　できます（有）→好（す）きな人（ひと）ができたから*（因為有喜歡的人了）
い　つまらない（無聊的）→つまらないから（因為無聊）
な　重要（な）（重要）→重要（じゅうよう）だから（因為重要）
名　元カノ（前女友）→元（もと）カノだから（因為是前女友）

中譯
拓也：桃子，你想個辦法，會不會為我重新考慮呢？
桃子：我們還是分手比較好吧。而且，因為我已經有喜歡的人了，對不起啊。
拓也：咦？是、是那樣嗎？

MP3 124

突然說要分手，你要不要再重新考慮一下？

突然(とつぜん)、別(わか)れるだなんて…。もう一度(いちど)考(かんが)え直(なお)してくれない？

副詞：突然

動詞：分手（別れます⇒辭書形）

助動詞：表示斷定（です⇒普通形-現在肯定形）（前面的「突然、別れる」是一個內容，視為「名詞節」，所以後面可接「だ」）

助詞：表示驚訝

突然　、　別れる　だ　なんて　…。

↓突然　↓要分手

副詞：再

數量詞：一次

動詞：重新考慮（考え直します⇒て形）

補助動詞：（くれます⇒ない形）

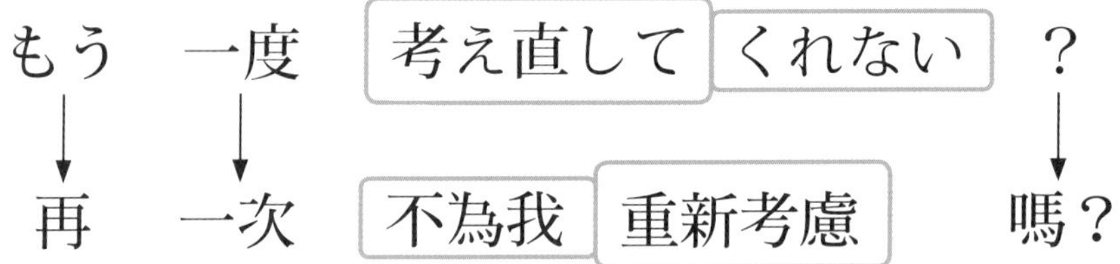

使用文型

動詞

[て形]＋くれます　別人為我[做]～

考え直します（重新考慮）	→ 考(かんが)え直(なお)してくれます	（別人為我重新考慮）
支払います（付錢）	→ 支払(しはら)ってくれます	（別人為我付錢）
助けます（幫助）	→ 助(たす)けてくれます	（別人幫助我）

用法　對方提出分手的話題，希望對方再重新考慮時，可以用這句話要求對方。

會話練習

桃子（ももこ）：やっぱり私（わたし）たち、友達（ともだち）に戻（もど）りましょう。
やっぱり：還是
友達に戻りましょう：回到朋友之間的關係吧；「に」表示「變化結果」

拓也（たくや）：えっ？ 突然（とつぜん）、別（わか）れるだなんて…。もう一度（いちど）考（かんが）え直（なお）してくれない？
えっ？：咦？

桃子（ももこ）：ううん、やっぱり 浮気性（うわきしょう）の人（ひと） とは付（つ）き合（あ）いたくない*の*。
ううん：不
やっぱり：還是
浮気性の人：生性花心的人
とは付き合いたくないの：因為不想和…交往；「と」表示「動作夥伴」；「は」表示「對比（區別）」；「の」表示「理由」

拓也（たくや）：そんな…。
そんな…：被提示出無法接受的事情時的回應

使用文型

動詞

[~~ます~~形] ＋ たくない　　不想要［做］～

付き合います（交往）	→ 付（つ）き合（あ）いたくない*	（不想要交往）
帰ります（回去）	→ 帰（かえ）りたくない	（不想要回去）
変えます（改變）	→ 変（か）えたくない	（不想要改變）

動詞／い形容詞／な形容詞＋な／名詞＋な

[　　普通形　　] ＋ の　　理由

※ 此為「口語説法」，「普通體文型」為「～んだ」，「丁寧體文型」為「～んです」。
※「な形容詞」、「名詞」的「普通形-現在肯定形」，需要有「な」再接續。
※「動詞~~ます~~形 ＋ たい」的「たい」是「助動詞」，變化上與「い形容詞」相同。

動	振られます（被甩）	→ 振（ふ）られたの	（因為被甩了）
い	付き合いたい（想要交往）	→ 付（つ）き合（あ）いたくないの*	（因為不想要交往）
な	特別（な）（特別）	→ 特別（とくべつ）なの	（因為很特別）
名	初恋（初戀）	→ 初恋（はつこい）なの	（因為是初戀）

中譯
桃子：我們還是恢復朋友的關係吧。
拓也：咦？突然說要分手，你要不要再重新考慮一下？
桃子：不，因為我還是不想和花心的人交往。
拓也：怎麼會那樣說，我無法接受…。

能不能跟我復合呢…？

なんとか、よりを戻(もど)せないかなあ…。

副詞：設法～、想辦法～

慣用語：和好（よりを戻します⇒可能形［よりを戻せます］的ない形）

助詞：表示疑問

助詞：表示感嘆（自言自語）

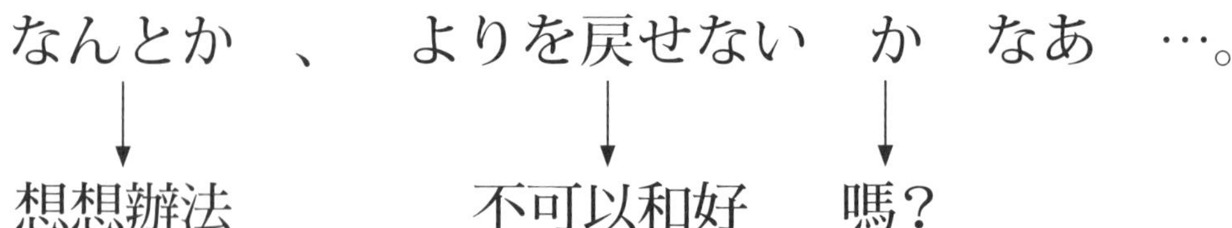

相關表現

情侶之間的各種分分合合

元(もと)の鞘(さや)に收(おさ)まる　（分手後復合）

仲直(なかなお)りする　（和好）

喧嘩別(けんかわか)れする　（吵架而分手）

自然消滅(しぜんしょうめつ)する　（感情慢慢淡化而自然沒有男女關係）

用法　希望回到原本的戀人關係時，可以說這句話。

會話練習

拓也(たくや)：なんとか、よりを戻(もど)せないかなあ…。

桃子（ももこ）：ごめんなさいね。さっきも言（い）ったけど、もう他（ほか）に
抱歉；「ね」表示「留住注意」　剛才　也　說過了；「けど」表示「前言」，是一種緩折的語氣　已經　另外；「に」表示「累加」

好（す）きな人（ひと）ができちゃった*から。女（おんな）の『好（す）き』は
喜歡的人　因為很遺憾有…了；「から」表示「原因理由」

『名前（なまえ）を付（つ）けて保存（ほぞん）』じゃなくて*、
打上名字，另存新檔　不是…，而是…

『上書（うわが）き保存（ほぞん）』だから。
因為是「覆蓋舊的內容後存檔」

拓也（たくや）：…？　どういう意味（いみ）？
是什麼意思？

使用文型

動詞

[て形（～て／～で）]＋ちゃった／じゃった　（無法挽回的）遺憾

※ 此為「動詞て形 ＋ しまった」的「縮約表現」，口語時常使用「縮約表現」。
※ 屬於「普通體文型」，「丁寧體文型」為「動詞て形除去 [て／で] ＋ ちゃいました ／ じゃいました」。

できます（有） → 好（す）きな人（ひと）ができちゃった*　（很遺憾有喜歡的人了）
故障します（故障） → 故障（こしょう）しちゃった　（很遺憾故障了）
間違います（搞錯） → 間違（まちが）っちゃった　（不小心搞錯了）

A ＋ じゃなくて ＋ B　不是A，而是B

『名前（なまえ）を付（つ）けて保存（ほぞん）』じゃなくて、『上書（うわが）き保存（ほぞん）』だから。*
（因為不是『打上名字，另存新檔』，而是『覆蓋舊的內容後存檔』。）

アメリカ人（じん）じゃなくてイギリス人（じん）ですよ。（不是美國人，而是英國人喔。）

中島（なかじま）じゃなくて中山（なかやま）です。（不是中島，而是中山。）

中譯
拓也：能不能跟我復合呢…？
桃子：抱歉。我剛才也說了，我已經有其他喜歡的人了。因為女人的『喜歡』不是『保留舊檔案（舊情人）另存新檔』，而是『覆蓋舊檔案（舊情人）存檔』。
拓也：…？是什麼意思？

分手&挽回
126

 MP3 126

下次還能見面吧…。
またいつか会(あ)えるよね…。

副詞：再

副詞：總有一天

動詞：見面（会います⇒可能形 [会えます] 的辭書形）

助詞：表示提醒

助詞：表示再確認

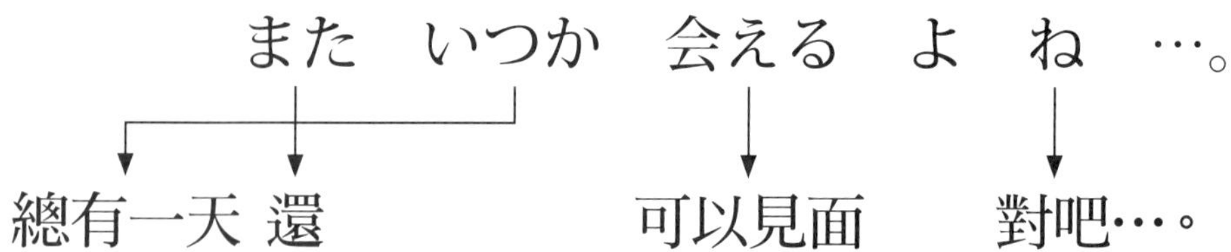

相關表現

「期待將來能有機會…」的用法

※ 下方例句依親密程度排序，1【一般】→ 4【最親密】。

1. いつか一緒(いっしょ)に食事(しょくじ)に行(い)こう。
（找一天一起去吃飯吧。）

2. いつか映画(えいが)を見(み)に行(い)こう。
（找一天去看電影吧。）

3. いつかディズニーランドに連(つ)れて[い]って。
（找一天你帶我去迪士尼樂園。）

4. いつか一緒(いっしょ)に温泉旅行(おんせんりょこう)に行(い)きたいな。
（想要找一天一起去溫泉之旅啊。）

用法 對可能無法再遇到的人，傳達自己期待能和對方再見面時，可以說這句話。

會話練習

花子（はなこ）：ごめんなさい。やっぱり 太郎（たろう）さんと よりを戻（もど）すことにした*の。

抱歉　還是　和太郎

決定要和好了；「…ことにした」表示「（自己一個人）決定…了」；「の」表示「強調」

拓也（たくや）：え？ どういうこと？ もう 彼（かれ）とは別（わか）れる って この前（まえ） 言（い）ってたのに*…。

什麼意思？　已經　要和他分手；「と」表示「動作夥伴」；「は」表示「對比（區別）」　表示：提示內容

之前　有說了，卻…「言っていたのに」的省略說法；「のに」表示「卻…」

花子（はなこ）：拓也（たくや）さん、期待（きたい）させて ごめんなさい。

因為讓你有所期待；「て形」表示「原因」　抱歉

拓也（たくや）：そうか…。じゃ…、またいつか会（あ）えるよね…。

這樣子啊

使用文型

動詞

[辭書形] ＋ ことにした　決定 [做] ～了（自己一個人決定的）

よりを戻します（和好）	→ よりを戻（もど）すことにした*	（決定要和好了）
辞めます（辭職）	→ 辞（や）めることにした	（決定要辭職了）
付き合います（交往）	→ 付（つ）き合（あ）うことにした	（決定要交往了）

動詞／い形容詞／な形容詞＋な／名詞＋な

[普通形] ＋ のに　～，卻～

※「な形容詞」、「名詞」的「普通形-現在肯定形」，需要有「な」再接續。

動	言って[い]ます（有說的狀態）	→ 言（い）って[い]たのに*	（有說了，卻～）
い	高い（貴的）	→ 高（たか）いのに	（很貴，卻～）
な	上手（な）（擅長）	→ 上手（じょうず）なのに	（擅長，卻～）
名	独身（單身）	→ 独身（どくしん）なのに	（是單身，卻～）

中譯
花子：抱歉。我還是決定要和太郎和好了。
拓也：咦？什麼意思？之前已經有說要和他分手，卻…。
花子：拓也，讓你有所期待，抱歉。
拓也：這樣子啊…。那麼…下次還能見面吧…。

MP3 127

我永遠都不會把你忘記。

あなたのこと、いつまでも忘(わす)れないよ。

助詞：表示所屬

副詞：永遠

動詞：忘記（忘れます⇒ない形）

助詞：表示提醒

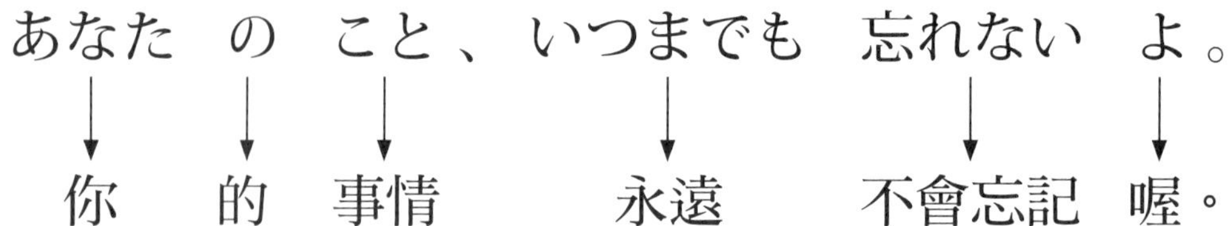

相關表現

「いつ」（什麼時候）和「どこ」（哪裡）的相關表現

+か	いつか（有一天、早晚）	どこか（某處、不知道在哪裡）
+も	いつも（總是、每次）	どこも（到處都～、哪裡都～）
+でも	いつでも（隨時、任何時候都～）	どこでも（隨地、哪裡都～）
+まで	いつまで（直到什麼時候、什麼時候之前）	どこまで（到哪裡為止）
+までも	いつまでも（永遠）	どこまでも（直到天涯海角）

用法　分手時所使用的一句話。通常用在好聚好散的時候。

會話練習

（電話で別れ話）
討論分手的事情

隆夫：そっか。じゃ、やっぱり 別れるしかない*んだね…。
這樣子啊　還是　只好分手對吧；「んだ」表示「強調」；「ね」表示「再確認」

美耶：本当に ごめんなさい。隆夫さん…。
真的　抱歉

隆夫：長い間、会えなかったし*…。やっぱり 遠距離恋愛は 難しいか…。
長時間　因為無法見面　果然還是　遠距離戀愛　很困難啊；「か」表示「感嘆」

美耶：隆夫さん、私、あなたのこと、いつまでも忘れないよ。

使用文型

動詞

[辭書形 ／ 名詞] ＋ しか ＋ 否定形　只（有）～而已、只好～

動	別れます（分手）	→ 別れるしかない*	（只好分手）
名	一日（一天）	→ 一日しかありません	（只有一天而已）

動詞 ／ い形容詞 ／ な形容詞＋だ ／ 名詞＋だ

[普通形] ＋ し　列舉理由

※「な形容詞」、「名詞」的「普通形-現在肯定形」，需要有「だ」再接續。

動	会えます（可以見面）	→ 会えなかったし*	（因為無法見面）
い	寒い（寒冷的）	→ 寒いし	（因為很冷）
な	簡単（な）（簡單）	→ 簡単だし	（因為很簡單）
名	週末（周末）	→ 週末だし	（因為是周末）

中譯　（在電話裡談分手）

隆夫：這樣子啊。那麼，還是只好分手對吧…。

美耶：真的很抱歉。隆夫…。

隆夫：因為很長一段時間無法見面…。遠距離戀愛果然還是很困難啊…。

美耶：隆夫，我永遠都不會把你忘記。

MP3 128

對不起，我已經有對象了。

ごめんなさい、他(ほか)に付(つ)き合(あ)ってる人(ひと)がいるんです。

招呼用語

助詞：
表示累加

動詞：交往
（付き合います
⇒て形）

補助動詞：
（います⇒辭書形）
（口語時可省略い）

助詞：
表示焦點

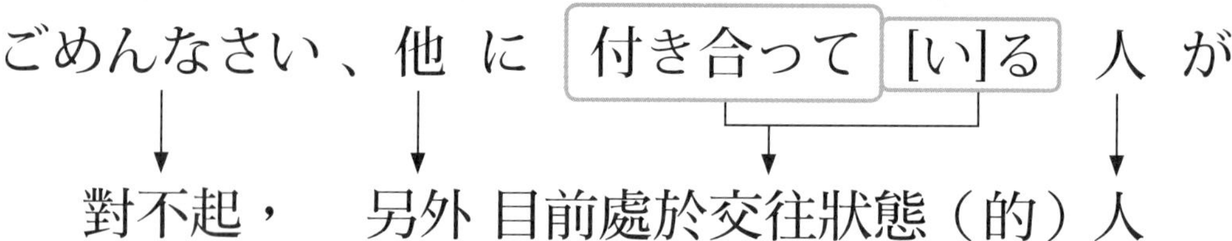

動詞：有、在
（います
⇒辭書形）

連語：ん＋です的普通體
ん…形式名詞（の⇒縮約表現）
です…助動詞：表示斷定
（現在肯定形）

いる んです 。

因為 有 。

※[動詞て形 ＋ います]：請參考 P026

使用文型

動詞／い形容詞／な形容詞＋な／名詞＋な

[普通形]＋んです 理由

※ 此為「丁寧體文型」用法，「普通體文型」為「～んだ」，口語説法為「～の」。
※「な形容詞」、「名詞」的「普通形-現在肯定形」，需要有「な」再接續。

動 います（有） → 付(つ)き合(あ)って[い]る人(ひと)がいるんです（因為有處於交往狀態的人）

い 眠い（想睡的） → 眠(ねむ)いんです （因為想睡覺）

な　複雑（な）（複雑）→ 複雑(ふくざつ)なんです　（因為複雜）

名　観光客（觀光客）→ 観光客(かんこうきゃく)なんです　（因為是觀光客）

用法　有人告白，告訴對方自己已經有交往對象，不能和對方交往，所使用的一句話。

會話練習

（太郎(たろう)がバイトの後輩(こうはい)に告白(こくはく)される）
バイト：打工　告白される：被告白

梅子(うめこ)：太郎(たろう)さん。…私(わたし)、あなたのことが好(す)きなんです*…。
あなたのことが好きなんです：很喜歡你；「んです」表示「強調」，前面是「な形容詞的普通形-現在肯定形」，需要有「な」再接續

太郎(たろう)：…梅子(うめこ)さん、気持(きも)ちは とても うれしいんだけど…。
気持ちは：心意；「は」表示「對比（區別）」　とても：非常　うれしいんだけど：高興，但是…；「んだ」表示「強調」；「けど」表示「逆接」

ごめんなさい、他(ほか)に付(つ)き合(あ)ってる人(ひと)がいるんです。

梅子(うめこ)：…やっぱり、そうですか…。
やっぱり：果然　そうですか：是這樣子啊

使用文型

動詞／い形容詞／な形容詞＋な／名詞＋な
[　普通形　]＋んです　強調

※ 此為「丁寧體文型」用法，「普通體文型」為「～んだ」，口語說法為「～の」。
※「な形容詞」、「名詞」的「普通形-現在肯定形」，需要有「な」再接續。

動　買います（買）→ 買(か)ったんです　（買了）

い　悲しい（悲傷的）→ 悲(かな)しいんです　（很悲傷）

な　好き（な）（喜歡）→ 好(す)きなんです*　（很喜歡）

名　日本人（日本人）→ 日本人(にほんじん)なんです　（是日本人）

中譯　（太郎被打工的後輩告白）
梅子：太郎先生。…我很喜歡你…。
太郎：…梅子小姐，你的心意我非常高興，但是…。對不起，我已經有對象了。
梅子：…果然，是這樣子啊…。

MP3 129

我那麼的喜歡你（妳／他／她），卻…。

こんなに好(す)きなのに…。

副詞：這麼　　な形容詞：喜歡　　助詞：表示逆接

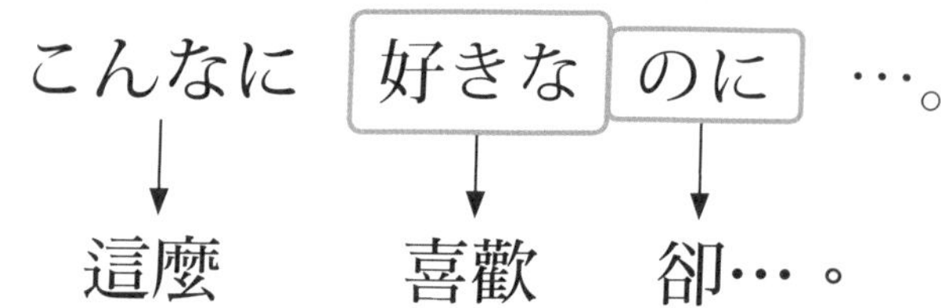

使用文型

動詞／い形容詞／な形容詞＋な／名詞＋な

[　普通形　] ＋ のに　　～，卻～

※「な形容詞」、「名詞」的「普通形-現在肯定形」，需要有「な」再接續。

動	買います（買）	→ 買(か)ったのに	（買了，卻～）
い	安い（便宜的）	→ 安(やす)いのに	（便宜，卻～）
な	好き（な）（喜歡）	→ 好(す)きなのに	（喜歡，卻～）
名	連休（連續假期）	→ 連休(れんきゅう)なのに	（是連續假期，卻～）

用法　喜歡對方的心情，無法獲得對方理解時，可以說這句話。

會話練習

拓也（たくや）：ああ、どうしても桃子（ももこ）さんのことが忘（わす）れられない。
無論如何也…　無法忘記

隆夫（たかお）：いい加減（かげん）、あきらめた方（ほう）がいい*よ。
適可而止　放棄比較好喔；「よ」表示「勸誘」

拓也（たくや）：こんなに好（す）きなのに…。

隆夫（たかお）：いつまでも 過去（かこ）のことで 悩（なや）んでる なんて、
永遠　因為過去的事情；「で」表示「原因」　煩惱著；「悩んでいる」之類的的省略說法

男（おとこ）らしくない*ぞ。
不像男人；「ぞ」表示「加強語氣」

使用文型

動詞　動詞　動詞

[辭書形／た形／ない形]＋方がいい　[做]／[不做]～比較好

辭書　食べます（吃）→もっと食（た）べる方（かた）がいい　（多吃一點比較好）

た形　あきらめます（放棄）→あきらめた方（ほう）がいい*　（放棄比較好）

ない　出かけます（出去）→出（で）かけない方（ほう）がいい　（不要出去比較好）

[名詞]＋らしい／らしくない　像／不像～

男（男人）→過去（かこ）のことで悩（なや）んでるなんて、男（おとこ）らしくないぞ*。
（因為過去的事情煩惱著之類的，不像男人。）

夏（夏天）→今年（ことし）の夏（なつ）はとても暑（あつ）くて夏（なつ）らしい夏（なつ）だった。
（今年的夏天非常炎熱，是很像夏天的夏天。）

子供（小孩子）→小学生（しょうがくせい）なのに敬語（けいご）で話（はな）すなんて、子供（こども）らしくない。
（是小學生卻用敬語說話，不像小孩子。）

中譯
拓也：啊～，我無論如何也無法忘記桃子。
隆夫：你適可而止一點，放棄比較好喔。
拓也：我那麼的喜歡她，卻…。
隆夫：永遠因為過去的事情煩惱，不像男人啊。

MP3 130

因為如果不早點回家，會被爸媽罵。

早く帰らないと親に怒られちゃうから。

い形容詞：早（早い⇒副詞用法）　動詞：回去（帰ります⇒ない形）　助詞：表示條件表現

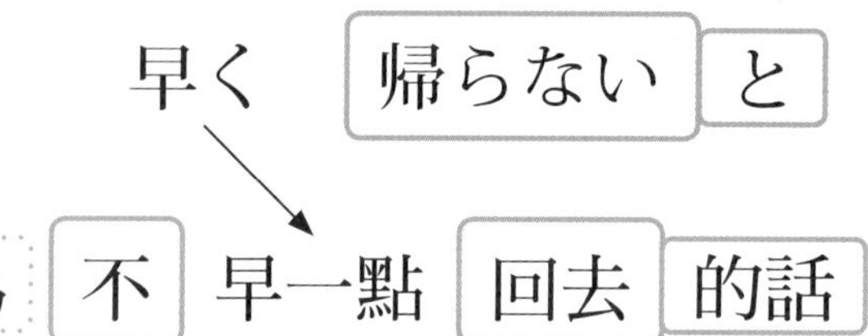

助詞：表示動作的對方　動詞：責罵（怒ります⇒受身形[怒られます]的て形）　補助動詞：無法挽回的遺憾（しまいます⇒辭書形）　助詞：表示原因理由

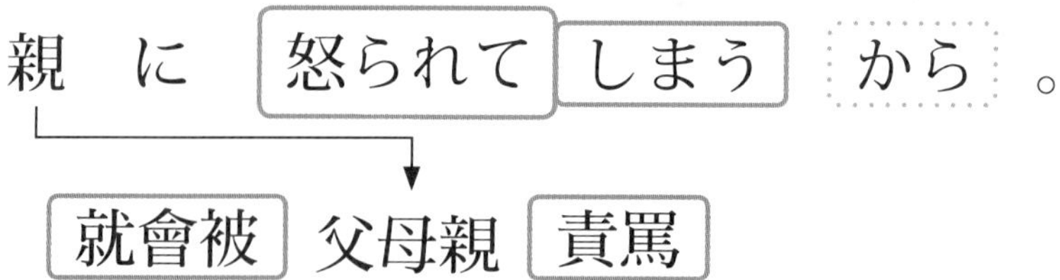

※「怒られてしまう」的「縮約表現」是「怒られちゃう」，口語時常使用「縮約表現」。

使用文型

動詞／い形容詞／な形容詞+だ／名詞+だ

[　普通形（限：現在形）　]＋と　順接恒常條件表現

※「な形容詞」、「名詞」的「普通形-現在肯定形」需要有「だ」再接續。

動	帰ります（回去）	→ 帰らないと	（不回去的話，就～）
い	眠い（想睡的）	→ 眠いと	（想睡的話，就～）
な	危険（な）（危險）	→ 危険だと	（危險的話，就～）
名	渋滞（塞車）	→ 渋滞だと	（是塞車的話，就～）

動詞

[て形] + しまいます　（無法挽回的）遺憾

怒られます（被責罵）→ 怒（おこ）られてしまいます　（很遺憾會被責罵）

寝坊します（睡過頭）→ 寝坊（ねぼう）してしまいます　（會不小心睡過頭）

間違います（搞錯）→ 間違（まちが）ってしまいます　（會不小心搞錯）

用法 怕父母親會生氣，所以今天要早點回家的說法。也常用來作為藉口使用。

會話練習

花子（はなこ）：今何時（いまなんじ）？
　　何時：幾點

太郎（たろう）：21時半（くじはん）だけど…。ゆっくりしていけば？*
　　21時半：「晚上九點半」寫成「21時半」，但唸法為「くじはん」。「けど」表示「前言」，是一種緩折的語氣
　　ゆっくりしていけば？：多待一會再走的話，如何？後面省略了「どうですか」

花子（はなこ）：そうしたいけど、早（はや）く帰（かえ）らないと親（おや）に怒（おこ）られちゃうから。
　　そうしたいけど：雖然想那樣做，但是…；「けど」表示「逆接」

太郎（たろう）：そっか、しかたないね。
　　そっか：這樣子啊
　　しかたないね：沒辦法啊；「ね」表示「感嘆」

使用文型

動詞

[條件形（～ば）] + どうですか　[做] ～的話，如何？

※ 口語時，可省略「どうですか」

ゆっくりしていきます（多待一會再走）→ ゆっくりしていけば[どうですか]*
（多待一會再走的話，如何？）

運動します（運動）→ 運動（うんどう）すれば[どうですか]　（運動的話，如何？）

食べます（吃）→ もっと食（た）べれば[どうですか]　（多吃一點的話，如何？）

中譯
花子：現在幾點？
太郎：晚上九點半了…。多待一會再走的話，如何？
花子：雖然我想那樣做，但是因為如果不早點回家，會被爸媽罵。
太郎：這樣子啊，沒辦法啊。

表明立場 131

MP3 131

請給我一點時間冷靜想一想。

ちょっと冷静(れいせい)になって考(かんが)える時間(じかん)をちょうだい。

副詞：一下、有點、稍微　　な形容詞：冷靜　　助詞：表示變化結果　　動詞：變成（なります⇒て形）（て形表示附帶狀況）

動詞：考慮、思考（考えます⇒辭書形）　　助詞：表示動作作用對象　　動作性名詞：領受、給我（「～をちょうだい」適用於親密關係）

考える　時間　を　ちょうだい　。

↓ 思考（的）時間。

使用文型

動詞　　い形容詞　　な形容詞

[辭書形＋ように／－い＋く／－な＋に／名詞＋に]＋なります　變成

動	掃除します（打掃）	→ 掃除(そうじ)するようになります	（變成有打掃的習慣）
い	冷たい（冷漠的）	→ 冷(つめ)たくなります	（變冷漠）
な	冷静（な）（冷靜）	→ 冷静(れいせい)になります	（變冷靜）
名	春（春天）	→ 春(はる)になります	（變成春天）

動詞

[て形]、～　附帶狀況

なります（變成）→ 冷静(れいせい)になって考(かんが)えます　（變冷靜的狀態下，思考）

持ちます（帶）→ 鍵(かぎ)を持(も)って出(で)かけます　（帶鑰匙的狀態下，出門）

入れます（放入）→ 砂糖(さとう)を入(い)れて飲(の)みます　（放糖的狀態下，喝）

用法 對方出現背叛行為，想和對方拉開距離時，可以說這句話。

會話練習

花子(はなこ)：私(わたし)が実習(じっしゅう)に行(い)っている間(あいだ)、Facebookに太郎(たろう)が女性(じょせい)と仲良(なかよ)く遊(あそ)んでる写真(しゃしん)があったんだけど。あれは何(なに)？

- 実習に行っている間：去實習的那段時間
- 女性と仲良く：和女性感情很好地
- 遊んでる写真：玩耍的照片；「遊んでいる写真」的省略說法
- んだけど：「んだ」表示「強調」；「けど」表示「前言」，是一種緩折的語氣
- あれは何？：那個是什麼？

太郎(たろう)：あ、それは、その…。

- は：表示：主題

花子(はなこ)：ちょっと冷静(れいせい)になって考(かんが)える時間をちょうだい。しばらく電話(でんわ)して来(こ)ないで*。

- しばらく：暫時
- 電話して来ないで：不要打電話過來；「電話して来ないでください」的省略說法

使用文型

動詞

[て形]＋来ないで＋ください　請不要[做]～過來

※ 丁寧體會話時為「動詞て形＋来ないで＋ください」。

※ 普通體、口語會話時，省略「ください」。

電話します（打電話）→ 電話(でんわ)して来(こ)ないで[ください]*　（請不要打電話過來）

連絡します（聯絡）→ 連絡(れんらく)して来(こ)ないで[ください]　（請不要聯絡過來）

送ります（寄送）→ メールを送(おく)って来(こ)ないで[ください]（請不要寄信過來）

中譯 花子：我去實習的那段期間，Facebook上面有太郎和女性相親相愛玩耍的照片。那是什麼？

太郎：啊，那個，那個…。

花子：請給我一點時間冷靜想一想。你暫時不要打電話過來了。

MP3 132

如果你對我沒有感覺的話，就不要對我那麼好。

好(す)きじゃないなら、そんな優(やさ)しくしないで。

な形容詞：喜歡
（好き
⇒普通形-現在否定形）

助動詞：表示斷定
（だ⇒條件形）

好きじゃない なら 、

要是 不喜歡 的話 ，

副詞：那麼
（口語時可省略に）

い形容詞：溫柔
（優しい
⇒副詞用法）

動詞：做
（します
⇒ない形）

助詞：
表示樣態

補助動詞：請
（くださいます
⇒命令形［くださいませ］
除去［ませ］）
（口語時可省略）

そんな[に] 優しく しない で [ください] 。

［請］ 不要做成 那麼 溫柔 。

使用文型

動詞／い形容詞／な形容詞／名詞
［ 普通形 ］＋ なら、～ 要是～的話，～
如果～的話，～

動	疲れます（疲勞）	→ 疲(つか)れるなら	（要是會疲勞的話，～）
い	重い（重的）	→ 重(おも)いなら	（要是很重的話，～）
な	好き（な）（喜歡）	→ 好(す)きじゃないなら	（要是不喜歡的話，～）
名	男（男人）	→ 男(おとこ)なら	（要是男人的話，～）

動詞　い形容詞　な形容詞

[辭書形＋ように／－い＋く／－な＋に／名詞＋に]＋します
決定要～、做成～、決定成～

動	起きます（起床）	→ 早く起きるようにします（決定要（盡量）早起）
い	優しい（溫柔的）	→ そんなに優しくします　（要做成那麼溫柔）
な	きれい（乾淨）	→ きれいにします　（要弄乾淨）
名	一人（一個人）	→ 一人にします　（決定成一個人）

動詞

[ない形]＋で＋ください　請不要[做]～

します（做）	→ しないでください　（請不要做）
言います（說）	→ 嘘を言わないでください　（請不要說謊）
開けます（打開）	→ 開けないでください　（請不要打開）

用法 對方雖然對自己很溫柔，卻不願意說出「喜歡」這兩個字時，可以說這句話。

會話練習

太郎：家まで送るよ。もう遅いし。

送你到家裡；「よ」表示「提醒」　已經　因為很晚了；「し」表示「列舉理由」

花子：好きじゃないなら、そんな優しくしないで。

太郎：今でも好きだよ。静香ちゃんとはもう会わないことにした。

即使是現在，也是喜歡的喔；「よ」表示「提醒」　「と」表示「動作夥伴」；「は」表示「對比（區別）」　決定不會再見面了；「…ことにした」表示「（自己一個人）決定…了」

花子：え？　てっきり　彼女と付き合うのかと思ってたけど…。

咦？　無存疑地　以為你要跟她交往；「彼女と付き合うのかと思っていたけど」的省略說法；「のか」等同「んですか」，表示「關心好奇、期待回答」；「かと思っていた」表示「以為…」，兩者一起用後變成「のかと思っていた」；第2個「と」表示「提示內容」；「けど」表示「前言」，是一種緩折的語氣

中譯
太郎：我送你回家吧。因為已經很晚了。
花子：如果你對我沒有感覺的話，就不要對我那麼好。
太郎：我現在還是喜歡你喔。我已經決定不會再跟靜香見面了。
花子：咦？我還以為你一定要跟她交往…。

表明立場 133

MP3 133

我啊～，現在還不想談戀愛啦。

俺（おれ）、今（いま）恋愛（れんあい）とかに興味（きょうみ）ないから…。

助詞：表示舉例

助詞：表示方面

助詞：表示焦點（口語時可省略）

い形容詞：沒有（ない⇒普通形-現在肯定形）

動詞：有（あります⇒ない形）

助詞：表示宣言

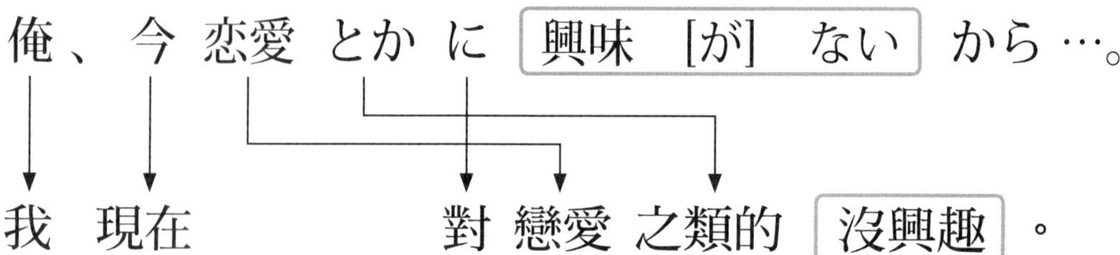

使用文型

[名詞] ＋ とか ＋ に ＋ 興味がない　對～之類的沒興趣

恋愛（戀愛）	→ 恋愛（れんあい）とかに興味（きょうみ）がない	（對戀愛之類的沒興趣）
政治（政治）	→ 政治（せいじ）とかに興味（きょうみ）がない	（對政治之類的沒興趣）
ファッション（流行）	→ ファッションとかに興味（きょうみ）がない	（對流行之類的沒興趣）

用法 目前對戀愛這件事沒興趣時，可以跟對方說這句話。這句話會讓人覺得有點冷漠。

會話練習

桃子：康博さんって、今好きな人とかいるんですか？*
（って：表示：主題（＝は）；好きな人：喜歡的人；とか：之類的；いるんですか？：有嗎？）

康博：俺、今恋愛とかに興味ないから…。

桃子：え～、そうなんですか。てっきり彼女いるのかと思った*。
（そうなんですか：是那樣啊；てっきり：無存疑地；彼女いるのかと思った：以為有女朋友；「彼女がいるのかと思った」的省略說法；「のか」等同「んですか」，表示「關心好奇、期待回答」；「かと思った」表示「以為…」，兩者一起用後變成「のかと思った」；「と」表示「提示內容」）

康博：今、大学院の勉強が忙しくてね。
（大学院：研究所；忙しくてね：因為很忙碌；「て形」表示「原因」；「ね」表示「感嘆」）

使用文型

動詞／い形容詞／な形容詞+な／名詞+な

［　普通形　］＋んですか　關心好奇、期待回答

※ 此為「丁寧體文型」用法，「普通體文型」為「～の？」。
※「な形容詞」、「名詞」的「普通形-現在肯定形」，需要有「な」再接續。

動	います（有）	→ いるんですか*	（有嗎？）
い	可愛い（可愛的）	→ 可愛いんですか	（可愛嗎？）
な	便利（な）（方便）	→ 便利なんですか	（方便嗎？）
名	外国人（外國人）	→ 外国人なんですか	（是外國人嗎？）

動詞／い形容詞／な形容詞／名詞

［　普通形　］＋かと思った　以為～

動	来ます（來）	→ 来るかと思った	（以為會來）
い	安い（便宜的）	→ 安いかと思った	（以為很便宜）
な	複雑（な）（複雜）	→ 複雑かと思った	（以為很複雜）
名	の（形式名詞）	→ 彼女[が]いるのかと思った*	（以為有女朋友）

中譯
桃子：康博先生現在有喜歡的人嗎？
康博：我啊～，現在還不想談戀愛啦。
桃子：啊～是那樣啊。我還以為你一定有女朋友了。
康博：因為現在研究所的課業很忙啦。

MP3 134

結婚？還早吧～。

結婚？　まだ早いよ～。

（けっこん／はや）

副詞：還、尚未

い形容詞：早

助詞：表示看淡

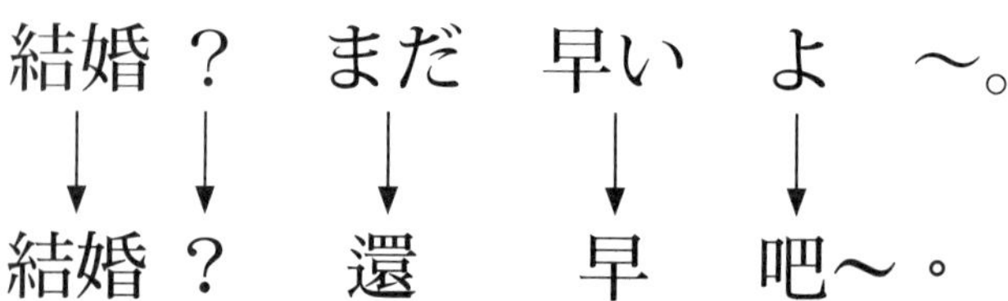

結婚 ？ まだ 早い よ ～。

↓ ↓ ↓ ↓ ↓

結婚 ？ 還 早 吧～。

使用文型

「まだ」和「もう」　　「未變化」和「已變化」

※「まだ」（還沒、尚未）是表示「事態尚未變化」的副詞。
※「もう」（已經）是表示「事態已經變化」的副詞。

まだ：未變化 → 結婚(けっこん)はまだ早(はや)いよ。〈還沒有到該結婚的時間點〉
（結婚還很早吧。）

もう：已變化 → もう結婚(けっこん)したら？　〈已經到該結婚的時間點〉
（你已經該要結婚了，如何？）

用法　被對方問到婚事，想要表達還沒有考慮到那個地步時，可以說這句話。

會話練習

花子（はなこ）：ねえ、私（わたし）たち、いつ頃（ごろ）結婚（けっこん）するのかなあ…。

私たち：我們
いつ頃：什麼時候
結婚するのかなあ：要結婚呢？「のか」等同「んですか」，表示「關心好奇、期待回答」；「かなあ」表示「一半疑問、加上一半自言自語的疑問語氣」，兩者一起用後變成「のかなあ」

太郎（たろう）：結婚（けっこん）？　まだ早（はや）いよ～。

花子（はなこ）：そうだけど。ちゃんと考（かんが）えておい*て*よね。

そうだけど：是這樣沒錯，但是…「けど」表示「逆接」
ちゃんと：好好地
考えておいてよね：請採取考慮的措施喔；「考えておきます＋てください＋よね」的用法；「おいて」後面省略了「ください」；「よ」表示「提醒」；「ね」表示「期待同意」

太郎（たろう）：あ、はい。もちろん。

もちろん：當然

使用文型

動詞

[て形]＋おきます　善後措施（為了以後方便）

考えます（考慮）→考（かんが）えておきます*　（採取考慮的措施）
置きます（放置）→置（お）いておきます　（採取放置的措施）
貯金します（儲蓄）→貯金（ちょきん）しておきます　（採取儲蓄的措施）

動詞

[て形]＋ください　請[做]～

※丁寧體會話時為「動詞て形＋ください」。
※普通體、口語會話時，省略「ください」。

考えておきます（採取考慮的措施）→考（かんが）えておいて[ください]*　（請採取考慮的措施）
確かめます（確認）→確（たし）かめて[ください]　（請確認）
出します（交出來）→出（だ）して[ください]　（請交出來）

中譯
花子：ㄟ，我們什麼時候要結婚呢…。
太郎：結婚？還早吧～。
花子：話是這麼說沒錯。但是你要好好考慮吧。
太郎：啊，好的。我當然會好好考慮。

表明立場
135

MP3 135

你不要口是心非了啦。

素直(すなお)になりなよ。

な形容詞：坦率

助詞：表示變化結果

動詞：變成（なります⇒ます形除去［ます］）

助詞：表示勸告　補助動詞「なさい」（表示命令）除去［さい］所形成的助詞

助詞：表示看淡

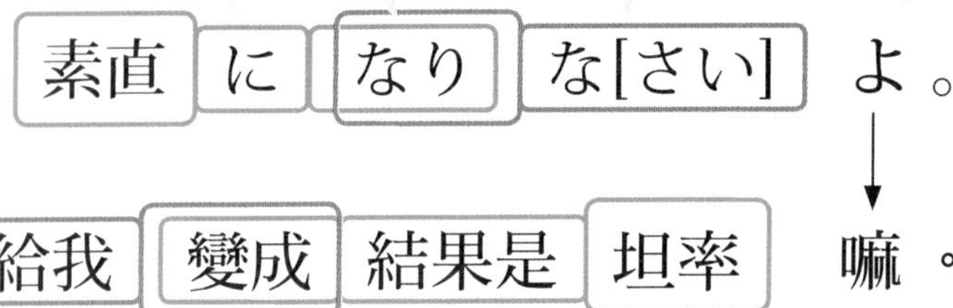

使用文型

動詞　い形容詞　な形容詞

［辭書形＋ように／－~~い~~＋く／－~~な~~＋に／名詞＋に］＋なります　變成

動	復習します（複習）	→ 復習(ふくしゅう)するようになります	（變成有複習的習慣）
い	親しい（親密的）	→ 親(した)しくなります	（變親密）
な	素直（な）（坦率）	→ 素直(すなお)になります	（變坦率）
名	恋人（戀人）	→ 恋人(こいびと)になります	（變成戀人）

動詞

［~~ます~~形］＋なさい　命令表現（命令、輔導晚輩的語氣）

なります（變成）	→ 素直(すなお)になりなさい	（你給我變坦率）
食べます（吃）	→ 食(た)べなさい	（你給我去吃）
起きます（起床）	→ 起(お)きなさい	（你給我起床）

用法　對鬧彆扭，卻不願意表達真正心情的人，可以說這句話。

會話練習

美耶：噂で聞いたけど、太郎さんとよりを戻すことになったの？*

噂で：傳聞；「で」表示「樣態」
聞いたけど：聽到；「けど」表示「前言」，是一種緩折的語氣
よりを戻すことになったの？：決定和好了嗎？「…ことになった」表示「（非自己一個人）決定…了」；「の？」表示「關心好奇、期待回答」

花子：かもね…。でも、まだ気持ちの整理がつかないの。

かもね：也許吧；「ね」表示「感嘆」
まだ：還沒
気持ち：心情
整理がつかないの：沒整理好；「の」表示「強調」

美耶：やっぱり太郎さんのことが好きなんでしょ*。素直になりなよ。

やっぱり：還是
好きなんでしょ：很喜歡對不對？

花子：うん…。

使用文型

動詞／い形容詞／な形容詞+な／名詞+な

[　普通形　]＋の？　關心好奇、期待回答

※此為「普通體文型」，「丁寧體文型」為「～んですか」。
※「な形容詞」、「名詞」的「普通形-現在肯定形」，需要有「な」再接續。

動	～ことになります（決定～）	→ よりを戻すことになったの？*	（決定和好了嗎？）
い	怖い（恐怖的）	→ 怖いの？	（恐怖嗎？）
な	安全（な）（安全）	→ 安全なの？	（安全嗎？）
名	一目惚れ（一見鍾情）	→ 一目惚れなの？	（是一見鍾情嗎？）

動詞／い形容詞／な形容詞+な／名詞+な

[　普通形　]＋んでしょ　～對不對？（強調語氣）

※「な形容詞」、「名詞」的「普通形-現在肯定形」，需要有「な」再接續。
※此為「～んでしょう」的「省略說法」，口語時常使用「省略說法」。
※「～んでしょう」為「でしょう」的強調說法。

動	来ます（來）	→ 来るんでしょ[う]	（會來對不對？）
い	安い（便宜的）	→ 安いんでしょ[う]	（很便宜對不對？）
な	好き（な）（喜歡）	→ 好きなんでしょ[う]*	（很喜歡對不對？）
名	独身（單身）	→ 独身なんでしょ[う]	（是單身對不對？）

中譯

美耶：我聽說你決定跟太郎和好了？
花子：也許吧…。可是，我的心情還沒有整理好。
美耶：你還是很喜歡太郎對不對？你不要口是心非了啦。
花子：嗯…。

大家學日語系列 10

大家學標準日本語【每日一句】談情說愛篇

（附東京標準音 MP3）

初版一刷　2014 年 8 月 29 日

作者　出口仁
封面設計　陳文德
版型設計　洪素貞
插畫　吳怡萱・出口仁・許仲綺・周奕伶
責任主編　邱顯惠
協力編輯　方靖淳・蕭佳伃・鄭伊婷

發行人　江媛珍
社長・總編輯　何聖心
出版者　檸檬樹國際書版有限公司 檸檬樹出版社
E-mail：lemontree@booknews.com.tw
地址：新北市235中和區中安街80號3樓
電話・傳真：02-29271121・02-29272336
會計・客服　方靖淳
法律顧問　第一國際法律事務所 余淑杏律師
北辰著作權事務所 蕭雄淋律師

全球總經銷・印務代理　知遠文化事業有限公司
網路書城　http://www.booknews.com.tw 博訊書網
電話：02-26648800　傳真：02-26648801
地址：新北市222深坑區北深路三段155巷25號5樓

港澳地區經銷　和平圖書有限公司
電話：852-28046687　傳真：850-28046409
地址：香港柴灣嘉業街12號百樂門大廈17樓

定價　台幣399元／港幣133元
劃撥帳號　戶名：19726702・檸檬樹國際書版有限公司
・單次購書金額未達300元，請另付40元郵資
・信用卡・劃撥購書需7-10個工作天

大家學標準日本語（每日一句）. 談情說愛篇 / 出口仁著. -- 初版. -- 新北市 : 檸檬樹, 2014.08
面；　公分. -- (大家學日語系列 ; 10)
ISBN 978-986-6703-82-9(平裝附光碟片)
1.日語　2.會話
803.188　　103014252